U0164472

文學時空與士人信仰

坐看雲起

隱堂

文學時空與士人信仰

陳引馳

國際統一書號：978-962-937-600-0

出版

香港城市大學出版社
香港九龍達之路
香港城市大學
網址：www.cityu.edu.hk/upress
電郵：upress@cityu.edu.hk

The Time and Geography of Chinese Literature and the Faith of the Literati
(in traditional Chinese characters)

ISBN: 978-962-937-600-0

Published by

City University of Hong Kong Press
Tat Chee Avenue
Kowloon, Hong Kong
Website: www.cityu.edu.hk/upress
E-mail: upress@cityu.edu.hk

Printed in Hong Kong

目錄

坐看雲起系列

總序：坐看雲起的感懷

一

前幾年我替香港城市大學出版社編輯了一套《青青子衿》叢書，邀請一些文史界的著名學者，選取深入淺出的文章，編輯成書，引發香港青年人對歷史文化的興趣，加深文化素養。倏忽過了兩年，到 2019 年一共出了八種，即是陳思和《我的老師們》、陳尚君《行走大唐》、陳子善《識小錄》、李伯重《新史觀・新視野・新歷史》、傅傑《舊籍新書經眼錄》、謝天振《海上雜談》、葛劍雄《悠悠我思》、李天綱《年代記憶》。聽說反應不錯，在內地還出了簡體字版，十分暢銷。出版社邀我再續編一套，廣邀國際學者共襄盛舉。於是，我又聯絡了美國、日本、歐洲、新加坡等地研究中國文化傳統的朋友，請他們自選一些代表性的文章，不過，還是要「深入淺出」，好引導年輕朋友進入歷史文化領域。這些朋友個個學殖深厚，如椽大筆一揮，經常就是傳世之作，聽說要求編一本「深入淺出」的選集，卻都戰戰兢兢，不肯隨口答應。理由是，寫給學術圈內人，可以引經據典，上窮碧落下黃泉，詳加考據，有討論，有辯駁，有千錘百煉的新説。探討學術問題，如抽絲剝繭，層層深入，把盤根錯節的糾結議題，一一揭開，然後再像天孫織錦那樣，編織成璀璨的圖景，光彩奪目。所以，動輒幾萬字，十幾萬字，乃至於幾十萬字，解決了困惑已久的學術問題。深入是深入了，淺出不來。

我就跟朋友說，深入是展示學問的高深精湛，可惜光深入不行，香港年輕人不肯看，任由珠玉廢棄草棘。世界變了，我們年輕時代尊師重道，老師說了算，可以「牛不飲水強按頭」，早晚有口渴了醒悟的時候，知道文化修養的重要；現在的年輕人不同了，從小學開始就有教育專家灌輸天賦人權，人人都有自我本體，學會了堅持自由平等是人權，批判老師是文化霸權，視不喜歡的學科若糞土，看不懂的學術知識如寇仇。他們經常說，我們是世界的未來，你寫的高頭講章，我看不懂，也有權利不看，還有權力把你放到知識鄙視鏈的底端。或許因為香港的社會風氣，「搵錢大晒」深植人心，年輕人有着強烈的反智傾向，從心底蔑視與人格修養相關的人文領域，只肯學習與飯碗直接有關的知識，如英文、電腦、金融之類，其次是需要花點功夫的理工、醫學與法律。

香港年輕人鄙視人文知識與文化修養，不能只怪年輕人，這有其社會與家庭的原因，政府與領導香港的富豪更是推波助瀾，只注重經濟成長與樓價攀升，想來令人心悸。為了學術傳承的生機，為了文化延續不至於斷層，我們也得改變象牙塔中「朝飲木蘭之墜露兮，夕餐秋菊之落英」的習慣，也得走向青年群眾，傳佈提升青年人精神面貌的人文關懷。學者專家應該做一些科學與人文知識普及的工作，不能只想着個人的學術殊榮，只想在專業學術期刊上發表論文，「著書只為稻粱謀」。我們寫深入淺出的好書，絕非紆尊降貴，而應當想作普濟眾生的大事業。趁着青年人還在良知未泯的成長階段，編幾本他們願意讀，也讀得進去的好書，培養年輕人的高尚志向與人文關懷，免得人家說我們書生空議論，不如剃頭匠。朋友看我苦口婆心，就說，好了好了，我們一定參加，以免將來香港沉淪了，你要怪我們，說我們都是幫兇。

説服了朋友參與，滿心歡喜，還安排了與他們見面時細談，沒想到突然就發生了新冠疫情，斷絕了一切晤面商討的機會。病毒的猖獗與強韌，出乎我們意料，現代醫學科技可以開顱換心，就是防禦不了戴着新冠、無聲無臭、神出鬼沒、漂浮在天際的病毒。出版計劃一拖經年，實在無計可施，只好藉着電郵重整旗鼓，説叢書系列還是要出版，不因瘟疫而放棄。疫情肆虐的前半年，大家都窩在家裏，柴米油鹽口罩消毒水成了日用煩惱，雖然讀書如故，心境卻難以安寧；後半年逐漸調適了心情，覺得瘟疫提醒了人類，生死有命富貴在天，活着要有意義。人類要存活，要活得有意義，不只是窩在家裏躲瘟疫，謹小慎微過安穩日子，還得思考人文精神的延續，得教給下一代怎麼活才有意義。我們不能空講批判精神，助長發泄叛逆情緒的反智傾向，任着香港青年不學歷史文化、不明是非曲直、不知天高地厚的任性耍酷，揮着球棒去砸爛公共設施，搖着美國國旗去示威遊行。學術要有意義，還是為了文化可以傳承，為了後世在精神文明有所提升，而非墮落到特朗普唯利是圖的陷阱。經歷了瘟疫的死亡威脅，朋友都感到金針度人的迫切性，積極整理出一些可以吸引年輕人進入學術門牆的文章，編輯成書。

二

出版社知道叢書出版有了頭緒，就問：「可以為新系列起個名字嗎？」我就想到了王維的兩句詩：「行到水窮處，坐看雲起時」，説「坐看雲起」十分合適，正反映了我們讀書人的反思心境。我們經歷了殺傷力超過世界大戰的瘟疫，見到最先進的美國醫療居然束手無策，對付不了漂浮在空中的新冠病毒微塵，人類自詡的高端醫療科技也有其山窮水盡之時。我們也見到醫療專家與護理人員，奮不顧身，在病毒殺到眉睫之際，前仆後繼，兢兢業業，一心只想着救死扶傷。實驗室裏的科學家爭分奪秒，研製疫苗，為的是拯救輾轉於溝壑的黎民百姓，這就是最具體的人文精神。同時我們也看到，管控醫療集團的富豪與政客只關心專利與利潤，控制疫苗的價格與分配，作為爭奪霸權的手段。更有譁眾取寵的政客，為了政績與報表數字，故意把防疫醫學與經濟發展對立起來，完全不顧老百姓的死活，不禁深有感觸。

一是清楚認識了生命的脆弱，不管貧富貴賤，男女老幼，不分中外種族與階級，死亡來時，見者披靡。二是看到人類生存意識的強固，對拯救同類生命的人文關懷。三是看到統治集團中有些財閥與政客的嘴臉，災難威脅不到自身之時，只想從瘟疫中撈取更多的利益，就如杜甫說的「朱門酒肉臭，路有凍死骨」。我們這些人文學者，不會研製疫苗，也無法掌管財經與醫療衞生政策，只能通過傳遞歷史人文的知識，告訴年輕人，不管人類掌握了多麼先進的科技，總有意想不到的橫逆翻天攪海而來，迫使我們學會謙虛，知道人生百年倏忽而逝，認識人類不分貴賤，應當休戚與共。人類的歷史經驗告訴我們，太陽底下沒有新鮮事，要學會應對威脅生存的天災人禍，在山窮水盡疑無路之時，還要有「坐看雲起」的心境，思考人類的前途，才會有柳暗花明又一村的轉機。

「坐看雲起」出自王維（701–761）《終南別業》一詩：「中歲頗好道，晚家南山陲。興來每獨往，勝事空自知。行到水窮處，坐看雲起時。偶然值林叟，談笑無還期。」這首詩寫在王維中年時期，自從年輕遭到貶謫之後，仕途一直蹉跎，佛學給他開啟了尋覓精神超脱之道，而有歸隱山林之想。王維成名很早，《舊唐書》說他開元九年（721）才20歲就中了進士，《唐才子傳》說是開元十九年，30歲時中的進士，顯然有誤。考其生活經歷，剛入官場任太樂丞不久就遭到貶謫，到濟州去當司倉參軍了，時在開元九年的秋冬之際。少年成名，正感到風光無限美好，突然就橫空一個霹靂，打到官僚體系的底層，青雲直上的美麗夢想完全破碎了。王維在官場的底層掙扎了十多年，不過是個「食之無味，棄之可惜」的八品芝麻官。文學史盛稱他「亦官亦隱」，不過是為尊者諱，其實倒很像當今香港中小學的代課老師，名義上是政府工作人員，卻混不上正式教師編制，薪金微薄，又無醫療與退休福利保障，只能「打好呢分工」（香港前特首曾蔭權語），混一口飯吃。

有些學者解釋《終南別業》一詩，說是王維晚年的作品，因為其中有「晚家南山陲」一句，甚至說是他在安史之亂遭難以後寫的，好幾本《唐詩鑒賞詞典》的參考書都這麼說，或許是誤解了詩句的意思。劉逸生在《唐詩鑒賞辭典》（上海：上海辭書出版社，1983）中分析這首詩，討論王維作詩的創作背景，出了兩個錯：一是寫作時間有誤，以為此詩是晚年作品，甚至提到他官至「尚書右丞」，也就是遭到安史之亂陷賊之難以後所寫；二是隱居的地望有誤，認為「南山陲」指的是輞川別業，即是藍田之南原為宋之問的別墅。「百度百科》說明此詩的創作背景：「此詩是王維晚年的作品，當寫於唐肅宗乾元元年（758）之後。王維晚年官至尚書右丞，職務不小。」所引的資料來源是：張國舉《唐詩精華注譯評》（長春：長春出版社，2010，頁109–110）與楊旭輝《唐詩鑒賞大辭典》（北京：中華書局，2011，頁254–256），都因循劉逸生的解說，以訛傳訛，人云亦云，傳佈了錯誤的文史知識。

假如你不清楚王維的人生經歷，只從文本出發，讀這首詩起首兩句，「中歲頗好道，晚家南山陲」，會得到兩個信息。一是，王維中年以後喜歡探究心靈奧秘，專注佛學的出世道理；二是他由內心超脱塵世的想法，付諸行動，到終南山隱居了。這種由內而外，從虛玄思想投射的道理，轉為具體的生活實踐，反映了王維心態的實現過程，希望脱離塵世的煩惱與羈絆。讓後世讀者困惑的是，「晚家」一詞，在他人生經歷中，究竟是多麼「晚」呢？是像劉逸生説的，指他晚年退隱，避世不聞世事呢？還是像有些學者（如陳鐵民）指出的，「晚」是「晚近」的意思，也就是中年喜好佛家道理之後，不久就到終南山去隱居了呢？

因為王維本人沒有提供寫作時間，想要確定此詩究竟是王維中年時期的「晚近」作品，還是他經歷了安祿山屈辱之後的晚年作品，最好的方法當然是找到最早記錄此詩出現的時間。這首詩在《河嶽英靈集》中的題目，作《入山寄城中故人》，在《國秀集》中作《初至山中》。《河嶽英靈集》是殷璠編輯的開元天寶盛世的詩歌總集，選錄了開元二年至天寶十二載 24 位詩人共 234 首（今存 228 首）詩，書中自序說：「粵若王維、王昌齡、儲光羲等二十四人，皆河嶽英靈也，此集便以《河嶽英靈》為號。」《國秀集》為芮挺章 選，編定於天寶三載（744），早於安史之亂十一年，其中選錄了王維七首詩，包括了此詩，題為《初至山中》。由此可見，王維的《終南別業》，原有不同的題目，收入不同選集的時間都早於安史之亂，所以，可以確定不是他的晚年作品，而寫於中年之後的「晚近」。

陳鐵民《王維年譜》說，王維在開元二十九年（741），41 歲（虛歲）的時候，從嶺南北歸，在潤州江寧縣（今南京）瓦官寺，參謁了璿禪師，聆聞佛法之後，回到長安，隨後就隱居到終南山中。王維此次在終南山隱居，與後來買的宋之問舊址的輞川別業不是同一個地方。他在《答張五弟》一詩中說，「終南有茅屋，前對終南山。終年無客常閉關，終日無心長自閒。不妨飲酒復垂釣，君但能來相往還。」這個張五弟就是張諲，也是辭官退隱的士人，被王維引為同調，有《送張五歸山》一詩，可以看到兩人相知的心情：「送君盡惆悵，復送何人歸？幾日同攜手，一朝先拂衣。東山有茅屋，幸為掃荊扉。當亦謝官去，豈令心事違。」王維隱居終南山的居處，應該是比較簡樸的農舍，不像輞川別業那樣，有孟城坳、華子岡、文杏館、斤竹嶺、鹿柴、木蘭柴、竹里館、辛夷塢、漆園、椒園等二十景。不過，此詩雖然寫於中年，王維的隱逸心境卻一直延續到晚年，尤其是遭遇了安史之亂陷賊的屈辱，更是視世事如浮雲。

其實，王維從開元九年剛踏入官場，就因舞黃獅子事件的連累，貶為濟州司庫參軍，任職到開元十四年，有五年之久。從開元十五年（727）到二十二年（734）之間，始終無法擺脱遭貶的後遺症，面臨難以順利重返官場的命運。他雖然詩名滿天下，卻晉身無階，謀取官職無門，身處賦閒隱居的尷尬境地，同時開始潛心佛學，紓解功名挫折的心靈苦悶。一直到了開元二十三年（735），年屆 35 歲，因為張九齡的提攜，才得到右拾遺（從八品上）的官職。兩年以後，張九齡被貶為荊州長史，王維也失去了朝廷的靠山。此後王維雖然混跡官場，出使安西節度，寫過「大漠孤煙直，長河落日圓」這樣豪邁的詩句，卻從未受到朝廷重用，時常存有歸隱山林之志。王維從安西節度回到長安以後，升任殿中侍御史（從七品上），派到嶺南去選取地方官員，回程經過潤州江寧縣（今南京）瓦官寺，拜謁璿禪師而有禪悟，寫過《謁璿上人》一詩：「夙承大導師，焚香此瞻仰。頹然居一室，覆載紛萬象。」並有詩序說「玄關大啟，德海群泳。時雨既降，春物俱美。」大受出世精神的感召，回到長安之後，開始在終南山避世隱居，寫了《終南別業》一詩。

三

王維為什麼一心想着退隱山林，卻又不肯放棄官場微職，像食雞肋一樣混跡官場？他自己在兩首詩中透露了其中隱情。《觀別者》表面寫的是觀察他人離家任官，其實說的是自己服官的心情：「青青楊柳陌，陌上別離人。愛子遊燕趙，高堂有老親。不行無可養，行去百憂新。切切委兄弟，依依向四鄰。」好像是從第三者的角度觀察別人的處境，但是最末兩行「余亦辭家久，看之淚滿巾」，就透露了自己的心情，與「別者」心有戚戚焉。《偶然作》組詩表白得更是清楚：「日夕見太行，沉吟未能去。問君何以然？世網嬰我故。小妹日成長，兄弟未有娶。家貧祿既薄，儲蓄非有素。幾回欲奮飛，踟躕復相顧。……愛染日已薄，禪寂日已固。忽乎吾將行，寧俟歲云暮。」說白了，就是家無恆產，弟弟妹妹很多，都需要撫養成人，婚娶成家，只好困在世網之中，博取微薄的俸祿，無法脫離世塵，一走了之，到山林中去過隱逸的生活。但是，回歸自然卻是他嚮往的禪意生活，早晚還是要離群索居，徜徉山林的。《舊唐書・王維傳》說，王維事母至孝，對家人盡心照顧，「閨門友悌」；《新唐書》也說他孝順母親，「資孝友」。這就讓我們看到，王維雖然是天才詩人，卻有家累負擔，無法擺脱世網的羈絆；雖然有心歸隱山林，卻又不得不身處「亦官亦隱」的矛盾與尷尬之中。王維最了不起的地方，是他在世網羈絆中找到了精神超越的突破，在詩歌創作中追求心靈的平和與靜謐，給後人開闢了困頓中修養生息的園地，在樸素的山水情懷中展示了審美的境界，提升了中國文化的人文精神。

王維的《終南別業》一詩，最有名的句子是頸聯「行到水窮處，坐看雲起時」，表達了人文情懷的超越，在困頓之中仍然可以維持心境的寧謐。詩句呈現了隱居終南山中，感受山水清興，漫步在林間小徑，走着走着，走到了清澈的水邊，沒路了，眼前是一片煙水浩渺，也許有一方岩石，也許是偃臥的樹樁，可以坐在水湄，看雲嵐升起的姿態。我們不禁會問，王維在官場中受到如此冷遇，這樣平靜祥和的心境是怎麼來的？面臨困頓與挫折，如何才能超越現實迫身的壓力，讓自我心靈翱翔在雲淡風輕之間，體會天朗氣清的雅緻，融入大化的無限生機？

古代學者探討此詩，多就文本立論，從作詩的技巧分析王維構築詩境的成就，有點像20世紀50、60年代美國學界提倡的「新批評」，對創作者的經歷缺乏興趣，盡量排除作品的創作環境與創作心境，以為「就作品論作品」是文學批評的客觀標準。歷代中國詩評，雖不至於如此極端，卻以靜態觀照的方式，把詩人當作一成不變的偶像（如王維是「詩佛」），少去探索詩人生命歷程與詩歌創作神思的關係，經常作出玄虛空洞的總結。如宋代魏慶之在《詩人玉屑》中説：「此詩造意之妙，至與造物相表裏，豈直詩中有畫哉！觀其詩，知其蟬蜕塵埃之中，浮游萬物之表者也。山谷老人云：余頃年登山臨水，未嘗不讀王摩詰詩，顧知此老胸次，定有泉石膏肓之疾。」劉辰翁在《王孟詩評》中說：「無言之境，不可說之味，不知者以為淡易，其質如此，故自難及。」元代方回《瀛奎律髓》說：「右丞此詩有一唱三歎不可窮之妙。」明代《唐詩歸》有鍾惺說：「此等作只似未有聲詩之先，便有此一首詩，然讀之如新出諸口及初入目者，不覺見成，其故難言。」還有譚元春說：「只是作人，行徑幽妙。」金聖歎在《批選唐詩》中說：「迫近性情，悄然忘言。」王夫之《唐詩評選》說：「清靡為時調之冠，亦令人欲割愛而不能。」說出什麼名堂沒有？除了讀詩的第一印象，自說自話，說些模模糊糊的個人感受，什麼也沒說清楚。

《瀛奎律髓彙評》錄有紀昀討論《終南別業》的詩評，是這麼體會此詩的藝境：「此詩之妙，由絢爛之極，歸於平淡，然不可以躐等求也。」他還對這首詩的創作成就，提出了看法：「此種皆鎔煉之至，渣滓俱融，涵養之熟，矜躁盡化，而後天機所到，自在流出，非可以摹擬而得者。無其鎔煉涵養之功，而以貌襲之，即為窠臼之陳言，敷衍之空調。矯語盛唐者，多犯是病。此亦如禪家者流，有真空、頑空之別，論詩者不可不辨。」探討王維詩藝，還算比較深入，告誡後人學詩，千萬不可躐等以求，一開始就學王維這種爐火純青的作品。王維能寫出《終南別業》這樣的詩，是天機與涵養配合的結果，不是一蹴而就的。至於什麼是王維的天機，什麼是他的涵養，到底他經歷了什麼才「鎔煉」出這樣的詩篇，才從絢爛歸於平淡，紀曉嵐沒說，就像名醫號稱金針度人，到了關鍵之際，不肯把針扎下去。

近人俞陛雲的評論，可謂鞭辟入裏：「此詩見摩詰之天懷澹逸，無住無沾，超然物外。言壯歲即厭塵俗，老去始卜宅終南，無多同調，興到惟有獨遊。選勝怡情，隨處若有所得，不求人知，心會其趣耳。五六句即言勝事自知，行至水窮，若已到盡頭，而又看雲起，見妙境之無窮。可悟處世事變之無窮，求學之義理亦無窮。此二句有一片化機之妙。」（《詩境淺說》）雖然說得簡略，倒是明確指出，王維天性澹逸，有作詩的才具，又有脫塵超俗的內心嚮往，在中年時期就已決定歸隱。「老去始卜宅終南」的「老去」，或許說的不明不白，但描述他坐看雲起的心境，觀察到世事滄桑難以預料，只有內心寧謐才能體悟大化的妙意，卻說得很好。王維的「坐看雲起」，不只是體會了山水妙境之無窮，也體會了世事無常，要處之以超脫恬靜的心態。俞陛雲更引申言之，不但對待人生處境如此，對待求學的義理也如此，人類文明知識的拓展也要有這種「超然物外」的態度，不應當急功近利，更不該見異思遷。

過去有人指出，王維此詩顯示的是悠閒自得，「如同一位不食人間煙火的世外高人，他不問世事，視山間為樂土。不刻意探幽尋勝，而能隨時隨處領略到大自然的美好。」未免說的過於輕易，好像王維一生幸福，從未遭遇任何波折，而事實卻迥非如此。王維經歷了多年的世網羈絆，嘗過山窮水盡的滋味，心境有所超脫，坐看雲起，才有所體悟。

我們經歷了全球的瘟疫爆發，也困於世局的水窮之處。對於年輕人來說，未來是暗淡的，命運之神預示了挫折人心的陰影，還不知有多少困厄與陷阱埋伏在人生的旅途。只有充實自己的文化知識，理解前人遭遇的歷史經歷，加強人文信念，才能坐看雲起，度一切苦厄。參與《坐看雲起》叢書系列的學者，都有先憂後樂的情懷，都有書生濟世的抱負，我相信青年讀者閱讀這套叢書，一定能增加知識，提高人文素養，不怨天，不尤人，以平和理性的心態，堅定人生追求的目標。

鄭培凱

上編

中國文學的精神特質*

主持人剛剛提到1,000年前宋代的故事，蘇軾、程頤和司馬光三位偉大的人物都在其中。我也想講一個故事，沒有1,000年那麼久，只有100年多一點兒，也沒有關涉到那麼多人，只有一位，不過也可算是同樣包含了文史哲三方面。1917年，胡適從美國回來，在北京大學開始上一門課，這門課叫《中國哲學史》——大家注意，「哲學」已經有了——他一開講，聽講的同學就很驚訝，因為他一上來就從西周時候開始講起，從周公往下講。為什麼下面的同學們都很驚訝呢？如果你們看過非常有名的現代哲學家馮友蘭先生的《三松堂自序》，就會知道，他早年在北大哲學門讀書的時候，有一位教他中國哲學史的老師，與我同姓也姓陳，講了一個學期，從開天闢地才講到周公；於是，同學們就問這位陳先生，你這樣講哲學史，那要講到什麼時候啊？這位陳先生非常厲害，他說

* 2019年9月25日晚講於復旦大學，受復旦大學核心課程委員會之邀，與何俊、王振忠兩位教授組合構成的「回望傳統中國：日常生活與精神世界」講演的一部分。

哲學要講的話，一句就可以講完，如果講不完，那也可以永遠講不完。所以，你們可以想像在那樣一個氛圍之下，突然碰到胡適說我之前都不講，我從周公開始，聽講的學生們肯定會目瞪口呆。胡適有什麼理由只從西周的周公開始呢？他說，因為那個時代開始有了《詩經》，有了《詩經》對那個時代就能有一個歷史的了解和歷史的把握，這樣才能談哲學。大家看，胡適上哲學史的課用了《詩經》，《詩經》當然是非常重要的儒家經典，不過它現在基本被看成是一部「文學」經典，可是胡適的觀念中是視之為提供時代資訊的歷史文獻——這有點兒明清時代的人講「六經皆史」的味道——《詩經》在胡適的課堂上是被作為歷史資料來用的。好了，在這個故事裏，文史哲也都有了。

回過來，今晚有三位講演，也會涉及到文史哲三個方面，作為第一位講者，我先從文學開始。我的題目是「中國文學的精神特質」。由於時間有限，今天只能簡單講幾個方面。

第一個方面，與我剛才提到的胡適的例子有關，那就是中國文學的現實面向。將中國文學和西方文學比較，西方文學很大程度上是從神、英雄非凡的表現開始的，相比中國最初的文學，它有更多超凡、誇飾的成分。20世紀加拿大著名文學批評家諾思羅普・弗萊用人類學的觀念來談文學，他認為西方文學傳統裏，讀者閱讀文學作品時與主人公的關係，從古到今是從仰視、到平視、再到俯視的過程。最開始作品中的主人公多是神和英雄，19、20世紀以後，我們可以看到文學作品中有很多卑微的小人物。

相較而言，中國文學一開始並非沒有對神的讚頌，但整體而言有很強的現實性，尤其是我們今天還在吟誦的《詩經・國風》，這從剛開始提到的胡適的故事中就可以看到——在「中國哲學史」課上他把《詩經》這部最初的中國文學總集當作歷史史料來看，而不是當作文學來講。這也是一個很常見、悠久的傳統，清代學者章學誠說「六經皆史」，也是把古代的文獻都作為史料來看的。

我們讀到的中國很多詩、文作品——一般認為這構成了中國古代文學的主流——都以個體的實在經驗作為表現對象。以唐詩為例。如果今天有位朋友突然說他要開始做一名詩人，那他是在做一件與眾不同的事情。但是在古時候詩歌創作巔峰的唐代，寫詩是非常日常的、屬於生活經驗的事情。遇友、考試、落第、漫遊、邂逅，都可以寫一首詩。我們熟讀成誦的很多作品，其實都基於最基本的日常生活經驗。一個有意思的例子是李白的《夢遊天姥吟留別》。李白是個浪漫的詩人，這首詩裏也包含很多誇飾、想像的部分，最後他寫道：

> 霓為衣兮風為馬，雲之君兮紛紛而來下。
> 虎鼓瑟兮鸞回車，仙之人兮列如麻。

有非常濃的《楚辭・九歌》的味道。但是接下來他寫道：

> 忽魂悸以魄動，怳驚起而長嗟。
> 惟覺時之枕席，失向來之煙霞。

這個夢最終是醒來了。《夢遊天姥吟留別》寫了許多迷離恍惚、超凡、非人間、充滿想像的場景，但是最後李白還是告訴人們——這是在做夢。所以說，他的立場還是現實的。

中國文學的精神，第一要重視的還是面向現實的特點。西方學術界有學者提出，中國文學是非虛構的——這當然有很大的爭議，不能説中國文學沒有虛構的部分，後來的戲劇、小説當然有很多虛構，早期詩文也不是沒有這樣的例子，但是絕大部分呈現出很強的現實性。這種情況不需要做太多解釋——因為中國文學和中國傳統中尤其以儒家為主導的觀念、再具體到儒家的文學觀念，有很強的聯繫，它基本上是一種現實的精神。

第二個方面是美善兼備。這與我前面提到的現實精神、文化是聯繫在一起的，中國文學所表現出來的強烈的社會性、倫理性和政治性，這是它的一種基本關懷。大家都知道的中國古代文學批評、文學觀念中所謂的「興觀群怨」——這四個方面都是孔子提到的——基本都是從人群的關係上來講的，「興」是興起，鼓動大家；「觀」是可以觀察、觀風，了解人間的喜怒哀樂；「群」是讓大家團結起來；「怨」當然是抒發怨憤，但是怨憤的是誰呢？一個人自己很難抒發怨憤，抒發怨憤實際上是在群體中抒發，即使你抒發的是個人怨憤，也是在群體的環境中得到疏導的。漢代的儒生説《詩經》的功能是「經夫婦，成孝敬，厚人倫，美教化，移風俗」，它們都認為文學有社會的和倫理的意義。

「美善兼備」這個概念非常重要。《論語・八佾篇》裏就提到，孔子説《韶》樂「盡美矣，又盡善也」，這就是今天「盡善盡美」這個成語的來歷。説《武》樂「盡美矣，未盡善也」，所以《韶》樂是比《武》樂更高的，《韶》是關於堯、舜、禹的舜，《武》是關於周武王的。為什麼《武》有問題？説它盡美矣，但未盡善？原因非常簡單，在儒家觀念中，孔子那個時代的認知非常清晰——武王伐紂，雖然是伐無道，但無論如何有虧於上下秩序。所以伯夷、叔齊要阻攔周武王的軍隊，在周推翻商以後，他們兄弟兩位義不食周粟而餓死了。司馬遷在《史記》裏面把〈伯夷叔齊列傳〉列為第一篇，多少也是這樣的一種觀念的呈現。但是舜不一樣，堯、舜、禹三位是完美無缺的古代聖人。簡單地說，中國傳統裏美和倫理同時達到頂峰才算完美，這才是極致的美的感動和倫理的實現，如果有衝突，就是一種缺憾。孔子之所以會說《武》「盡美矣，未盡善也」，就是說它在倫理上、在政治秩序上還是有一定問題的。

中國詩人當中，最偉大的詩人當屬杜甫，大家如果有興趣可以看錢鍾書先生一篇著名的文章，題目是《中國詩與中國畫》，他講到中國畫的最高標準和中國詩的最高標準是不一樣的。中國畫的最高標準是從王維開始的文人畫的傳統，但是中國詩歌領域有詩佛、詩仙、詩鬼等，其中成就最高的，毫無疑問是詩聖杜甫。杜甫每飯不忘君王、對人間的疾苦有關懷，而他的詩歌藝術也是晚年「漸於詩律細」，成就包孕古今，在倫理和美兩方面都達到完美的境界。

但這其中也有片面的地方，如果對善惡或者說所謂世間價值、世間秩序過度尊重和遵守的話，往往會導致詩人「美」、「刺」二元簡單化的姿態。「美」、「刺」是漢儒的說法，用來講《詩經》作者的態度，「美」當然就是頌美，「刺」當然有一定的諷義。近代梁啟超曾說漢儒有時候把詩人都當成蜜蜂，總是在刺⋯⋯這可能導致一個作家的態度簡單化，文學作品也可能類型化、兩極化。最典型的例子，《三國演義》裏諸葛亮是智慧的象徵，曹操就是奸雄。比較《水滸傳》和《三國演義》，前者的人物更豐富一些，後者的人物就更加類型化。很大程度上，可能因為《水滸傳》表現的是一個江湖，一個邊緣社會，多少和這個社會所制定的價值有距離，它能夠將多元性呈現出來；而《三國演義》努力要呈現一個有秩序的社會，推重正統的觀念，包括忠孝節義等等，所以顯得兩極對立。

第三個方面是多元雅俗。我們今天講的內容很多都與儒家有關，中國文學的主體精神中，儒家當然是非常重要、甚至是最重要的，但是我們不能將這種說法簡單化——中國文化傳統、包括文學傳統，本身就是一個多元的傳統，儒家有「美善兼備」的觀點，道家、道教的影響也不能忽略。比如說，中國文學傳統中很早就出現且延綿不絕的神仙世界，它超越了現實，在現實世界之上另建了一個境界，於是便有了所謂的「仙」和「凡」的分離，這非常重要——在很大程度上，道家、道教的「神仙」觀念，由空間的維度打開了現實世界外的另一個世界。後來，佛教帶來了所謂「三世輪迴」的觀念，在時間的維度上打破了儒家關注此一生的界限。儒家觀念裏，孔子講「未知生、焉知死」，他面對的是此一世。中國人當然也會想像過去和未來，但可能都不是他最關注或者給予較多考慮的方面。但是佛教引入後，講「三世輪迴」，講前世、來世，就打破了時間的限制。從這個方面來說，道家與道教、佛教其實拓展了整個中國文學的空間。

我講的多元性，不僅僅是儒、道、釋的參與，還有一個重要維度是「雅與俗」的區別。所謂的世俗，不僅指文學呈現的世俗社會的實際狀況，而是指那種民間性的、代表了一般歷史情感和觀念的方面。世俗文學往往非常有活力，但未必有方向性；它蘊含力量，但是四處橫溢與沖決，是在非常清楚、有自覺傳承意識的大傳統之外的小傳統。小傳統關注的方面與精英傳統不盡相同。我們觀察中國文學傳統時要注意，我們今天所認同的、非常熟悉的古詩文，基本屬於精英傳統，世俗傳統與我們的理解非常不同，需要區別對待與理解。比如《三國》、《水滸》，雖然寫的似乎是歷史，但都是歷史的影子，《三國》「七分史實，三分虛構」，但它最重要的部分是其中那些英雄人物。不過，就像我前面提到的，每個英雄人物都是定型的，是化身——有的是智慧化身、有的是奸雄化身、有的是中庸化身，這個趣味不是歷史的，而是對人的關注。《金瓶梅》當然也是市井世情的作品，講的是西門慶之興衰，核心就是「財」和「色」。民間的或者我講的世俗的文學，絕大部分內容實際上不是作者本人創造的，這裏面所包含的價值，既是普通的、也是多元的，總體上褒揚忠孝節義，批判貪財、好色。

第四個方面是虛實相應。雖然前面講中國文學注重現實、強調人間性，但這並不代表它沒有深度的關懷。中國文化非常強調事理的結合，講理不是抽象的講理，而是事中言理、借事表理，事理是相即相容的，在具體文學表達和文學呈現中，在人物故事和整個文學世界中來呈現意義和關懷。

另外我們都愛講主客渾融（心物交融）的取向與情景交融的詩學。很早，老師就教大家理解詩歌的一個套路是：情景交融，意象生動。「情」是主觀的方面，「景」是呈現出來的文學的圖景或者文學的表現——所以，寄寓了情意的物象（「意象」）或者物象的世界（「意境」），是詩歌中非常重要的表現方面。中國小説也是這樣，中國小説很少脱離人物的具體言行、抽象地挖掘人物內心或思想活動，這都是同樣的傳統脈絡。

比如這首大家都耳熟能詳、我也非常喜歡的陶淵明的詩：「結廬在人境，而無車馬喧。問君何能爾？心遠地自偏。採菊東籬下，悠然見南山。山氣日夕佳，飛鳥相與還。此中有真意，欲辨已忘言。」我想，唐代詩人看到陶淵明這首詩，可能會認為最後一句詩是蛇足，「此中有真意」——詩句告訴我們這裏面有意思，但又説不出來，或者不想説出來，這不是廢話嗎？可能後來唐人就不這樣想了——詩裏表現了「採菊東籬下，悠然見南山」的自我形象，表現了「山氣日夕佳，飛鳥相與還」那樣的黃昏時分、倦鳥知歸的景象，已經包含了「此中真意」。雖然陶淵明最後又加了這兩句詩，雖然沒有明説，但是意思也已經包含在其中了。其基本的意思，我想很簡單：在中古很多詩歌裏，鳥是一種自然、自由的象徵，日出而作、日入而息，鳥按照自然節律行動；陶淵明自己則是「種豆南山下，草盛豆苗稀。晨興理荒穢，帶月荷鋤歸」。他和鳥的節奏是一樣的——通過寫鳥的節律、自己的生活，表現了他與自然的感應、與環境的感應，他自己的情、意都已經在詩中表達出來了，這種結合是一個非常重要的特點。虛—實關係、主—客關係、意—象關係或者情—景關係，相關的兩者之間的對應，形成了它們相互間的一個同構關係，它們基本都是在這樣的「虛—實」結構中展開的。

前面我提到中國精神傳統的多元性，儒家更強調實的方面，在道家的視野中，更突顯文學不僅是實的，還有蹈虛的一面，以實映虛，以虛馭實，比如繪畫中的「留白」、音樂中的「此時無聲勝有聲」、文學理論中的「虛靜」説等。當一個作家進行創作的時候，要寧靜自己的心神，要把自己掏空，然後才能夠表現。蘇軾有一句詩說：「靜故了群動，空固納萬有。」只有空，才能把所有的都表達出來。這是中國比較特別的說法，實際上也是一種虛實結合。從詩人的創作過程到文學作品的表現都強調這樣一種關係。

第五個方面是中和之美。總體來說，中國人是平和的，追求中和之美。錢鍾書在《中國詩與中國畫》裏提到，西方評論家認為「中國古詩抒情，從不明說，全憑暗示，不激動，不狂熱，很少詞藻、形容詞和比喻。」又說，我們自己覺得中國詩色彩斑斕、五光十色，但外國人看中國詩都很灰黯，就像暗夜看貓或貓看世界（貓是色盲），都是灰色。中國文學講求「哀而不傷，樂而不淫」，情感上強調的是「要發乎情、止乎禮義」。文學不能沒有感情，但是任憑感情的發泄或者盡情舒展，其實不是中國文學所認為的好的方面。

最後一個方面是賡續傳統。中國文學對於傳統高度尊重。中國的文人一再回到古典中去尋找靈感，從文學的構思、想像，到精神的源頭、開拓的支持，以復古為旗幟的文學運動歷來未曾斷絕。簡單舉一個例子，《詩經》是第一部文學總集，歷來特別受到重視。第一篇《關雎》：「關關雎鳩，在河之洲，窈窕淑女，君子好逑。」還有《蒹葭》：「蒹葭蒼蒼，白露為霜。所謂伊人，在水一方。」請大家注意詩句中提到的「水」，「水」是非常有意思的存在，在很多古詩裏都是阻隔的象徵。漢代古詩《迢迢牽牛星》講的是天上的即後來傳說牛郎織女的故事：「河漢清且淺，相去復幾許。盈盈一水間，脈脈不得語。」這裏指的不是地上的隔膜，而是天河的隔膜。宋代李之儀也有一首大家非常熟悉的詞裏說：「我住長江頭，君住長江尾。日日思君不見君，共飲一江水。」這裏的「水」也是一種間隔，長江從空間上把我們間隔開來，但是在間隔當中又有一種貫通，「共飲一江水」。可以看到，這是中國文學裏非常有意思的一個傳統——「水」在文學中的表現，水對情感的隔礙與溝通。

古代很多形容方式和修辭一直延續到今天的語言中，「楊柳依依」就是出自《詩經》。中國成語非常多，這是為什麼呢？成語也是一種文學延展的方式，是一種尊重傳統的表現。此外還有典故。讀古典作品典故也許是最麻煩的一件事情，需要具備相應的知識和了解。

「推重傳統」成為中國文學非常重要的特徵，甚至形成了中國文學中很重要的一種模式，即關於文學史逐漸下落的一種觀照模式。就像魯迅在《阿 Q 正傳》裏提到「九斤老太」的事情，「一代不如一代」，最好的是《詩經》、《楚辭》的時代，漢魏古詩其次，之後是唐詩。宋人像寫了《滄浪詩話》大名鼎鼎的嚴羽就經常講宋代是不行的，如果要寫好詩，要把盛唐那幾家詩好好讀一讀，不斷回到傳統當中去。從詩、騷到漢魏古詩，一直到唐詩、宋詞，變成一個逐層下降的詩歌歷程。當然，在這裏我們不是評判這一觀念的對或錯，而是說這樣一種觀照和理解模式，實際上是對傳統持續關注的結果，很大程度上導致了一種對於歷史進程的負面的認知角度。

我前面提到，中國文學復古傳統未曾斷絕。比如韓愈、柳宗元發起「古文運動」時，就說古文是好的，晚期、近代的都不好。他們這個方式用過去的講法是「遠交近攻」，隔着遠的都是朋友，時代相近的都是要打倒的對象。其實直到現代也還是這樣，胡適等人開始「白話文運動」時，也提到要復古，但是他們視野更寬廣，不是要復韓愈、柳宗元之古，而是學歐洲近代的復古——文藝復興時代，但丁、彼特拉克採用意大利的方言、而不是拉丁文進行創作。中國文學的復古傳統，即使是創新，也以復古為口號和途徑，這也成為一種延續到今天的基本範式。這也需要我們進行反思：一方面是客觀平情地了解這種範式，另一方面是分析它的利弊得失。

中國文學的軸心時代*

一

今天的題目，是「中國文學的軸心時代」。這個題目是一個很大很大的題目，各位對中國文學應該有一個大概的了解，我想在這個基礎之上談一些我的想法。這些想法說得好聽是比較宏大，說得不好聽可能有點粗率。

那麼，我這裏所講的「中國文學的軸心時代」是什麼意思呢？我們看整個中國文學史的發展，一般大家最熟悉的可能就是按照朝代來分，就是先秦、兩漢、魏晉南北朝、唐宋元明清這樣的順序。這樣對不對呢？當然是對的，完全合理。但是這對於我們把握中國文學整個發展是不是足夠呢？我覺得可能也不一定夠。因為以一個政治王朝的興亡標誌一個文學時代，它和文學、文化的關係一定是有關的，但是不完全，兩者之間的節奏、節拍不完全是一致的。那

* 2016 年 3 月 20 日晚講於江蘇淮陰師院，受邀擔任「翔宇論壇」的演講。

麼應該怎麼看呢？過去也有不一定按王朝來分期的，比如上古、中古、近世或者近古。你問他到底什麼叫做上古呢？那分歧就很大了，有的説是先秦，有的説先秦兩漢都可以算是上古。中古是什麼呢？魏晉南北朝是不是？有的説把唐代也要包括在內。此類分期有模糊之處，但是盡力想對文學史的發展過程有一些立足特定立場的整體把握，那麼是不是有其他的辦法？

我現在想提的一個想法是「軸心時代」的概念。20世紀德國的哲學家雅斯貝斯曾經提出過「軸心時代」。所謂「軸心時代」是説西元前500年前後那個時代，當時在西方、在希臘、在印度、在中國這麼幾個很重要的文明發展的地區，出現了很多很重要的思想的變化，出現了很多很重要的思想家，他們所提出的很多觀念在各自的文化傳統當中發生了很大的影響；而且不僅在當時實現了一個文化的定位、定型，而且對之後兩千多年各個不同的文化傳統的發展都有決定性的影響。比如希臘理性文明，印度早期的佛教文化對後世的影響。在中國，當然基本上可以講是春秋戰國那個時代、諸子的時代。我把雅斯貝斯的這個説法借過來，來看中國文學的整個發展歷史當中有沒有這樣一些類似的標誌性的時代，這個標誌性的時代非常之重要，這個時代裏出現的很多的思想、文學、人物，他們在文學上的創造奠定了或者很大程度上影響了之後的文學的發展。如果從這個軸心時代深入的話，可以了解上一個軸心時代到下一個軸心時代之間很多文學的現象、文學的情況。我就有這麼一個設想。如果這樣做的話，説不定可以對中國文學長期發展當中的一些大的段落的一些特點有一點把握。

雅斯貝斯在整個文化史上，只認一個軸心時代，就是西元前500年前後那幾百年。那麼中國文學，如果回顧的話，是不是只有一個軸心時代？我感覺大概恐怕可以有三個軸心時代。這三個軸心時代都非常之重要，在很大程度上都奠定了他們之後的幾百年、甚至千年左右的這個文學發展的方向或者基點。

二

那麼這三個我所謂的「中國文學的軸心時代」是什麼呢？第一個是先秦時代。先秦時代非常重要，是中國整個文化思想包括文學在內，定下整個基調的一個時代。儒、道兩家都是中國本土產生的，實際上也就在先秦時代開始發源，發揚光大。中國傳統文人得志的時候、得意的時候、能夠施展他自己抱負的時候，往往是一個儒家的態度；當他失意的時候，往往是一個道家的態度。例子很多，我想不用多舉。所以那個時代的精神影響非常之大，先秦儒道兩家的精神思想的影響，對所有的文士都是非常非常重要的。這是第一個。

軸心時代是什麼意思？這個軸心時代裏邊產生的文學思想、文化現象，對後來的幾百年甚至一千年，有定位的作用。定位作用是什麼？在這個軸心時代裏面的後世人們，他們回顧自己這個文學、傳統發展的時候，都會想，那是我們的源頭，他們會認祖歸宗，他們會認這樣一個傳統。但是什麼是真正有影響的？馬克思主義的思想傳統當中有一個說法，就是活的和死的，比如說黑格爾哲學裏死的和活的。死的是什麼呢？它當然曾經存在，但是它對今天的影響已經非常之小了，人們已經對它非常淡漠了。那些活的東西在今天還活着，還發生着影響。所以傳統在很大程度上，實際上不僅僅是從過去到今天的，很大程度上是在今天的人認不認這樣一個傳統，認不認過去思想文化包括文學裏面的那些重要的部分是我們的傳統，是我們的先驅。這個實際上是非常重要的。

所以，我們現在講傳統是可以重新塑造的。這個説起來很複雜，但實際上也很簡單，因為其實在我讀書的 1980 年代，我們對中國的傳統文化，中國古典的文化通常是持一個非常強烈的批判態度，在很大程度上是繼承的「五四」之後的那種比較激進的批判態度。但我相信你們現在這一階段，從你們出生、長大、懂事、學習，你們對傳統的那種態度，跟我們、我這一輩在你們這個年紀對傳統的態度是非常不一樣的。你們對傳統，可能起碼在現在這個階段有更多的認同。那麼實際上就是重新再去認這個傳統、重新塑造這樣一個傳統的過程。從這個角度來講，傳統不僅僅是從過去到今天，傳統在很大程度上是我們今天重新去認識過去、重新去塑造過去和我們今天的關係的這樣一種努力的結果。

從這個意義上來講，文學其實也一樣。在先秦時代最重要的文學創作是什麼？《詩經》、《楚辭》，對不對？《詩經》、《楚辭》在先秦之後很長一段時間裏，定位了後來的那些文學家的文學想像、文學理解。比如説司馬遷，他認什麼？司馬遷寫《史記》，背後的動機是什麼？《報任安書》裏面説得就非常清楚：「詩三百，聖賢發憤之所為作也。」他就認這個是他的傳統。魯迅先生在《漢文學史綱要》中怎麼評價《史記》呢？他講是「史家之絕唱」，下一句是什麼？「無韻之離騷」。所以，又説他跟《楚辭》的精神是相通的。

所以「詩騷」實際上在中國文學的前半期裏面是核心的文學經典，獲得了那個時代裏的文學家和後代歷史觀察者的雙重認同。

再往下一點，我們看中古時期的詩人。你們知道我們現在講起中古時期的詩人會認為哪一個最了不起麼？有同學想說杜甫，「詩聖杜甫」對吧？事實上錢鍾書先生《中國詩與中國畫》一文中說：中國詩和中國畫的最高的審美理想，並不一致。中國畫裏面的審美理想是那種比如說南宗畫、文人畫，那個是地位最高的、達到了最高的境界的藝術作品。但在詩裏面不是，詩裏面不會是王維，雖然是「詩佛王維」，但他不會是最高的典範。最重要的是杜甫，杜甫是「詩聖」。那杜甫是詩聖這個概念是什麼時候有的？很晚了，基本上到宋以後，我們才認這樣一個傳統。

在唐代之前，當一個人要問起來說：哪一個詩人是最了不起的？很多人都認為是曹植，曹植地位很高。鍾嶸《詩品》裏面把曹植抬得很高。他說曹植在文壇上的地位「譬人倫之有周孔」。在文壇上、詩壇上，曹植的地位就像人間有周公、孔子一樣。周公、孔子當然是最高的了。還有一個成語叫「才高八斗」，「才高八斗」是謝靈運講的，謝靈運說誰最厲害？曹植最厲害。天下的才都被他佔盡了，剩下最後一點兒，我跟你們大家分一分而已。對不對？所以那個「才高八斗」的是曹植。

曹植為什麼了不起？還是看鍾嶸的《詩品》。鍾嶸《詩品》對於五言詩的很多評價，如果和文學史結合起來，是非常有意思的。它會劃出各種各樣的流派，各種各樣的一個傳統，塑造各種各樣的詩歌發展的不同脈絡關係。他對曹植的評價就有四個字，叫「情兼雅怨」。什麼意思？後代很多研究者，都講這個「雅怨」實際上一個是指《詩經》，一個是指《楚辭》。就是說他了不得，情兼雅怨，把《詩經》和《楚辭》這兩種傳統都結合在一起，因此地位非常之高。由此可見《詩經》、《楚辭》地位非常非常重要。一直到唐代李白也是這樣啊。在李白的眼中什麼東西重要呢？李白講「大雅久不作，吾衰竟誰陳。」他標舉的「大雅」就是《詩經》了。他另外還有詩啊，「屈平辭賦懸日月，楚王台榭空山丘。」這是講屈原了不得。或許最初的那個時候文學是非常軟弱的，但是經過了時間的流逝、時間的侵蝕之後，當初最柔軟、看似最沒有力量的文學，反倒是永恆的；而當時掌握政治權利的、當時看起來一言九鼎、非常強大的楚王早已經不存在了。所以李白在傳統裏最尊崇的顯然是這些，就是《詩經》和《楚辭》。

我當然只是舉一些非常基本的例子，你們還可以去找很多很多這樣的例子。對於漢魏六朝一直到唐代的很多文學家來說，他們回溯傳統，他們去認這個傳統的時候，他們都會把《詩經》和《楚辭》放在自己的心目當中，所以，先秦時代應該可以講是中國第一個軸心時代。它影響了之後很長時間中國文學的發展。

那麼第二個軸心時代是什麼呢？我覺得第二個軸心時代是差不多可以劃到中唐以至唐宋之交，這個時代是一個大的轉折時期。20 世紀初，日本有一個著名的歷史學家叫內藤湖南。他曾經在中國生活過很長時間，跟王國維、羅振玉、陳寅恪這些學者都有交往，後來回國以後在京都大學任教。他提出一個看法，叫做「唐宋轉型」。他不僅僅從文學上來講，他是從整個歷史發展的脈絡上來講，從整個社會結構的變化來看的。最重要的是說，這是從中古、六朝時期一個貴族的等級制的社會向一個平民的文化下移的社會轉變。他提出了一個很宏大的構想，之後有很多人圍繞他的這個觀點進行討論。

實際上，內藤湖南的說法，其實和中國文學史對中唐的重視是有契合之處的。比如清代著名的文學批評家葉燮，在他的《原詩》中就講到中唐非常重要，不僅是唐代之中，而且是「百代之中」。「百代之中」是什麼意思？就是整個中國文學、文化的一個中點，在這時發生了很大的轉折、變化。這個變化怎麼來說呢？我直接簡單地講，從唐代，特別是宋代以後，所有這些文人，他們還講不講《詩經》、《楚辭》？當然講，他們還會講，比如白居易會說，我之所以要寫這個諷喻詩、寫這個關懷現實的詩，就是發揚「詩三百」的精神，但是這種講呢，其實，我覺得是一個大帽子，不是他們真正關心的。你看那些文人他們真正關心的問題是什麼？在他們心目當中是唐和宋的關係，就是唐代文學和宋代文學對他們意味着什麼？他們回過頭去都在想這個問題。從宋人開始，就開始想這個問題。宋代的詩人就想，唐人寫的詩那麼了不得，那我們怎麼跟他們不一樣？宋人在力圖建立跟唐音不同的宋調。這是宋人很自覺地要這麼做的。後人學什麼？學李、杜還是蘇、黃？這個對他們來講就是不同的認同了。到明代，你們都知道，那就開始爭了，所謂唐宋詩之爭，從宋一直到明清都是一個非常非常重要的問題。對不對？在座各位說不定也有寫詩的，說不定也寫得很好。現在你一開始寫詩，就會有這樣的意識，我是寫古體的，我是寫近體的？近體的就想我是否合乎格律？就在想這個。古時候，它不是這樣，你要寫詩，別人一問就是：你是寫宋詩，還是寫唐詩？就是說你到底是寫哪一路詩的？這對他們來講就非常重要。錢鍾書先生的《宋詩選注》，很有名。香港有一位國學大師饒宗頤，詩詞修養也非常之好，學問也是百科全書式的人物。但他看到錢鍾書先生的《宋詩選注》後，講了一句讓人目瞪口呆的話，是他 1990 年代初到復旦大學講座時候説的：這位錢先生選的哪裏是宋詩選呢？這個是唐詩選啊。——就是説這書裏面有很重很重的唐詩的味道。包括錢鍾書先生自己在《談藝錄》開篇也説，唐詩、宋詩不是限於哪個時代的，是兩種詩的體格，兩種詩的風格。

所以這唐詩和宋詩到後來就是唐宋優劣，你到底選哪一個？哪個好？你走哪條路？這變得重要。這樣的爭論代表着這才是他們心目當中最重要的一個傳統，從這裏開始，你走哪一條路，你認哪一個傳統，就很重要。與唐、宋詩的關係相比，唐、宋文章的關係是不太一樣的，宋代的古文是繼承着唐代的文章發展下去的，後來就合稱叫做唐宋文章。唐宋文章對他們來講成為一個很重要的凝聚而成的傳統。明代就有很多人爭論，有的人説唐宋文章好，有的人説「詩必盛唐，文必秦漢。」今天我們不是要辨析誰對誰錯，關鍵是你看他考慮問題的方式和結構，他們需要想：唐宋文章很重要，我們認不認？是就學唐宋呢？還是要超越唐宋學到秦漢？這些都變成他們思考自己文學發展、文學道路的一個很重要的界標乃至基石。

再比如説傳奇，初唐有沒有傳奇的作品？當然有，但是重要的作品都是從中唐以後有的。而我們今天所知道的很多的俗文學作品從唐代的説話發展到後來的白話小説、敦煌的變文、講唱文學，基本上也是從中唐以後越來越多，逐漸可以和雅的文學分庭抗禮。從中唐以後開始到宋代的這些變化，成為後代思考文學發展的一個非常重要的基礎。這可以視為第二個軸心時代的標誌。

那麼第三個軸心時代是什麼呢？我覺得如果一定要講的話，那基本就是近現代的變化，所謂新文學的起來。新文學到底在什麼時間斷限有很多很多的討論，現在最早的有些學者認為應該定到 1880 年代，還有許多定在其他什麼時候。我進復旦讀書，聽的第一個報告就是北大王瑤先生的講座。他講的就是中國現代文學從什麼時候開始，然後他論證了一大篇，最後他認為應該是從大概 1895 年以後，1895 到 1898 年，就是甲午到戊戌變法以後開始。雖然，後來我讀我們復旦的老先生陳子展先生的《中國近代文學之變遷》，他也是從戊戌變法前後開始斷限的，認為那是一個很重要的轉折關頭，但我當時聽了王瑤先生的這個説法很吃驚，因為一般文學史的講法都是講「五四」新文學嘛，都是起碼從 1910 年代開始講起，他認為應該從 1890 年後期講起，而且他講的話是山西話，聽起來不太好懂，不過他的結論我印象很深刻。我們知道新文學到後來的很多作家，實際上跟《詩經》、《楚辭》，跟中國的唐詩、宋詞距離很遠很遠，他們認的傳統是什麼呢？他們認的傳統根本都已經不是中國的那個了，他們認的是什麼？他們可能認易卜生，認托爾斯泰，認果戈里，認這些外國的作家了。從這個意義上來講，「五四」之後是一個很大的變化。我這裏只是提出來，下面如果有時間，我再稍微詳細地談一下這個問題。

三

接下來，我還想談一談文學軸心時代的劃分對我們今天了解中國過去的文學有什麼樣的意義。我不是僅僅限於某一個朝代來看，而是用一個比較宏觀的、鳥瞰的態度來觀察每一個時段的文學有什麼樣的特點，了解這個時段的文學有哪些問題是值得關注的。

什麼叫做文學？可以界定為是以語言文字為表現媒介的一種藝術形式，對於文學來說，語言文字是最基本的。但先秦時代不是這樣的，《詩經》、《楚辭》作為藝術樣式的存在，第一重要的是什麼？實際是音樂啊！《詩經》、《楚辭》都是與音樂緊密結合在一起的，所以與我們今天主要讀它們的文字並不完全一樣，如果我們要真切了解和把握的話得注意這一點。還有一點非常重要，在當時，文學藝術是跟各種各樣的文化制度結合在一起的。比如說《詩經》，不僅僅是文學的創作，也是周的禮樂文化的一個部分。從漢代鄭玄開始，就用禮來闡釋《詩經》，一直延續到後來。《詩經》怎麼形成的？在那麼長的歷史時段，那麼廣闊的天地當中，最後合成了這樣的一個《詩經》的文本，用韻也差不多，句式也差不多，形式上也差不多，為什麼？文獻記載得很清楚，是有「太師比其音律」的，這一工作是在周天子的宮廷裏做的。你說這個完全是太師的作品嗎？不是，但是沒有這個太師恐怕《詩經》也不是這樣。那麼為什麼有太師比其音律，能夠這樣做到，能夠收集那麼多的作品在一起，彙集成這樣一個文本？那是因為周代的制度文化、禮樂文化。《楚辭》也是這樣，《九歌》是最典型的例子，它的祭祀背景如何？是國家祭祀還是民間祭祀？學者一直爭論不清，但是毫無疑問它跟當時的整個楚國的文化制度、宗教儀式是有關係的，這個是沒有疑問的。所以我們一定要了解那個時候鮮明的儀式性，它的制度文化的背景。到漢代還是這樣，你說漢賦僅僅是文學作品嗎？不能完全這樣看，你說這是枚乘寫的，這是司馬相如寫的，但是誰讓他做的？有很多就是皇帝讓他做的嘛，宮廷裏請他做的嘛。不僅賦，還有比如司馬相如寫《郊祀歌》就為了國家的儀式嘛。所以這一點在當時是非常重要的，早期的文學僅僅抽出它那個文本，再從今天的角度去理解，這種把握方式可能本來就是有一定的偏差。美國芝加哥大學有一位教授叫巫鴻，他是研究美術史的，他提出的概念叫「禮儀（ritual）中的美術」。在禮儀當中的美術是什麼意思？比如說他研究的墓葬裏面的繪畫，那些畫我們僅僅看到那些形象你就可以確認它的意義了嗎？不是這樣的，你要放到整個背景當中。比如說這個墓室它是怎樣佈局的，這個畫畫在什麼地方，它和什麼其他形象混雜在一起。墓室裏邊可能有異域的比如有關佛教的形象，但整個的安排，它還是中國傳統的那種神鬼的世界。我不知道大家明白嗎？就是把一個東西拿過來，只是將一個要素把它取過來裝點在這裏，不代表我們對它就有真正了解了。所以他講的「禮儀中的美術」，分析的不僅僅是形象本身，還要看它周圍的環境，文學其實也是一樣，對不對？這是我覺得比較有意思的。

早期文學中，宮廷文學是很重要的背景。漢賦的創作，與漢武帝為代表的宮廷文化息息相關；六朝的文學家多是世家大族，圈外人是很難進入的。南朝你看宋、齊、梁、陳，文人幾乎都是那一批，活動的區域就是以宮廷為中心。到了唐代呢？唐代文人的流品是最雜的，各種各樣人都有。王維是有身份的，杜甫的家族曾經是有身份的，但到他就破落了。李白是個什麼人？李白不知道是個什麼人，甚至可能是個外國人。深入到後面就可以看到實際上唐代代表着中國社會文化的轉型，從一個貴族的社會向平民的社會轉變，轉變以後就是各色的人都出來了，裏面有原來的貴族，有世家大族，也有不明來歷的不知道哪兒來的人，各種天才都出來，所以唐代的流品是很雜的。到了宋代，文人就高度一致了，或者說均質化了，為什麼？到宋代，科舉制度已經高度的成熟。通過科舉出來的士人，在知識上、文學才能上、政治才能上是高度一致的。這個社會發展的內在特點，大家都可以理解，為什麼唐代的文學會那麼豐富多彩？宋代相對來講為什麼會理性很多？從事文學的人本來就不一樣啊。

顯然從這個上面你可以看到唐宋前後一個非常大的變化，這樣的變化完成以後，那裏面呈現的問題有些就跟前面非常不一樣了。比如說我們要重視那種物質文化（material culture）的特性，因為有很多東西已不僅是個人的行為，比如說唐代很多人都喜歡漫遊，碰到了舊友新知很高興，寫首詩喝頓酒就完了。但宋代以下很多就不是了，他寫作還要考慮他這個文本怎麼流傳。比如說俗文學起來了，只談戲曲文本可以嗎？就不夠了，你就要看它是怎麼演出的，觀眾有哪些，甚至這個戲園子怎麼才能維持下去，都是值得考慮的問題。

近現代文學的轉變也涉及物質文化環境的變遷。從文學觀念上來講，我覺得近代和之前發生了非常大的變化，我們今天所理解的很多近代文學的觀念實際上是從西方過來的。比如說我去查了當時人在文學論說的著作中對於「文學」的定義，很多人都強調文學以語言為媒介，強調自我表達，強調美的創造。這就是「五四」初期新文學的觀念，但這個觀念在中國傳統是這樣的嗎？不是，完全不是的，中國古人不認為美是很重要的事情，比如從儒家來說，《論語•八佾》強調「盡善盡美」，美是和善必須結合，徒有其美是不對的。在道家呢，美的觀念不重要，而最重要的觀點是真，就是保持它的淳樸、保持它的原來面貌，真比美更重要。近代的觀念與之相比，是非常大的變化。

你再觀察文學，我今天講文學是以什麼為中心？當然以文學作品為中心，以文學文本為中心，但是文學是一種文化的活動，這活動是包涵着很多的因素的，它是要有作者，要有作品的創造，有文本，有文本的流通，有讀者，對不對？從這個角度去觀察的話，近現代以後的文學跟前面的差別非常之大。近現代很多文人都是賣文為生的，中國古時候賣文為生的文人不是說沒有，但屬極少數，文學對於他們來講是個業餘的事情，誰靠這個生活呢？近代報刊雜誌的發展產生了需求，所以，賣文為生成為可能，這個就是非常大的變化。近代以來文學本身的多元化也是極為突出的，以語言為例，很多的作家都是文白兼做的，比如魯迅，白話詩也寫、舊體詩也寫；錢鍾書的《圍城》和《寫在人生邊上》之類的散文很白話，但《管錐篇》、《談藝錄》又非常之文言；林語堂不僅文言和白話糅合得很好，而且還用英文寫作，比如1930年代寫的 *A History of Press and Public Opinion in China*（《中國新聞輿論史》），這個是給誰看？這部書在上海出版，是他去美國之前用英文寫的，給懂英文的外國人和中國人看，那個批判的鋒芒是非常厲害的，與他同時在中文裏面所提倡的東西非常不同。這些多元現象都是以前沒有的。再比如說作品的流通和讀者，到近代也完全不一樣。古人寫了以後就是傳唱，你看白居易和元稹兩個朋友之間關係好，現在時髦的話就是好基友，但是你去看看他們抄給對方的詩很少的啊，他可能就是抄了幾十首詩給對方看，收到好朋友的詩，看一看，回應一下：哇！你寫得真好啊。我在復旦上文學史的時候經常這樣講：沒有一個唐代人比我們讀了更多的李白、杜甫的詩，元稹沒有我們讀了那麼多白居易的詩，白居易也沒有我們讀了那麼多元稹的詩，為什麼？因為當時的流傳方式主要是手抄，文士酬唱時意向的讀者並不是圈外人，而往往首先是那些熟悉的人。近代不一樣，近現代報刊雜誌，一個作家首先想的是什麼？就是給陌生人看。比如郁達夫寫了一組《毀家詩紀》，他要在雜誌上發表，因為要面對陌生讀者，所以就加了很多自註，註裏甚至寫明了懷疑妻子有外遇這樣不堪的事。這件事在當時成為一個著名的八卦，但實際上那也是一個很嚴肅的文學史個案，那些註的產生就完全是因為現代的流通傳播必須面向陌生的不可預期的讀者，這樣的一個傳播方式要求他寫下詳細的説明性註釋，所以就形成了完全不一樣的文本，一個兼具原初的詩和後補的註的新的文學文本。再比如連載的刊發方式，我們可以想像：連載字數的規定和調整，對小説的構思方式，內在結構、發展進程絕對是有影響的。

再説文學活動的場域，傳統文學活動的中心往往就是政治的中心。哈佛大學宇文所安（Stephen Owen）教授涉及的學術領域非常之廣，但最初人們認識他毫無疑問因為他是唐詩專家，他講初唐詩的主流是所謂的宮廷詩（court poetry），盛唐詩的主流是所謂都城詩（capital poetry）。但是到中唐以後你可以看到很多都不一樣了，地域性的文學一個個都發展起來了，想想近世中國文學史上有多少以地域命名的文學團體和流派？然後到近現代，特別有意思的，文學場域漸漸從中心向邊緣發展，而且邊緣到什麼程度？邊緣到根本不是中國的疆域。魯迅在日本，巴金、李金髮在法國，老舍在英國開始從事文學活動。胡適在哪裏提出他的文學改良？在美國。最早反對胡適的人比如梅光迪等在哪裏活動呢？在美國。所以我有的時候想說，中國現代的文化有很多域外的起源，所謂「域外的起源」不僅僅是空間的，最主要的還是發生在我們前面說的如果是軸心時代的話，它要認這個傳統。重新認這個傳統是什麼意思？比如說大家都知道的詩人穆旦，也就是查良錚，是現代很重要的詩人，他接觸的是當時在西方最流行的那些詩歌創作和觀念潮流，所以直接以現代西方的詩學觀念來創作，按照他的老同學王佐良先生的看法，他早期的作品完全「非中國」（his best qualities are not Chinese at all）。所以說他們頭腦當中的文學的祖宗或者是他認的傳統其實不僅僅是中國的，他們接上的傳統很大程度上是西方的。

這種種情況，我覺得你們可以看出來，每個軸心時代代表着一個變化，所以近代以後的這些重要的變化：作者身份的變化、讀者流通方式的變化、文學語言的變化、文學觀念的變化、他們認的精神傳統、文學傳統的這些變化都跟以前非常的不一樣，跟古典時代非常不一樣，所以我覺得近現代之交實際上是一個新的軸心時代。

我還有一個概念：每一個時代都有一個核心的文類，那個文類在很多的文類當中佔據核心地帶、影響非常大的。比如說自漢代到六朝，賦是最重要的。《世說新語・文學》篇中關於文學創作的部分，談到最多的是賦，比詩要多，這意味着在《世說新語》編成的那個時代，賦的重要性還是最高的。賦被詩所代替，實質上到唐代才完成。六朝著名作家普遍寫賦，唐代不寫詩就算不上文人，到了五四時期，世人對文學家的第一反應就是寫小說，文學史上地位最低的文體從邊緣變成中心了。

當我們鳥瞰中國文學史，先秦時代、唐宋之際、近現代的變化是非常重要的關節點。這三個軸心時代為什麼能夠成立？是因為在其之後的幾百年中，文學家都會把這幾個時段作為原點，回溯到這個原點，給自己定位，思考我應該怎麼做，走哪條路，深深地承受其影響。

我主要講的就是這樣的一個意思，希望沒有講得太亂。謝謝大家！

主持人：陳先生認為文學軸心時代對後世文學文化傳統有着定位的作用，提出了對不同時代的文學我們不能用一把尺子量到底。先秦時代禮樂文化對文學的浸潤使文學呈現宮廷文化政治色彩；唐宋之際，文人身份的多元化，帶來文學創作新變化；近現代，對中外文化的廣泛吸納，產生了一系列新的文學觀念和新的文學現象。我想這些論斷會引發我們諸多的思考。下面也歡迎各位提出問題與陳老師交流。

某同學：陳老師好，請問你如何看待網絡文學的？我覺得跟我們當下關係非常密切。

陳引馳：網絡文學，這個我覺得不太好回答。我實際上是一個非常落伍的人，對網絡只是用而已。網絡文學我讀得很少，沒有太多的看法。但文學介質的變化導致寫作和傳播方式的變化在文學史上也曾多次出現。從竹簡到紙質，從抄本到印刷，介質的進步導致寫作的爆炸進而引起創作內容的變遷、文體的豐富，其產生的影響也是可以想見的。

某老師：陳老師好，你今天的演講很有啟發性，讓我對文史結合的研究思路有了進一步的體會。但是對於三個軸心時代的劃分我還有一些問題。一，第二個軸心時代，你提到了內藤湖南，他的唐宋分際區分的是中古和近古，而這一時代分期是受到西洋史學影響的。這讓我聯想起 Peter Bol 的那本名著《斯文：唐宋思想的轉型》，其中他的觀點也正是強調中唐到北宋的變化，不知這與你的思考有沒有相關之處？二，你説的第三個軸心時代是近現代，它的確發生了很多變化，但我個人覺得這些變化更多出於外界刺激，缺乏一些內生的根本性的東西。事實上這一階段與其説是軸心不如説是轉型，對未來的影響可能遠不如先秦那樣長久。

陳引馳：Peter Bol 的那部書是很好的，我也跟他本人聊過，但對我上述思考倒沒有特別的影響，我考慮的更多是文學發展的狀況。至於近現代轉型的問題，我還是覺得這一變化是有根本性的，當時的文學轉而尋求西方的傳統，這是很突出的，從此之後，中國的文學必須在一個世界文學的大格局之中，才能得到認識和理解，這是前所未有的。我認為這三個軸心時間節點標誌着不同的文學階段，這是中國文人自己的反思或者説是調整。

某同學：針對陳老師三個軸心時代的概括，我想問一下對我們以後文化的繁榮的看法。我承認對於文化的傳承很重要，文化創新也很重要。那麼對於我們以後文化的繁榮，是文化創新更重要呢，還是文化傳承更重要？

陳引馳：這個問題説實話是我回答不了的。我如果能回答，我就是國師了。抽象地講傳承和創新可能不一定合適，現在一般講就是説：創新也都是在傳承的基礎之上的，然後傳承當中肯定也是有創新，是有新的因素的。

某同學：老師好，你剛才講到元稹和白居易的關係，説到我們知道的作品比他們彼此知道的多，我就想我們和古人畢竟不在同一個時代，也很難體會到其中具體的滋味是什麼樣子的。如果同時代的了解也不全面，我們解析古代文學史時到底應該如何處理呢？

陳引馳：這都是很重要的問題。各有各的優勢。你講的都是對的，簡單地講就是古人有古人的優勢，也有他的劣勢，今人有今人的劣勢，但也有他的優勢。你叫白居易去概括元稹的整個生活的、詩歌的道路，他真的不一定有我們清楚。因為他看得沒有我們多。但元稹具體文本裏邊所表達的意思，要論到真切的體會，我想他應該會比我們深。我想對我們今人來講就是要增強更多的反省能力，我們不一定要講我們比白居易更了解元稹的詩，但是我們或許可以講我們比白居易更了解元稹整個的詩歌發展過程，這個我們説不定是比他有優勢的。簡言之，就是基本上你要知道自己的長處和短處在什麼地方，然後再來做這個判斷。

中國文學的空間展開*

任何一種文化，其存在和發展都有一個空間展開的維度。在回顧以往文學傳統的時候，人們通常易於關注時間的維度，而忽略了空間的維度。其實空間的展開本身，也是一個重要的時間衍生過程。比如說，歐洲文明的歷史，某種程度上就是古代希臘、羅馬為代表的地中海文明的擴展歷程。從空間展開的角度觀察中國文學，我想或許可以提出三個空間性的觀察視野：南北、地域和中心。

一、南北文學離合

具體説到中國文化乃至中國文學，在如此廣闊的天地裏面，確實存在區域性空間的問題。比如説神話，如果僅僅觀察現代經過學術整合的神話系統，那是梳理後構成邏輯結構的成果。就目前一般的認識，首先會討論天地開闢、萬物創生等自然神話如盤古開天

---

* 2015年11月10日晚，復旦大學「惠風鍾文」人文學術節講演。

地（徐整《三五曆紀》），而後是涉及人與自然的神話如女媧補天、后羿射日等，再次才是人間的英雄神話如黃帝與蚩尤之戰、鯀禹父子治水之類。因為，在邏輯上講，這是世界發生、發展、演變的當然過程。然而，如果注意到這些神話的具體淵源，就可以明白，這一整套神話系統，對於生活在上古具體族群中的人們很可能完全是陌生的。比如說，龍、鳳之類，現在一般認為是上古不同部族的圖騰形象，原來它們相互之間存在從對立抗衡到融合並立的歷史變化；而如黃帝、炎帝合為所謂「炎黃」也是不同部族、不同區域的文化融合的結果。就說今天最為人們熟悉的「盤古開天地」的宇宙開闢神話，就文獻而言，其實是後漢、「三國」時代才出現的，它原是一個苗蠻族系統的神話。它進入中原為核心的文化系統，或許與當時南方的開拓有關係。簡而言之，神話這樣的文化創造，在其最初都是區域性的，或者用一個時髦的說法，是所謂「地方性」的知識；其後，才逐漸整合到所謂「中國文化」這個整體之中。對於這種神話的空間性，以往曾經有過兩種比較有影響的觀察。其一，顧頡剛先生曾論述了所謂昆侖神話和蓬萊神話，即東西相對的兩個系統；其二，茅盾先生則討論了南北展開的神話系統的不同。這兩種分別，後面隱藏着中國歷史、文化的重要資訊，都有其重要的價值。不過，就文學而言，從長期的歷史狀況看，似乎南北的分別顯得更為重要吧。

在神話之後，我們可以看到《詩經》和《楚辭》的南北分流，雖然嚴格地說，它們兩者完成的時間相差二三百年，但作為南北文化不同面貌的文學體現，它們之間的對比還是恰當的吧。兩者的不同，主要從所謂「楚辭」的特異性可以看出來，照宋代黃伯思的說法，《楚辭》是「書楚語，作楚聲，紀楚地，名楚物」的。楚國人自己也明確説過自己是蠻夷，與中原不同的。如果舉例説，看《詩經》裏面的情歌，男女相約不少在城邊，所謂「城隅」（《詩經・邶風・靜女》）、「城闕」（《詩經・鄭風・子衿》），男孩子等不到女孩子就「搔首踟躕」（《靜女》），「一日不見，如三秋兮」（《詩經・王風・采葛》）；而《楚辭》裏面，你可以看到像《山鬼》那樣在「山阿」的等待（「若有人兮山之阿」），《湘君》、《湘夫人》那樣在水邊的等待，似乎主要是自然的環境更多些吧。

這種南北文化的差別在中國文化的歷史前期，始終存在。比如漢代，其實就是南方的楚文化逐漸漫延北方的時期；這當然與秦末楚人的政治鬥爭相關。我們可以舉一個例子，就是在文學史上一般沒有受到充分注意的楚歌，魯迅先生最早在他的《漢文學史綱要》中專列了一個題目，「漢宮之楚聲」，是很有見地的。楚歌顯然與南方的文化有着深刻的關聯，在形式上與《楚辭》是非常相近的。可以説，楚歌是當時上層貴族抒發個人情感——通常是悲哀慷慨的情感——的基本形式。項羽在「四面楚歌」中的《垓下歌》、劉邦的《大風歌》、劉徹的《秋風辭》（這見於《漢武故事》，或許有增飾）、李陵的悲歌（《漢書・蘇武傳》）等，都是這時情感表達的優秀作品。這些作品有一些基本的特質，即它們主要是歌唱的，表達的是悲哀的情調——這顯然近乎《楚辭》而非北方《詩經》中的作品風調。

南北的分別，隨着南方在地理、文化上的發展，隨着政治地域上的分裂，在中古時代甚至更為突出了。這只要看南北朝樂府作品顯示出的迥然不同的風格就可以了解了。南方民歌裏面絕大多數是所謂情詩，以深情綿邈為特色，最典型的大概要算《西洲曲》了；而北方雖然流傳下來的作品遠少於南方，但涉及的主題顯然比較廣泛，即使情歌也直接爽快得多，比如：「門前一株棗，歲歲不知老。阿婆不嫁女，那得孫兒抱？」

這種南北的差異，文學上的整合是在唐代完成的。我們知道，結束中古南北對立的格局，政治上的力量是北方為主導的，而文化上則似乎是南方逐漸佔據了上風；這從隋煬帝和唐太宗宮廷中的詩歌風格沿襲南朝可以得到表徵。照聞一多先生的意見，所謂宮體詩的風格，要等到張若虛的《春江花月夜》出來，才得到徹底的澄清（《宮體詩的自贖》）。不過，整合南北文化、文學的理想，在唐太宗時代就清楚表達出來了，比如當時修撰的幾部史書的序論裏面，就清楚指出了南北文風的不同，所謂江左「貴於清綺」，河朔「重乎氣質」（《隋書・文學傳序》）；暗示了統合南北的趨勢——雖然它真正完成要稍遲些。南北的差別，在唐代之後逐漸退色，雖然它始終沒有消失過。比如王國維考察元代戲曲，指出元雜劇初期以大都為中心，而作家亦以北方人為主，在他所統計的 62 位雜劇作家中，北人佔 49 而南人 13，而北方之中河北、山東和山西三地的又佔了 46 人（《宋元戲曲史・元劇之時地》）；與此相對，南方有所謂「南戲」與雜劇對峙，衍生為後來的「傳奇」。不過，雖然這時大致還可以用南北的範疇來討論，但似乎有些籠統了；更為準確地形容大概需要考慮所謂「地域性」——這個「地域」是從狹義上來說的，指在中國文化的地理範圍內各個局部的相對獨立的空間區域；如果從廣義理解「地域」的話，那麼所謂「南」、「北」，自然也是一種廣義的「地域」性概念。

二、地域文學興盛

按照王國維的研究，元雜劇在北方興盛，似乎不是普遍的，而顯示出特定的地域性。這種地域性的文學繁榮，其實是中古之後文化多元發展的結果；也就是說，我們有可能以較南、北方這樣稍顯宏大的視角要更為精細的尺度來觀察文化的多元性發展。我們只要想一想，中古之後，文學群體的稱謂與地域的關聯變得引人注目地緊密了。比如宋代的江西詩派，它的領袖是江西人黃庭堅；我們同時知道宋代那麼多文人都是江西人：歐陽修、晏殊和晏幾道父子、王安石、曾鞏、楊萬里、姜夔等。此後，明代有所謂公安派、竟陵派，清代有所謂虞山詩派、常州和浙西詞派、桐城和陽湖文派，等等，不勝枚舉。雖然不能完全限於地域來了解這些文學流派，但地域因素在其中無疑有重要的意義。我相信，對近世以來文學的深入了解，地域性視角具有關鍵性的價值。

由地域性視角，我們還可以注意到一個重要的文學空間概念，即文學中心。地域性文學的興盛，往往作為「地方性知識」（local knowledge）擴展成為全國性的文化勢力；這就牽涉到文學中心的移動問題。比如，前面提及的元雜劇早期中心在大都，而後期則轉移到了南方的杭州，那時的大部分作家都是南方人或長期居留南方。而所謂「桐城派」，雖然其大師如方苞到姚鼐等重要成員頗多桐城人，不過，在晚清的時候，它的成員已經遠遠超越了桐城籍，歸依者許多在乎其文章觀念和實踐，而不在於他是哪裏的人，這有點像南宋的楊萬里評説江西詩派的話，所謂「江西」是詩歌的味道「江西」，而不是人「江西」而已（《江西宗派詩序》）。即使是桐城人，不少也在本鄉本土之外居留，比如北京，當時吳汝綸任京師大學堂的總教習，而馬其昶、姚永樸、姚永概等及服膺桐城古文的林紓等也都曾在北京教書，所以無疑北京是這一派別的重要中心了。在這個背景下，才可以真切了解當初新文學運動興起時所謂「桐城謬種，選學妖孽」的口號，是實際有所指而非泛泛之談，幾乎就是針鋒相對的直接的學院政治——後者是指民國初年進入北京大學的一批學者，他們的學術背景與之前的桐城派很不相同，並且事實上相互之間有排詆鬥爭的表現，他們以傳統的小學、經學和文學為根基；就文學而言，深研而推重的是中古的《文選》、《文心雕龍》等經典，比如黃侃乃至稍後的劉師培都曾主講過《文心雕龍》，前者有《劄記》傳世，後者也有學生筆錄的講義殘篇見存（羅常培等筆錄的《誄碑》篇的「口義」刊登在《國文月刊》），而黃侃對於《文選》的研究（《文選平點》）和劉師培的《漢魏六朝專家文研究》也體現了大致一致的學術趨向。

三、文學中心轉移

說到文學中心，縱觀中國歷史，似乎可以分劃為兩個大的歷史階段來了解。

首先，是文學中心和政治中心重合同一的時期。

在這一歷史時期裏面，文化權力和政治權力是結合在一起的，因而政治活動的中心和文學活動的中心無法分隔。比如我們可以看《詩經》，它的「頌」和「雅」的部分形成於政治中心，比較容易理解；而「風」的部分呢？其實在那麼一個廣大的區域裏面，經歷那麼久的歷史時間，它們的體制比如句式、韻腳大致保持一致，就足以説明它們確實經過了統一的整齊，按照過去的歷史文獻説是有「太師比其音律」（《漢書・食貨志》）的。在這個意義上，《詩經》的成型無疑在當時的政治中心，也就是西周和東周的天子朝廷裏面。其實就當時的情形而言，《詩經》本身就是國家禮樂文化的一部分，和今天所謂的作為個體情志抒發的詩歌文學迥乎不同。

而後，漢賦的創作中心呈現了從諸侯藩王到天子之朝的轉移。枚乘、司馬相如都有過在諸侯藩王比如吳王或梁王支持下討生活的經歷（見《漢書》中兩位的傳），而後則有機會進入漢武帝的天子之朝——雖然枚乘沒來得及真正享有如此榮耀。為什麼政治與文學的關聯如此緊密？在現代觀念裏面，這是值得懷疑的事；不過，在當時其實非常自然。除了文化其實也就是政治資源一部分的原因，還可以考慮物質的因素，政治權力所在也就是物質豐厚之所在，而文學必須在這一基礎上才可以生存。我們常常忘記了文學這樣的精神活動需要一定的物質條件支援，因為文學作為精神產品，它本身也需物質性載體的承載。只要想想當時紙還沒有發明，文字是寫在布帛或簡牘上的。這都不是一般人可以充分利用的。比如，問一個簡單的問題：司馬相如《子虛》、《上林賦》數千言（《史記》及《漢書》的《司馬相如傳》中錄為一篇，而《文選》分為兩篇），他可以完全用腹稿形式完成構思嗎？是否需要打草稿？如果答案是肯定的，那麼想一想，這是不是一個挺大的工程？這是一個人可以負擔的嗎？

政治、文化和經濟，在古代中國是結合一體的。中古時代的幾個文學中心，也可以作如此觀。比如鄴下，是曹魏政權的政治中心，同時也是三曹、七子等文學家活動的所在。這些作家在北方的大亂之中，得以聚首鄴下——比如陳琳原來就是袁紹的筆桿子，曾大罵曹操；王粲初依劉表，劉表對他不很重視，大概因此而有《登樓賦》之作，後來勸劉表的兒子劉琮歸魏——互相切磋文藝，甚至同題共作，在沒有性命之憂的條件下提高詩賦技藝。稍後江南的建康也是如此，它是南朝各代的都城，而南朝的文化人其實就是那麼一群，比如齊梁文學的主要人物就是所謂蕭齊竟陵王子良門下的那批人；有着前後相續關係的齊、梁、陳的作家們，在建康這一都城裏面形成了南方宮廷文學的傳統，這種情形一直延續到初唐時代。我們看到唐代的文人紛紛湧向長安和洛陽兩京，追求自己政治前途和文學聲譽，就像如今懷抱明星夢的男女奔向荷里活一樣，只有在那裏，他們才能獲得真正的文學上的名聲和地位。或許可以舉出陳子昂的例子，他為了在長安引起人們的注意，花大價錢買了一張索價甚高的胡琴，而後一舉而破拋之，轉而將自己的文稿遍贈與會者，因而一日成名（參見李冗《獨異志》）。我們可以想像，陳子昂在長安破琴可以獲得名聲，而如果在他的四川老家，恐怕摔爛一百張琴，也不會有什麼反響吧。

不過，從南朝宮廷的有限圈子到這時候的長安市場，已經可以看到：文化的擴張使得文學走向了更為廣闊的天地。如果在過去，陳子昂這樣的外來者，恐怕很難進入宮廷文化圈——即使如劉勰那樣獲得沈約的讚賞得以進入仕途，也始終難以盡展其才。宇文所安教授在他的《初唐詩》、《盛唐詩》中曾經討論過初唐到盛唐時代詩歌從所謂宮廷詩（court poetry）到都城詩（capital poetry）的轉變：回顧南朝以宮廷為中心的創作背景，到唐代逐漸形成的以都城為中心的文學圈子，這確實是一個有意思的觀察。而更為重大的變化發生在「安史之亂」之後。

文學中心與政治中心相對分離，而趨向多元化的第二個階段，在我看來，大約發生在盛唐之後的中唐時代。兩者分離的狀況並非此前完全無有，但相對而言，那是偶然機緣所致。比如東晉時代不少名士居於會稽，因而有蘭亭詩的產生；謝靈運山水詩的寫作也是在他遠離京城、退居自家莊園的時候，而成篇之後傳入京城，人皆傳誦之（《宋書・謝靈運傳》）。這些當然與貴族文化仍有關聯。不過，總體而言，此類情形並不具有普遍性。其他類型的文化中心的例子，還有如慧遠之在廬山，這是當時佛教文化的一個中心；不過，宗教團體原來就置身方外，而且北方佛教的領袖人物鳩摩羅什依然緊附政治中心。

「安史之亂」使中國政治、經濟和文化的版圖發生了顯著的變化。這種多元化的趨勢，可以在江南地位的突出上看出來。比如說中唐時代的重要作家如韓愈、柳宗元、白居易、劉禹錫等少年時代幾乎都有若干年在江南度過。少年經驗對於內心的影響是深遠的，白居易《憶江南》的詞就是證明：「江南好，風景舊曾諳。日出江花紅勝火，春來江水綠如藍。能不憶江南？」更重要的是關涉到文學時，柳宗元作為一個失敗的政治活動的參與者，其實是在南方偏遠的州郡，建立起自己作為古文家的地位和聲譽的——雖然他早年在京城時就以學問和參與政治而嶄露頭角。這樣的事實說明，中唐時代有了一種可能性，即不在政治中心而建立文學地位。劉禹錫也是很有意味的例子，他向湖州的皎然學詩，開始自己作為詩人的道路，而皎然代表的是江南一個相對獨立、自成風格脈絡的詩歌傳統。這些中唐時代開始出現的點滴的徵兆，表現出文學多元中心時代的開始。元明清時代，江浙地區仍是並更加成為一個重要的文學中心區域，高啟、文徵明、唐寅、徐渭、馮夢龍、錢謙益、朱彝尊、鄭板橋、袁枚、趙翼、龔自珍等出自於此；現代這裏也仍是出作家甚多的區域。

近代以來，還出現了一個非常特殊的情形，即文學的中心區域甚至出現在以往比較邊緣的地方。比如廣東就出了康有為、梁啟超、黃遵憲、蘇曼殊等。這裏原來在以中原文化為中心的視野之中，相對是邊緣化的區域。而恰恰是在這個原來被視為邊緣的區域裏面，出現了近代「小說界革命」和「詩界革命」的主要的人物。梅縣的黃遵憲所謂「我手寫我口」的主張，在胡適看來，足以代表當時的白話新詩（《五十年來的中國文學》）。新會梁啟超鼓吹詩和小說的革命，尤其以鼓動（《譯印政治小說序》和《小說與群治的關係》）、翻譯（《經國美談》）、創作（《新中國未來記》）政治小說而著名，他將小說的政治地位抬得那麼高，所謂：「欲新一國之民，不可不先新一國之小說；故欲新道德必新小說，欲新宗教必新小說，欲新政治必新小說，欲新風俗必新小說，欲新學藝必新小說，乃至欲新人心、新人格，必新小說。」（《小說與群治之關係》）這其實在近現代有很大的影響力，比如魯迅，就是因為覺得救治中國人的身體不及救治他們的靈魂重要而棄醫從文，跑到東京投身文學的。而早年往來廣東和日本的蘇曼殊的小說，其中的情感表達今天普遍被認為具有相當的現代因素。

當然，仔細看一看這些出生於傳統中國文化的邊緣區域的人物，他們未必就困守自己家鄉；而毋寧說他們在很大程度上是故土的遊子。康有為最初接受新知識、新觀念的契機在參加科舉考試回鄉途中經過上海，接觸了許多涉及海外學問的書籍，而他在後來多年的流亡生活中創作的詩作，可能是他最有趣味和價值的文學創作。黃遵憲在日本任職，他的《日本雜事詩》顯示了新異的內容和風格。而梁啟超有關「新小説」的鼓吹和實踐，都是在他流亡日本之後展開的。蘇曼殊本人甚至就是在日本出生的一位，他的詩文創作中的日本意象是一個非常突出的、值得深入理解的方面。這種情形，一直延續到現代，而且似乎日漸壯大，比如上面提及了魯迅，他和周作人最早的文學活動是在日本開始的；而郁達夫最初的文學經驗也來自於日本留學生活（《沉淪》）；李金髮則在留法時，在一個遠離中國本土文學氛圍的環境中開始創作詩歌。最有典型意義且最具説服力的例子，要屬胡適的白話文學主張和實踐，他是在美國出於個人經驗而產生了改良文學的觀念，並且付諸「嘗試」的；甚至他最早和最持久的反對派如梅光迪、吳宓等也是在美洲大陸發展起來的，我們今天從《吳宓日記》（第二冊）裏面，可以清楚地看出這個後來在中國現代文學史和文化史上以「學衡派」著名的團體，其實是在美國的哈佛大學最初成型的。

這種種情形，似乎值得我們提出：現代文化的萌生空間甚至在中國的域外。這似乎很奇妙，其實，這一現象的出現，與中國文學從北方、南方的有限區域展開，逐漸形成全國的多元系統，乃至向世界敞開的歷史進程，恰相契合。我們終於進入了歌德（艾克曼《歌德談話錄》1827 年 1 月 31 日）首先提出而後馬克思（《共產黨宣言》）曾做了很好闡説的「世界文學」的時代：

> 我愈來愈深信，詩是人類的共同財產。我們德國人如果不跳開周圍環境的小圈子朝外面看一看，我們就會陷入學究氣的昏頭昏腦。所以我喜歡環視四周的外國民族情況。我也勸每個人

都這麼辦。民族文學在現在算不了很大的一回事，世界文學的時代已快來臨了。（《歌德談話錄》）

資產階級，由於開拓了世界市場，使一切國家的生產和消費都成為世界性的了。使反動派大為惋惜的是，資產階級挖掉了工業腳下的民族基礎。古老的民族工業被消滅了，並且每天都還在被消滅。它們被新的工業排擠掉了，新的工業的建立已經成為一切文明民族的生命攸關的問題；這些工業所加工的，已經不是本地的原料，而是來自極其遙遠的地區的原料；它們的產品不僅供本國消費，而且同時供世界各地消費。

舊的、靠國產品來滿足的需要，被新的、要靠極其遙遠的國家和地帶的產品來滿足的需要所代替了。過去那種地方的和民族的自給自足和閉關自守狀態，被各民族的各方面的互相往來和各方面的互相依賴所代替了。

物質的生產是如此，精神的生產也是如此。各民族的精神產品成了公共的財產。民族的片面性和局限性日益成為不可能，於是由許多種民族的和地方的文學形成了一種世界的文學。（《共產黨宣言》）

在這個時代裏面，民族國家的邊界已經無法構成最後的界限：文學在哪裏創作出來固然仍具有意義，但文學的靈感和資源則根本無法以特定的地域、種族等時空因素來界定了。

中古文士精神之演進*

首先我非常感謝蘇州大學文學院，這次「仲聯學術講壇」能夠邀請我，對我來講是一個很高的榮譽。蘇州是我非常喜歡的城市，幾乎每年都會來幾次，和蘇大的很多前輩、老師熟識，有很多很好的朋友。所以一方面感到很榮幸，一方面感到很愉快。今天的講座，正如剛才說的，對我是很高的榮譽，錢先生是我們所有做中國古代文學研究的學者特別尊重的前輩，是真正的大師。錢先生的著作我讀過很多，這次來，真不知道講一個什麼樣的題目好，最後就是大家看到的這樣一個題目「中古文士精神之演進」。之所以講這樣一個題目，因為我個人對佛教與文學、宗教與文學有一些興趣，有一些關注。我記得錢先生在 1980 年的《蘇州大學學報》上，有一篇重要的長文〈佛教與中國古代文學關係〉，縱貫論述整個中國文學與佛教的關係，細大不捐，可以說是那時很有影響力、很重要

---

* 2019 年 9 月 26 日上午講於蘇州大學「仲聯學術講壇」，與劉躍進、吳承學兩位教授共同擔任開講式的演講。

的一篇論文；當然，錢先生這方面的學問非常之淵博，包括像沈曾植《海日樓集》，一般人可能做不下來。所以錢先生既縱貫又淵深，成就非常之高。那麼，我講這個題目實際上也是向前輩致敬，向前輩指示的這個方向努力。

一

如果要了解中國文學，除了對文學文本要下功夫，對文學本身要有很深入了解，了解的方面其實越廣越好，包括對宗教信仰、學術思想這些有更多了解可能更好。這裏想講的就是中古文人的精神世界的演進，當然這裏只能簡明扼要地講。

首先所謂「中古」的時段，一般中文系的同學一講中古可能考慮的都是所謂魏晉南北朝或者是六朝。但是這樣的理解實際上比較狹，只在研習古代文學的群體裏有這麼一個認同。

如果你走出去，到歷史學界，包括到海外的學術界，他們所講的「中古」包含的時段範圍比我們更廣，簡單説，可以從漢魏之際一直到唐宋之際都是所謂中古。講中古史，往往是將隋唐史都包含在裏面的，很多前輩老先生，包括陳寅恪先生，從國外回來，1920年代末以後逐漸轉向中古史研究，範圍基本上就是魏晉南北朝唐代，當然隋唐部分他完成了《唐代政治史述論稿》、《隋唐制度淵源略論稿》等專書；形成清楚的學術系統，而對六朝他也有很多論文，可惜沒有著成專書；但是對他而言，中古史涵括了魏晉南北朝唐代或者説漢魏之際到唐宋之際這樣的一個範圍，是沒有疑問的。這是我首先要做的一個説明。

那麼所謂的精神演進，為什麼要了解這個？有的時候我們了解一個時代文人的思想世界或者他們的精神世界，對我們理解他們的內心的世界、他們情感的世界、他們的文學表現、他們的文學文本，是有很大幫助的。如果你沒有這方面的了解，其實會有很大欠缺，有的時候會看不進去。這裏簡略地勾勒一下中古時代的情形，大家可能都知道的部分，就不再多說了。

就早期來講，大家知道先秦時代百家爭鳴，而其中最重要的是儒、道兩家。如果把西漢和東漢的學術思想流變視為一整個的過程的話，基本上它是腰鼓狀的：初期繼承了戰國以下的那樣一種「百家爭鳴」的局面，然後儒、道相爭，然後就是所謂「獨尊儒術」，經學成立，子學時代終結，經學時代來臨——馮友蘭先生最初寫他的兩卷本《中國哲學史》的時候，就是這麼稱呼的；經學時代，所謂「五經」或「六經」都是以儒家學術為中心的，到了東漢，儒家經學當然繼續在進展；而到了東漢後期，經學逐漸瓦解，多元的各種各家的思想又重新出來：首先出現的現象就是很多人開始又重新關注子學，比如說《墨子》，早期的墨學在西漢初年就沒落了，但是墨子的研究在東漢後期又重新起來，當然還有《老子》、《莊子》，包括像《孫子兵法》，我們今天都能看到曹操注的《孫子兵法》——所以基本上東漢末期這樣的狀況越來越清晰，隨着經學的瓦解，子學重新興起。

子學興起以後，最重要的一個變化就是所謂玄學的成立。玄學的興起，一般會認為它與道家有莫大的關係。馮友蘭先生在抗日戰爭結束之後的1940年代後期，到美國賓夕凡尼亞大學去講課，那個英文本於1980年代才翻譯回來，就是現在非常流行的《中國哲學簡史》，這本書對於魏晉時代的玄學，用的英文就是 Neo-Taoism。説道家是玄學的關鍵因素，這當然是對的。不過，另一方面，你如果進入到那個時代，理解那個學術展開的具體過程，可以説：玄學是從儒學或者説從經學轉出來，而兼納了道家的很多成分，是儒、道兩家結合的一個結果。這裏只講最簡單的事實，這與我們研究這一時期的文人、文學和文學史也很有關係。大家都聽到過當時有所謂「三玄」的講法，《易》、《老》、《莊》三部重要的玄學經典——大家往往這麼説，也沒錯；但是如果是你們學生寫論文，我就要批評：你不能這麼寫，因為還不夠嚴謹，實際上「三玄」這個名稱的出現是在《顏氏家訓》，《顏氏家訓》講的「三玄」實際上是指的梁代，並不是直接指魏晉的時代。但魏晉時，對《易》、《老》、《莊》「三玄」也是非常關注的。為什麼要從「三玄」來談？因為中國古代思想的發展，往往是借助於對前代經典的闡發。思考學術思潮的起伏變化，你關注他註釋什麼經典、闡釋什麼經典，可以非常清楚地看出來。

玄學的第一個階段，核心人物是所謂何晏、王弼，這個大家都知道。何晏、王弼的學問聚焦在哪裏？他們關注的經典是什麼？最重要的是三部：《周易》、《老子》、《論語》。《周易》：何晏沒有什麼著作留下來，但是他很樂意談《周易》，這在《世説新語》裏有清楚的記載；王弼是注了《周易》，是一部極重要的注本。《老子》：何晏曾想注《老子》，不過他後來遇到王弼，兩人傾談之下，何晏非常吃驚，感覺這人年紀那麼輕，卻真正能論天人之際，然後他説我就不注了，「退而著《道》《德》二論」，寫了兩篇論文——所以，由此可以看出來，在當時的學術著述層級中，「注」是第一位的，今天注可能不算學術著作，不如專著，而每個時代有每個時代的觀念，那時注是居第一位的。何晏不注《老子》了，他就退而著《道》《德》二論；那《老子》的注是誰做的呢？是王弼——我們現在都知道也很重視 1970 年代出土的馬王堆帛書本，乃至 1990 年代出土的郭店簡本，但之前很長時間大家讀的八十一章《老子》就是王弼注的，王注本最為流行了。《論語》：何晏的《論語集解》大家都知道，今天常見的《十三經注疏》就收了；王弼關於《論語》沒有像他《周易注》、《老子注》那樣的專門著述，但他有《論語釋疑》。所以很清楚地可以看出來，何晏、王弼他們最關注而下功夫的主要是《周易》、《老子》、《論語》這三部書，《老子》比較特殊，沒有問題是道家的經典，而《周易》雖有玄旨，但無疑首先是儒家經典，是「五經」之一，《論語》早期在漢代屬「傳」，後來也進入「經」的行列——從何晏、王弼他們對經典的關注，可以説他們是兼合儒、道而展開他們的學術的，他們的玄學是從經學轉出的。

玄學的第二個階段，我們可以看到許多文學史上熟知的文人，他們的玄學被稱為所謂「竹林玄學」，也就是嵇康、阮籍這些人的玄學。嵇康、阮籍他們實際上是文人，今天在哲學史上或者思想史上也不一定得到濃墨重彩的刻畫，不像王弼留下了完整的著作，可供深入討論，但他們在玄學的發展當中有非常重要的作用。那麼，他們最重要的貢獻是什麼呢？就是從他們開始特別關注《莊子》。嵇康特別喜歡談《莊子》，但他的系統見解，今天是看不到的，但是如果你打開陸德明《經典釋文》，《莊子・逍遙遊》開篇「北冥有魚，其名為鯤」，一上來就有嵇康的意見被摘錄在那裏；阮籍則是最典型的代表，他寫了三篇重要的文章：《通易論》、《通老論》、

《達莊論》。我們講文學史經常會談到《大人先生傳》，然後説受到莊學怎麼怎麼樣的影響；而從這三篇文章——當然現在留下來已不是完整的全篇——你可以看到他對《易》、《老》、《莊》三種經典都有討論，是真下過功夫的。當然最重要的要數向秀，他要注《莊子》，嵇康雖然對《莊子》很喜好也下了功夫，卻不主張向秀注它，説這書大家聊聊心得便很好，何必去注？但是向秀不管朋友的勸阻，也幸好他沒聽嵇康的話，他注成之後，《世説新語》裏講因此「玄風大暢」，莊學一下子就非常為大家所關注。向秀的注基本應該是保留下來了，後來一個著名的公案，就是向秀的注是不是被那位「口若懸河」的郭象剽竊了？《經典釋文》記説向秀大概注了二十六篇共二十卷，我們一直讀到今天的郭象本是三十三篇，那時候有一個説法，向秀的二十幾篇可能都被郭象囊括到自己的注裏邊去了。現代也有人嘗試做離析的工作，要分清哪些是向秀注哪些是郭象注，這恐怕很難。簡而言之，我們今天看到的當然是郭象注本，但郭象注文裏面肯定有相當部分——雖然很難估計——是向秀的見解，對這些注，有的學者就合稱為《莊子》「向郭義」，這可能是比較周到的。講得可能有些囉嗦，但意思就是説向秀在《莊子》成為重要的玄學經典過程中有關鍵的作用。

回頭來説，從何晏、王弼的《易》、《老》、《論語》到竹林文士的《易》、《老》、《莊》，這一經典關注的變化趨向顯示，玄學從經學裏面轉出來，加入了《老子》，再是《莊子》，道家老莊的思想融入其中，這是玄學主要的發展線索，也是主要的演進脈絡。

二

玄學是魏晉時代非常重要的新思潮，那玄學對於文學有什麼樣的重要性呢？我們研究的是文學，所關心的還是文學，疏理玄學的過程，對我們理解文學有什麼重要意義呢？我個人覺得能幫助我們對某些文學的問題、文學的文本有不同的認識和了解。不少學者關注到道家的思想、莊子思想在魏晉時代對文人和文學的影響，這樣的考察當然可以有各種各樣的方式，我個人覺得莊學對於文人最重要的，一個是關於自由，一個是關於生命。

生命觀的問題，今天不能展開，簡單談一談自由的問題。所謂自由，那個時代最突出的表現是基於對自己個性的尊重而作出自己的人生抉擇。首先就要提到嵇康，他有一篇很有名的文章，我想很多讀中文系的人都會讀過，就是《與山巨源絕交書》。這篇文章，大家都知道有個背景，當時已經出來做官的嵇康當年的朋友山濤，勸他也一起來做官，嵇康不同意，然後就寫了這篇文章給山濤回應他。大家很容易注意到文章裏面提到的各種放蕩不羈的言行，比如嵇康說我不能做官，我這個人很懶，懶到什麼程度，實在太不像話了，假設說要上洗手間，要「令胞中略轉乃起耳」，實在憋不住了，我才去，所以我這種人是不能做官的。可能大家看到這種事情覺得很有意思，覺得嵇康這個人很好玩。但他絕不僅是這樣，嵇康是一個特別能持論的人，當時寫「論」一類的文章，他是非常厲害的，老愛跟這個人辯論，又跟那個人辯論，關於養生問題、關於音樂本身是否有哀樂的問題等。那麼《與山巨源絕交書》這篇文章僅僅是在講自己如何奇怪異俗的形象嗎？他沒有一點理據嗎？其實不是的，這篇文章裏面最重要的理據，在我看來，是有兩句話，叫「循性而動，各附所安」。什麼意思？以大白話講，每個人都應該按照他的本性來行動。你如果通篇仔細看下來，這是他立論的根據。每個人都應按照自己的本性來行動，來選擇自己的生活道路，而我與你山濤個性不同，自然不能與你一樣進身魏闕。

嵇康講的這個「循性而動」的「性」是哪裏來的？其實「性」這個概念是《莊子》非常重要的概念。對古人來講，這整個宇宙、世界，它有其精神、有其道在；而天道在人間、在現實世界當中，它落實在哪裏？就落實在「性」上，落實在"nature"上，落實在世間萬物的性上。這是基本的觀念，不僅是道家的觀念，而是古人講天人關係的普遍觀念，像《中庸》裏面講「天命之謂性」，這就是「天」落實到「性」上；再比如《孟子》講要「盡心」——心就是他所謂惻隱、羞惡、辭讓、是非之心——而後知「性」，知性而後知「天」。由心可以推到性，然後推到天，為什麼能夠推上去？因為心、性就來自於天，天道就落實在性上。這麼看，儒家和道家都是這麼講的。

莊子也是這麼講的。為什麼要依循於各自的本性而為？因為天道就落實在萬物包括人之性上，你依循於你的本性就是依循於天道自然。「性」這個概念在《莊子・外篇》最初幾篇裏不斷出現，非常重要。比如說「馬，蹄可以被風雪，毛可以避風寒」，生活在一個自在的狀態下，「飢則食，渴則飲」，本來很好；而伯樂來了，一定要將馬訓練成為千里馬，違逆了馬的本性，最後可能萬裏挑一，「一將功成萬骨枯」，出了一匹千里馬，卻有很多馬被弄死了。《莊子》裏面講這樣意思的段落很多，比如他說魯國——今天的山東包含古代的齊魯，齊更靠海，魯國離海遠一些——的國都之外飛來一隻海鳥，可能因為這樣的海鳥比較稀奇，國君就把鳥弄去，給牠吃好的，還同時為牠奏樂什麼的，結果這隻海鳥從來沒見過這架勢，目瞪口呆，不敢吃，不敢聽，三天就餓死了。《莊子》裏講這叫「以己養養鳥」，不是「以鳥養養鳥」——你這樣的方式，對人來講是很尊重的，鐘鳴鼎食嘛，但對鳥是不合適的。所以要尊重各自的本性。從《莊子》這裏轉回去看嵇康《與山巨源絕交書》這篇文章，就非常清楚了：嵇康說讀了《老》《莊》以後，我本來很自由自在的性格，就更加趨向於放曠這一路了。可以說，「循性而動」的「性」，應該就是《莊子》思想脈絡之中的「性」。綜觀全篇，這個「性」不斷出現，貫徹始終；嵇康對山濤說，我們兩個人的相知是偶然相知而已，實際上你並不了解我的本性，讓我來告訴你我是什麼樣的性格，我是什麼樣的人，在這個語境之下，他講了一大堆他自己怎麼懶怎麼不好，像身上有很多蝨子等，實在與做官的道路不合，最後講到你走你的陽關道，我走我的獨木橋，你走魏闕的路，我志在「長林豐草」之間——嵇康的這篇文字，背後有一個非常清楚的理論依據，而這個「循性而動」的觀念來自於莊學。

但前邊講到的只是一個方面，另一方面，問題沒有那麼簡單。再分析下去，複雜在哪兒？《與山巨源絕交書》又絕不僅是一篇從某個理論出發來表達我不願做官意願的文字，這後面有很激烈的政治鬥爭：嵇康的太太是曹家人，當時曹氏與司馬氏處於激烈爭鬥的情境之中，所以他不可能去依附司馬氏的力量。其實山濤一開始也很猶豫，山濤的表姑嫁給了司馬懿，他與司馬氏有了更多的關聯，但是他也一直不願出山，直到高平陵之變以後格局已定，他才出來做官，然後他再想把嵇康也拉出來，嵇康當然斷然拒絕。我想這整個是非常複雜的一個政治環境，在這個環境裏看，《與山巨源絕交書》這篇文章所表達的姿態，說到底是一個政治的選擇，非常現實的一個政治選擇。但在這個政治的選擇當中，有很多話是不能直接講的，直接講說你是那個集團的，我是這個集團，我們「道不同不相為謀」，那怕早就被殺了——嵇康當然最後也是被殺的——不能講，怎麼辦？嵇康借一個玄理，借所謂「循性而動」的理據，給你講一套道理。所以，你看上去這個文章它確實是在講道理，當時不管政治立場怎麼樣，玄學義理都是大家所了解乃至熟悉的，可以為各方面的人物所認可的。比如，大家知道鍾會，就是最後進讒言害死嵇康的那個人，也是位玄學家，能文能武，在滅蜀之役中也是重要的人物，他也很有學問，《世說新語》裏很有名的一個故事，鍾會拿着自己寫的文章去給嵇康看，嵇康在那兒打鐵都不理他，弄得鍾會很難堪。由此，我們可以知道：當時的政治環境之中，即使嵇康有非常清楚的政治選擇，但當他不能直接說的時候，他用了一個玄理——不管你在政治上與我同道還是異議，哪怕我的對頭，你們也是共有這些玄學理解的人——來寫這樣一篇文章，作為對方的你們也能從玄學理論上了解它的意指，最後嵇康曲折但堅定地給出他的結論，我不能跟你一起，我不願出來做官。這個時候，玄學的理論，對嵇康來講，是有實際作用的，而不是抽象的。一般想像那時的人們講玄學，講「有」「無」之辨，似乎很玄妙，但你應該知道這些人都不是跟政治無關的人，何晏、嵇康這些人都是深深捲入曹氏和司馬氏之間政治衝突的，在這樣一個很殘酷、非常緊張的形勢之中，他們有自己的選擇。但如何表達呢？像嵇康就借助了玄學，借助於雙方都能夠接受的玄學義理來談。單就文章而言，它確實是基於玄理的一個分析和表態，這是玄學對於嵇康這樣的文人的第一重意義；而因為外在局勢不允許你做出實際的政治選擇的宣示時，嵇康這樣的文人借助為雙方都能了解和接受的玄理來傳達自己的立場，玄學理念具有了實際的作用，這是玄學對他們的第二重意義。

如果可以再延伸一點兒，我覺得陶淵明跟嵇康是一脈相承的。我們今天講陶淵明是一位退出江湖，退出萬丈紅塵，返歸自然的超脫的詩人，對他做了田園詩般的理解。但陶淵明哪裏是？你看他的生平就可以知道，他根本不是這樣的。陶淵明一輩子有起碼五次入世的經歷，入世經歷裏面最長的一次是跟桓玄，大概有兩年，可能跨了三個年頭；後來他也跟過劉裕，在他手下做官。桓玄、劉裕是兩個什麼樣的人物？是當時東晉後期前赴後繼，要壯大自己力量，甚至要推翻東晉政權，要篡位的人，桓玄已經稱帝，但最後沒有成功，被劉裕打敗，而劉裕最後是成功了——他們是對頭，但是在推翻東晉奪取天下方面，他們是一路人。陶淵明在這樣兩位一時梟雄手下做過事，眼見過風雲變幻，你說他是一位心境純淨、非常天真淳樸的人，雖然我沒有證據，但我無法相信，殘酷的政治鬥爭他都見過，所以他完全知道。

陶淵明最後離開官場、離開政壇，他退隱田園是非常自覺的一種選擇，這個自覺的選擇，我相信不僅僅是他自己講的那些理由。陶淵明很有意思，他做出了人生的重大選擇，很多人也做了人生重大選擇，但是陶淵明是對他的人生重大選擇進行了最多說明的人。我們今天基本都認同了陶淵明的講法，他說：「少無適俗韻，性本愛丘山。誤落塵網中，一去三十年。羈鳥戀舊林，池魚思故淵。開荒南野際，守拙歸園田。」所以我回去了；而且，在田園的環境裏詩人說他自己感到很高興，對不對？什麼「衣沾不足惜，但使願無違」等話語，對吧？他講了很多這樣的話，包括《歸去來兮辭》也是「悟已往之不諫，知來者之可追，實迷途其未遠，覺今是而昨非」。但你們想想看，一個人對自己的行為、對自己人生重大的選擇講得太多——我可能有點兒過度詮釋——好像有點兒過分，似乎他一定要講出一個令眾人信服的理由。從陶淵明早年的實際政治經歷來看，我相信他絕對有非常現實的理由，絕對有實際的考慮；但那個時候他不講，他用什麼來講呢？還是這個「性」：「少無適俗韻，性本愛丘山。」我本性是喜歡自然環境、山川自然的，包括《歸去來兮辭》中提到自己「質性自然」。他用這些理論、玄學的理論來向大家解說我為什麼要這樣做、這樣離開官場仕途，是因為這才是真正符合我本性的，這才是我真正希求的自由，這樣一種選擇令我開心快樂。詩人借講論眾人能懂、人所共喻的玄理來為自己的人生選擇做辯說，但我想他有他非常實際的政治背景和現實的考慮。

三

玄學之後，最重要的思想潮流當然就是佛教，它與源自先秦古典時代的儒家和道家一起，構成了中國傳統之中最主要的三個精神脈絡。佛教起源於印度，大家知道，大約是兩漢之際傳入中國的；而佛教真正對中國的精英文化、對我們文學史上的那些文人產生影響，基本上是在東晉以後。明代的何良俊有一部《四友齋叢說》，就提出這麼一個觀點，他說晉室東渡以後佛教才真正對中國的士人有影響；現代的研究也得出大致相同的結論，比如你們看荷蘭研究佛教史非常有名的學者許理和所寫的《佛教征服中國》，它比較全面地處理相關材料，就可以看到東晉之前文人跟佛教相關的材料很少，他們之間的關聯非常有限。最簡單的一種方式，你們去讀《世說新語》的〈文學〉篇——《世說新語》是非常重要的書，但是你不能僅僅看這些故事好玩，實際上這些片段背後有一整個的歷史背景、文學史的背景、思想史的背景，讀《世說新語》可以讀出很多內容，有時候一兩條材料都足以引發你切入豐富而深遠的中古世界，幫助你理解那個時代，〈文學〉篇就是一個非常典型的代表——它講的是學術的發展和文學的起來，全篇一百多條，大致分了兩部分，從曹植七步為詩的故事之後大抵是我們今天所謂的「文學」，但之前部分的「文學」，其實還是孔門四科的概念，一上來講經學，主要是馬融、鄭玄等這些經學大師的事情；接下來記述的是玄學人物何晏、王弼的事情；再往下是嵇康、阮籍；然後就是佛學了，這些有關佛教的條目，時代基本都在東晉以後了。

那個時候，士大夫才開始非常認真而深入地研讀佛經，我們不妨講一個故事來說明。最初佛教僧侶的身份比較低，你像最有名的支遁支道林要和王羲之聊聊，王羲之理都不理他，都不跟他接話，端着架子；支道林沒辦法，但他是一個很有學問的僧人，專門去找王羲之，趁着王羲之正要出門，支道林堵住他，硬拉着王羲之談莊子談「逍遙」，花言巧語，玄妙異常，王羲之聽得入迷，一高興便「披襟解帶」，就是說準備出門穿得整整齊齊的衣服都解開了，他不走了，與支道林聊開了。所以一開始，應該是佛教僧人去迎合士人的，像支道林就是以莊學的玄義來接近王羲之。隨着士人研究佛學的深入，情況有了些變化。那時候有一位殷中軍殷浩，讀佛經讀到《小品般若》，他是當時有名的玄學家，智力超卓，遇到他有疑問不懂的地方，就標記一處，積累了百餘處吧，然後他就去找支道林討論，這次輪到佛教僧人不與士人接談了，支道林不跟他談。怎麼回事呢？原來竟是王羲之勸阻支遁的，他的說法是殷中軍是玄學名家，非常厲害，談起玄學滔滔不絕，別人很難辯倒他，現在下了那麼大功夫研究《小品般若》，他搞不清楚的，你支道林說不定也搞不清楚，你們對談，如果他問難你，你答上來，這是天經地義，你是佛教僧人嘛，你當然得答上來，萬一你答不上來，一世英名可就毀了，所以你一定不要去和他談《小品般若》了。故事很有趣，但我的意思是，你可以看出來士人真正對佛教經典、佛教義理下功夫，基本在東晉以後。

東晉以後，佛教進入了精英士人的主流。從東晉，一直到唐代，對中國的精英文士來講，他們的精神世界、思想世界之中，儒、道、佛三者清楚地構成了一個多元結構。傳統的經學和儒家經典，他們不會不讀，這是他們看家的東西，最早都是學這些的；然後有道家的、玄學的、佛教的，這些都在他們的頭腦中盤旋，都成為他們的精神資源，在他們的為人處世、人生選擇一直到文學文本的書寫裏邊，都會留下這些交錯而複雜的痕跡。

在這整個歷史時段中，你都可以看到這些不同的精神傳統互相之間的交織、衝突、融合、平衡，幾乎所有重要的文人身上都有這樣的一種表現。比如剛才提到的王羲之，你讀他的《蘭亭集序》，這是名文，裏面有兩句很重要的話：「一死生為虛誕，齊彭殤為妄作。」「一死生」就是把死生看成一體，相通相貫；「齊彭殤」——彭祖就是活了七八百歲的，殤就是未成年而夭折的小孩子——長壽的和夭折的都差不多是一樣的。王羲之對這樣的說法很惱怒，說這樣的觀點真是胡說八道。那麼所謂「一死生」、「齊彭殤」是誰講的呢？是莊子。王羲之這裏是在罵莊子，說莊子你胡說八道，什麼「一死生」、「齊彭殤」！現在的人會覺得奇怪，那個時代老莊不是幾乎所有士人都傾心相向的嗎？他王羲之怎麼會這樣批評莊子呢？其實很自然，因為王羲之是個道教徒，而道教的一個基本追求就是長生久視，這是與主張自然主義的道家莊子截然有異的，王羲之是站在道教的立場上，才對莊子的生命觀念提出了嚴厲的批判。所以看起來奇怪，你了解了當時的那些文人的精神狀態，他的思想脈絡，就好理解了，道教和道家固然有很多相關的地方，但起碼在中古時代尤其是早期的中古時代，在如何理解生命的問題上，兩者之間的認識和態度並不相同。道家莊子是講自然的，陶淵明是真正莊學的思想，他講「縱浪大化中，不喜亦不懼。應盡便須盡，無復獨多慮」，我隨着自然流程隨波逐流，該終結時就終結，這是一種自然主義的態度。道教不是，道教是要追求長生，採藥也好，煉丹也好，種種的修煉都是為實現長生乃至永生。所以，起碼在這一點上道家和道教不同，王羲之正是站在那個時代道教生死觀的立場上，對「一死生」、「齊彭殤」道家莊子，展開了他的批判。

類似的複雜情形，其實不少，我們有必要審慎對待。比如謝靈運，今天很多人研究，特別關注到他與佛教的關係。但謝靈運的一生，佛教對他來講固然很重要，他也介入了當時最重要的佛教爭論，有〈與諸道人辯宗論〉這樣的重要文章，不過就整體而言，不能講謝靈運是一個佛教徒，不能過高估量佛教對他的意義。謝靈運作為當時的高門貴族，擁有各種知識儲備和精神資源，你看他的詩文，引據的經典什麼樣的都有，《周易》、《論語》、《老子》、《莊子》等，當然也有佛經的；而且從謝氏的家學來講——南朝人講家學的，很多士人的信仰不完全是個人的選擇，這與後來的唐宋時代不一樣，後世的信仰往往是個人的選擇，我信什麼是我的選擇，現代人也是這樣；但謝靈運那個時代，家族信仰的因素很重要，你像王羲之所在的就是道教世家，王羲之、王獻之、王徽之等，老子兒子都叫什麼什麼之，那是天師道；有些家族則是信佛的，跟佛教的關係很密切——絕對不是佛教世家，當時高門貴族基本還是以玄學綜合各家，儒、道、玄兼合，對佛教也有新銳的了解。所以你看謝靈運文字書寫裏邊的那些引據，甚至你擴大開去看他們謝家其他人文學書寫裏邊的經典引據，佛教也都不是最突出的。這樣，回過頭去，就能幫助你去理解謝靈運到底是個什麼樣的人，他的種種言行和思考，到底是依據什麼樣的思想資源。簡而言之，那個時代裏的文士如謝靈運一樣，擁有的都是一種多元的信仰和精神世界；這個多元的信仰和思想，相互之間可能是衝突的，有待你的選擇，當然也能夠是相容的，共同支撐和支持你的人生和文學。

我想接着提到的唐代詩人白居易，就是後者的典型。白居易非常有趣，我非常喜歡白居易這個人，他看起來不像陶淵明那麼高潔，而是比較俗，他自己也知道自己俗，然後他直言不諱的表現出來，但是他對於生活呢，非常熱愛，對自己的人生也很清楚。我覺得中國文學史上對自己的生活特別清楚，能夠很好理解自己是怎麼樣的一個人，理解自己在這個世界上應該怎麼樣生活，這樣的文人並不很多。李白、杜甫可能是最偉大的詩人，但他們對自己都不太清楚，李白覺得自己很牛，「仰天大笑出門去，我輩豈是蓬蒿人」，他說自己可以「為君談笑靜胡沙」，其實他根本搞不清楚狀況；杜甫想「致君堯舜上，再使風俗淳」，但你給他一個官做，馬上就跟人鬧翻了，做不成事。陶淵明對自己的人生非常清楚，蘇東坡也漸漸對自己有清楚的認識，白居易也是這樣的一位，清楚自己能幹什麼，然後自己活得很有趣。白居易以他自己的生活為中心，什麼儒、道、佛，以及各種各樣的東西，只要是他覺得能夠讓他快樂，能夠為他所受用的，他都接受，都包容。所以你看他將儒、道、佛都混在一處，沒有隔礙，他有一首詩叫《味道》——不是我們吃東西的「味道」，這個「味」字在這裏作動詞解——裏面寫「叩齒晨興秋院靜」，「叩齒」是道教的一種修養方式，現在還有人實踐，他說早晨起來我在安靜的院子裏叩齒，我練這個；「焚香冥坐晚窗深」，點一枝香，冥坐就是靜坐了，在窗邊靜坐到深夜，你看他是早晨修道，晚上唸佛；下邊兩句話是「七篇《真誥》論仙事，一卷《檀經》說佛心」，道經、佛經他都會研讀體味。白居易還有詩說到自己跑到廬山裏面建了一個房子——今天大家都會背《大林寺桃花》「人間四月芳菲盡，山寺桃花始盛開」，說花開得晚，為什麼呢？因為山裏面天氣暖得遲一些——他住在山裏面的時候，把和尚、道士一起找來，其樂融融。對各門各派各家各流，白居易都是包容的，都是接受的。

四

我們最簡單地做一個回顧，從東漢後期經學瓦解開始的諸子學復興，接着是玄學的起來，再是從東晉以後佛教進入精英士人的精神世界，那個時代的文人便處在這麼一種多元的狀態之中。我還是想再表達一下，之所以觀察這個時代的思想或學術的演變狀況，最後還是想在文學的立場上來看當時的文人擁有一個怎樣的精神世界，而這個精神世界對他們的為人和他們的為文會有什麼樣的影響。從漢魏之際，經六朝直到唐代，起碼到唐代中期，那個時代文人的精神世界從那種單一的狀況裏面越來越趨向於多元化，可以講是個自成段落的時代。我們回過頭去看，時代的精神和思想，難説永遠都是多元，也不可能永遠都是單一的，我們所談的這個多元時代是不是顯得特別？只是一個比較特殊的時段？在這個時代裏，文士們面對多元的精神世界，似乎大多沒有感覺到這是一個問題，或者説在這個時代裏，多元的信仰和思想不成其為問題——不是每個時代都會如此。那些文士有時候也意識到，多元的同時就是差異乃至衝突，但他們覺得可以啊，我可以自由、圓融地出入，人生的不同時刻，可以具有多面性和各種可能。

真正重新要對精神世界進行調整，大家都知道，從中唐的韓愈開始。古文運動，是安史之亂以後中唐儒學復興運動的一個部分。韓愈們開始考慮這個問題，《原道》直接講到了，人都是要修身的，儒家《大學》裏面講修身、齊家、治國、平天下，就從修身始，道家也講修養自我，佛教也是，但韓愈説這裏面有個重大的不同，不同在什麼地方？不同就是，儒家在修身之後「將以有為也」，你修身以後，要推展開去，齊家、治國、平天下；而釋、老就是佛教和道家，則放棄了後邊這些。道家的老子是「周守藏室之史」，開玩笑地講，在先秦諸子裏面，老子的官做得不小，他是中央大員，周天子朝廷的人，其他很多人像孟子，都沒做什麼官，莊子最多是漆園小吏，孔子也只是魯國的官員，地方大員而已；但《史記》裏講老子「見周之衰」，便跑掉了，看東周不行了，就自己一甩手走了，典型的不負責任嘛。所以，從韓愈這些人開始，精神世界的多元性，成為一個嚴肅的問題。不是説韓愈以後包括宋人對於道家、佛教就是完全的排斥，而是在多元的精神傳統之中，你要立一個宗主。宗主是什麼？宗主就是儒家，要重新回到儒家。當然唐宋以後建立起來的所謂的儒學或者道學或者理學——不管它所擁有的各種各樣的名稱——已經與之前的早期儒家傳統不一樣了，但無論如何，重新確立傳統儒家的核心地位，是沒有什麼可以爭辯的。

這代表一個新的時代的來臨。過去的中古時代，從魏晉南北朝到唐代，那樣的一種文人精神世界多元化的時代結束了，多元的時代已經從興到衰，走過了這樣一個相對自成段落的歷程。對此，我們須要有非常清楚的了解，在這個時段裏，多元思想在交織衝突，當然也有融合，形成各種各樣的姿態。你進入這個時代，要有這樣一個最重要的觀念，這是這個時代的文人和這個時代的文學最重要的特點之一。

今天想講的大概就是這個意思，最後非常感謝各位的耐心。謝謝大家！

下編

道家老莊的智慧 *

一、翩然世間：道家的風格

說到老莊，大家就會想說這是道家啊。道家和儒家是不同的，但是它們相反相成，在中國的整個歷史上，在中國的文化中，儒和道又是互不可缺的，我們聽說過「儒道互補」的說法吧？幾乎每一位古代士人的心中，都一邊藏着儒家，一邊藏着道家，當他發達的時候是儒家，當他落拓的時候就變身成了道家，比如白居易就是典型。

那麼，道家究竟具有怎樣的風格和面貌呢？與儒家相比，它有怎樣的特點呢？

* 2018 年春「一條課堂」網絡課程「復旦人文經典」系列講座之一。

（一）更廣的影響

我們不妨從德國的大哲學家黑格爾的眼光中先來看一看。黑格爾是位極其博學的人，不僅講玄而又玄的思辨哲學，而且講哲學史；不僅講西方哲學，而且也講東方，講到中國。他讀了《論語》和《老子》兩部書，認定前者只是一些道德教誡，後者則含有哲學；他還講了一句很不厚道的話：要想保存孔子在西方世界中東方大思想家的名聲，他的書最好不要譯為西方文字。

當然，黑格爾並不就對。孔子對中國人的社會生活、倫理觀念乃至整個歷史有莫大的影響，可以説他是中國文化整體上最大的代表。不過，黑格爾的觀察也有他的鋭利之處，如果從更寬廣的視野來看，《老子》更富於思辨性、精神性，或許給予了世界更多普遍意義上的啟示。事實上，《老子》很可能是譯為外文次數最多的一部中國傳統典籍，遠遠多於《論語》。

看自家的寶藏，不能只聽洋人的，我們來客觀地觀察一下道家和儒家的差異，這樣大概可以看出道家的特點何在。

（二）出世的取向

説到道家，我們想到的具體人物肯定是老子和莊子，而講到儒家則是孔子和孟子。老、莊和孔、孟有一個很大的不同，孔子的生平事跡，我們大致可以編出一個年表來，他們先做了什麼事，後來又做了什麼，比如孔子先是教書，後來在魯國做了幾年官，不得志，於是周遊列國，推行自己的主張，可還是很不成功，最後回家繼續帶學生，編訂了好幾部古代的典籍。然而，老、莊的事跡卻編不成年表，司馬遷《史記》最早為他們作傳，都只記了個別的事件就完事了。比如莊子，就是楚國的大臣去請他到楚國做官，莊子不肯，説願意像在泥中撲騰的烏龜那樣苟活世間就好。老子呢？只記了一個孔子見老子問禮的事，老子關於禮儀方面什麼也沒説，只是答非所問地勸孔子去掉身上的驕氣和慾望，要深藏若虛。儒家和道家之間的這個差別，其實就是儒、道兩家入世與出世的基本態度不同的表現。你要入世，就會有許多事跡留在世上；道家則出世，不以世俗事務為意，那自然是神龍見首不見尾。

可是要説起來，其實先秦諸子裏，老子的官算是做得最大的，他是「周守藏室之史」，也就是當時東周天子朝廷上圖書檔案文獻的總管。大家知道，古代識字的人就很少，認字而且能掌握文獻資料，就能擁有古今豐富的經驗和智慧。老子這個職位是很重要的，比較孔子到五十歲才在魯國做諸侯國的官，老子可算是「中央大員」啊。可是，老子雖然做了挺大的一官兒，《史記》裏記載他「居周久之，見周之衰，乃遂去」，老子看周不行了，就自己跑了。孔子呢，是「知其不可而為之」，天下越是糟糕越是要挺身而出來拯救。這很清楚，就是儒、道的不同：道家更注重的是出世的個人的獨善，而不是儒家式的入世的兼濟精神。或者用一種更簡捷更形象的説法，儒家是進取的，是做加法的，而道家是退讓的，常愛做減法。《老子》裏有這樣的話：「為學日益，為道日損。」做學問講究積累，是強調「益」也就是增加的；而求道、行道則相反，講究的是「損」，也就是減損，這不就是減法嗎？

（三）個體的身心

與出世獨善和入世兼濟相關的，道家和儒家之間，還有一個顯著的對比，就是儒家注重群體的關係，而道家則更注重於個體本身。

儒家關注群體，不是憑空而來的，是因為它所依據的就是西周初年以來的政治、社會制度。周初摧毀了殷商的統治之後，實施所謂「封建」，也就是分封建國，將以周王室同宗同姓為主體的諸侯分置到各地，這樣在政治權利結構中的高低上下，與血緣家族內部的尊卑親疏形成了疊合的關係，也就是所謂家、國一體。孔子有一次談到他的政治主張，就是「君君臣臣，父父子子。」國君像國君，臣子像臣子，說的是政治關係中君臣要各自盡到各自的職責；父親像父親，兒子像兒子，則是在家族關係中父子扮演好各自的角色。顯然，孔子是將國與家一起考慮的。在這麼一個視野之中，個人是重重疊疊的關係網絡中的一個點，比如他是某人的兒子，某人的父親，某人的兄弟，某人的丈夫，某人的上級，某人的下屬等，他的身份就是由這些重重關係所定位的。這種從西周初年「封建」所開始，經過儒家演繹、昇華的群體性觀念，籠罩中國數千年，直到今天仍有很大的影響。

而老莊在很大程度上，是與此相反的。前邊說到，老子見東周衰微，就跑了；莊子不願去楚國為官，只願自己在河邊釣釣魚，圖個輕鬆快活。那麼，道家更注重、更關心什麼呢？是個人的修養，尤其是內心的修養，平和安寧，不為外界所困所擾。比如《莊子》就寫到靜坐養神，主張要「身如槁木，心如死灰」，內心淡漠平順，外形呆若木雞。這時，人的狀態是鬆弛的，而非緊張的；是平靜的，而非激越的。一句話，這是修養心神。除了心神，莊子對身體的琢磨，可能也到了相當的境界，他有一句話說：「真人之息以踵，眾人之息以喉。」一般人是用喉嚨呼吸的，而修行得道的人則以腳後跟呼吸。怎麼會以腳後跟呼吸呢？可能是練氣功將氣門練到腳後跟去了吧？總之，從莊子來看，道家是非常注重個體的身、心修養的。

(四) 老莊的不同

老、莊，作為道家，與儒家自然有頗大的差別；那麼，同為道家的老、莊之間，就是完全一致的嗎？

當然不是。

首先可以說，將老、莊歸入道家，並不是老、莊的自覺自願，而是後人的「拉郎配」。先秦春秋戰國時代的思想狀況，如今慣常會說「百家爭鳴」。但其實「百家」這個說法，就是雙重的謊言：一是那是沒有那麼多的思想流派，二是先秦時代根本就不存在「家」這個思想流派的概念。當時記述各種思想，乃至他們互相批判的時候，都是直呼其名，稱為某某子某某子的，比如老聃如何，莊周如何；「家」是漢代司馬遷的父親司馬談對之前的思想做集中的梳理和概括的時候喊出來的。而且如果看《史記》裏記載的司馬談的原話，他所謂的道家或「道德家」中到底包含了哪幾位思想家，並沒有明言；到了更晚的寫《漢書》的班固那裏，大概是繼承了西漢末年大規模整理古代典籍的劉向、劉歆父子的意見，才明確將老子、莊子的書歸攏在一處，列在「道家」的名目之下，老、莊兩位才最終正式坐在同一個屋簷下了。所以，如果起老、莊兩位於地下，告訴他們是所謂「道家」，他們一定感到莫名其妙，瞠目不知所對。既然，在先秦時，老、莊並無自覺的學派歸屬，而是各說各話，那麼他們之間思想的不盡一致，就很容易想見了。

其次，老、莊之間，留給後世的精神形象，也頗不相同。這是如何造成的呢？很大程度上，是因為《老子》和《莊子》這兩部書所導致的。了解一位思想家，最重要的途徑，當然是通過他的著作。《老子》這部書五千言，按照司馬遷《史記》的記述，是老子看天下大亂，不可救治，於是離職跑出函谷關時，守關的人攔住他，迫着將他的智慧留下，才寫出來的。現如今最流行的本子，是八十一章的，經過三國時候的王弼的註釋。《老子》裏全是格言警句，「道可道，非常道」，「信言不美，美言不信」等，可以說都是乾貨，是智慧的結晶。但是，其中卻看不到老子的身影。《莊子》則不同，照司馬遷的記述，當時他看到的文字有十餘萬字，漢代最豐富的《莊子》有 52 篇；而我們今天看到的《莊子》，其實是晉代郭象重編和註釋的文本，分了〈內篇〉7 篇、〈外篇〉15 篇和〈雜篇〉11 篇，共三部分 33 篇，大約七八萬字。我們看到的這個本子，雖然比司馬遷看到的少了不少，但也足夠豐富了，書中除了莊子的思想言談，也記錄了不少他的言行和故事，今天所了解的莊子的事跡，基本都沒有超出此書的範圍。比如，前邊提到的莊子辭讓楚國為官邀請的事，是司馬遷在《史記》中記載的唯一的莊子的生平事跡，在《莊子》這部書外篇的〈秋水〉和雜篇的〈列禦寇〉裏都可以找到類似的段落。就因為這兩部書的差別，老子和莊子留給我們的風神就很不同：老子可謂是一位純然的智者，而莊子則情智兼備，有《莊子》書裏的莊子故事，我們可以看到莊子的喜怒哀樂。

最後，老、莊兩人的思想，自然有許多不同的側重，我們以後會談到。

向大家介紹了道家不同於儒家的幾個特點：比如它更具有超越中國歷史文化的普遍的思辨和啟示，它偏向於出世的政治和社會姿態，它更多關注個體的身心修養等。總之，在風格上，相比儒家的積極進取，道家更呈現出謙退的做減法的傾向。我們最後還大略提到同為道家的經典名著，《老子》和《莊子》兩部書的不同，以及因此造成的老、莊不同的精神形象。在這個基礎上，我們隨後就可以來分別談談老子和莊子了。

二、福禍相倚：老子的智慧

（一）道是個難題

《老子》是中國傳統中一部了不起的經典，大概也是被譯為其他文字次數最多的一部經典。它雖然只有五千言，古往今來倒真當得起「說不盡，道不明」幾個字。「說不盡」自然是因為各家注說層出不窮，種種解釋令人目不暇接；「道不明」則是那麼多的闡釋，卻總好像沒能說透，讓人意猶未盡，感到猶隔一層。

這「道不明」的，首先是「道」。《老子》的「道」究竟是什麼，歷來聚訟紛紛，始終未能定於一尊。就是《老子》本身，也說得雲裏霧裏。比如它說：「道之為物，唯恍唯惚。」所謂「恍惚」，就是若有若無，飄忽不定的意思。但這個「道」，卻非常要緊，「道生一，一生二，二生三，三生萬物」，世間萬事萬物都是「道」派生出來的。這麼說，「道」的作用和功能可大了。《老子》自己也意識到這個「道」難以言說，打開書的第一章就是「道可道，非常道」，通俗地講，就是：可以言說出來的就不再是那個偉大的「道」了。好了，在《老子》這部書中就點出了：「道」是玄虛縹緲的一種存在，「道」很重要因而須要理解、把握，可是你能說出來的、能表達出來的卻一定已不是那個「道」了。

那我們該怎麼辦呢？好像我們可以借用李宗盛的一句歌詞「愛情它是個難題」來說：「道它是個難題」。

確實，要給「道」下個明確的定義真的挺難的，它本來就是一個概括性很強的表述，可以包涵各種可能，比如各家有各家的「道」。唐代的古文大家韓愈，反對佛教和道家，要重新張揚當時已很衰微的儒家，寫了一篇大文章，叫〈原道〉。在這篇文章裏，韓愈提出了一個很有啟發的觀點，說「道」是「虛位」，而「仁義」是定名。「定名」就是有確定的意義的概念，而「虛位」則是空框式的虛涵的概念，實在的各種意義都可以填入其中。對儒家來說，「道」的真實涵義就是「仁義」。這樣的想法，其實莊子早就有了。《莊子》書中曾提到「盜亦有道」，即強盜也有強盜的「道」；強盜的「道」借用了儒家的一套範疇來講：事先能判斷應否行動是「智」，能預測出財寶在哪兒是「聖」，行動時一馬當先是「勇」，完事之後撤退在後是「義」，最後分贓平均合理是「仁」。莊子的這番總結出人意外，不過也可以啟發人，「道」這個名頭，不僅看它貌似的堂皇，更要看它實際的運作如何。

回到老子，我們來看看老子的「道」究竟是怎樣發生作用的，由其實際的作用，或許可以確認它的存在和特點。

(二) 世界的二元

「道」是如何作用的？先得知道老子對世界的基本認識方式。

在老子的眼光中，世界基本可以分為兩相對立的二元，而非單極的。《老子》的第二章就提到：「天下皆知美之為美，斯惡矣；皆知善之為善，斯不善已。」天下人一旦確立了美的一方面，醜的方面也就成立了；都明白何為善，則惡也便相形出現了。世間相反相對的事物，都是互相依賴着存在的。這一章還舉到一系列相反方面的對立存在，比如難易、長短、高下、前後等。其中，《老子》還曾特別談到一組重要的對待方面：有、無。它說，你造個房子吧，不能都是實在的牆體，得有窗有門這些空的地方，這才成我們可以住的房子；你做陶器吧，一大坨黏土放在陶輪上轉啊轉，說到底是要掏出其中的空來，才成其碗啊罐啊的。總之，這個世界可以分為對立的兩個方面，而這對立的兩個方面還是互相依待着存在的。

這麼一個想法，是不是很特別呢？在我看來，一點兒也不特別，這是人們看待世界很基本的一種方式，在早期人類的頭腦中和生活中就相當普遍了。小孩子聽故事、看電影，總愛問誰是好人誰是壞人一類的問題；而人類學家經過大量的田野調查，指出即使未進入文明化階段的部族，也很容易很普遍地區分白天與黑夜，區分事物的生與熟，區分環境的冷與熱，在他們的眼中，世界基本就是二元的。

《老子》的想法，與這些未文明化的部族，與這些孩子的想法是一樣的。我這麼講，並不是說老子的水準和小孩差不多，而是說老子的思想是基於人類非常基本的一些概念，他是集中了人類的集體智慧而更進一步。說老子的智慧是既往的人類集體智慧的結晶，並不是信口開河。我們都知道老子是東周朝廷守藏室之史，非常熟悉歷代累積下來的文獻史料，他比任何人都更有條件吸取前人的智慧。而且這一點在《老子》書中也是有確鑿證據的。第二十二章開始，老子寫道：「曲則全，枉則直，窪則盈，敝則新，少則得，多則惑。」三字句的排比，講的道理很精彩：只有蜷曲才能成圓，一時的彎曲而後能得直，低窪處才能蓄積滿盈，舊了才會翻新，少才便於牢牢擁有，而擁有太多反會迷惑到把握不定。說得真好！老子在這幾句話之後做了引申闡釋，最後說：「古之所謂『曲則全』者，豈虛言哉！」——古人所說的「曲則全」等，真不是泛泛的虛言啊！這豈不是老子自己交代了「曲則全」等語的出處嗎？它們都是過去的智者的話，而不是老子的創造，老子不過採用來加以闡說罷了。

（三）反者道之動

「曲則全」這段話，很有些辯證法，意思是要達到一個目標，有時得向相反的方向去，要具備相反的條件。過去說「南轅北轍」、「緣木求魚」，照這番話的意思，向南走，有時真的須向北去。用老子進一步的發揮和提煉，就是「反者道之動」，道的運動都是朝相反的方向去的。至此，大概可以了解老子的理路了：他將世界分析為相反相依的兩個方面，而這二元對立的雙方，實際遵循着向對立面轉化的規律運動、運作，也就是說，天下一切事物都會轉向它相反的狀態。

在我看來，老子最核心的觀念就是這一點：「反者道之動。」雖然千百年來，人們難以說清楚「道」究竟是什麼？老子自己也說「道」難以表述；但從道的運作及運作規律，我們可以確定地知道，老子所謂的「道」是實際存在的，而且按照一定的規律發揮着作用。

這個「反者道之動」是普遍的，無論自然界還是人世間，都概莫能外。《老子》書中舉列了人和草木，說人生出來的時候，嬰兒柔若無骨，很軟很弱，但長大之後，筋骨堅強起來，尤其漸漸老去，胳膊腿腳都變得僵直發硬，是一個由柔而硬的過程；同樣的，草木始生，柔得很，隨風擺動搖曳，到了最後枯槁脆硬，說不定一碰就折了。兩相比較，哪種狀態好呢？當然是柔弱好：柔弱代表着初生，有無限未來，而當堅強剛硬之時則近於滅亡了。《老子》說：「兵強則滅，木強則折，強大處下，柔弱處上。」萬事萬物都是向着事物的對立面轉化的，處在柔弱的地位，反而會漸漸強盛，而到了強大的巔峰，隨後就是走下坡路，日益沒落了。其實《老子》並不是不要強盛，它只是說要因循「道」的規律，因勢利導，以柔弱的站位和姿態，等待着漸漸雄起，也就是《老子》裏說過的「知雄守雌」。你不能逞強，不能用強，形象地說，遵循道之規律，人們應該學習的榜樣是「水」這一天下最柔之物：「天下莫柔於水，而攻堅強者莫之能勝。」水滴石穿，柔弱勝剛強。

在這樣的思路裏來看老子的「禍兮福之所倚，福兮禍之所伏」的論斷，就不僅僅是實際經驗的概括，而是緊密扣合「道」之規律的必然結論了。對於福禍相倚最有名的闡釋，來自西漢初年的《淮南子》一書。這部書裏，以一個有名的故事來説明福、禍之間的不斷轉換：

邊塞上有一位先生的馬，不曉得什麼原因跑丢了，跑到塞外的胡人那兒去了。他的朋友們都很為他惋惜，來勸慰他。但這位先生卻説：這事説不定是好事啊。過了幾個月，跑丢的馬帶着塞外的駿馬回來了，於是人們都為他高興，恭喜他。他卻説：這説不定是禍事呢。因為家有駿馬，這位先生的公子愛騎，結果摔斷了腿。周圍的人們又為之歎息不已，他卻説：這説不定是好事啊。過了一年，塞外的胡人大舉進攻，年輕力強的都拿起武器加入戰鬥，死者十分之九，而這位先生的兒子因為腿斷了，沒有入伍參戰，與老父親一起倒都保全了性命。（《淮南子・人間訓》：「近塞上之人有善術者，馬無故亡而入胡。人皆弔之，其父曰：「此何遽不為福乎？」居數月，其馬將胡駿馬而歸。人皆賀之，其父曰：「此何遽不能為禍乎？」家富良馬，其子好騎，墮而折其髀。人皆弔之，其父曰：「此何遽不為福乎？」居一年，胡人大入塞，丁壯者引弦而戰。近塞之人，死者十九。此獨以跛之故，父子相保。」）

從這個故事裏，禍、福之間的不斷輪轉，可以生動形象地了解老子「反者道之動」的意思。世間的萬事萬物不會是凝定不變的，而變化的方向就是相反的對立面。所以當一種特殊情況降臨的時候，不必大喜過望也無須過於憂慮，不妨平靜對待，做好事情變化的準備。

如果更積極一些，則利用「反者道之動」來達到你想要的結果。比如，《老子》書裏講過「將欲廢之，必固興之」，「將欲取之，必固與之」。這話聽着很難理解，什麼叫想要毀了對方，不妨提升他？事實上，三國時代的孫權，就曾運用過這一方式。當時天下大亂，群雄並起，逐鹿中原，其中曹操的勢力最大，基本一統北方。孫權僻處江南，與曹操還是難以抗衡的，於是他上書勸進曹操加冕當皇帝。曹操當然看穿了孫權是要將自己抬上高架被火烤，成為眾多反對者的眾矢之的，沒有上孫權的當。孫權的勸進，豈不正是「將欲廢之，必固興之」？至於「將欲取之，必固與之」，《韓非子》曾用一個小故事來說明：當時晉國的一位大人物想滅了山中的一個小國，但那小國據山險而守，攻取頗為費事，於是他稱要贈山中小國一口大鐘，山裏人不明就裏，受寵若驚，便開拓山路，迎接載着大鐘的車輛，結果隨着大鐘而來的是晉國的軍隊，山中小國就此滅亡。

這些後人的詮釋，聽着很有些陰謀狡詐的味道，於是有些人也就批評老子的這些觀點是有機心的，是教唆權謀。到底如何，挺難簡單論定的，或許《老子》有權謀的意思，但要達到一個目標，從相反的方面着手，而後借重道之規律，取得所企求的結果，在信奉「反者道之動」的老子來說，也是十分自然的吧。

（四）無為與順道

由此，我們也可以看出老子思想裏非常重要的一個特點，就是遵從天地自然的規律：依據「反者道之動」來為人處世是如此，而對世間的社會治理也是如此。我們說過道家關注的更多的是個體的身心修養，而不是社會人群的安排；但老子略有些特殊，他多少是周天子朝廷中的一位官員，與僅僅三心二意做了幾天漆園小吏的莊子不同，政治統治的問題多少進入他的視野，他對此不能不有一些感觸和理解。這方面，老子基本可謂是一位放任者，不主張過多的人為的意志介入社會治理之中，以「人之道」干擾了「天之道」。老子對此最有名的一句話是：「治大國若烹小鮮。」治理一個國家，就像烹飪一條小魚，不能隨着自己的意志，翻來覆去地折騰，那會將小魚翻燒成碎塊的，怎麼吃呢？還是應該讓社會按照它自己的狀況，自然生長、變化。能順應社情民意的管理者、統治者，才是最好的管理者、統治者。《老子》給統治者排過一個等級：最好的統治者是百姓僅僅知道有這麼一個人而已，這比大家都對統治者歌功頌德、感恩戴德要高明得多。從統治者的角度，不強加自己的意志，讓人民自由自在地生活，即道家所謂的「無為」。

無論是這種「無為」還是前邊我們談到的遵從「反者道之動」而因勢利導、順勢而為，都體現了老子對於天地自然之「道」的尊重和依順，基本的精神是一致的。

三、鯤鵬展翅：莊子的境界

莊子和老子，雖然都屬於道家，但他們兩者之間的不同，我們之前也提到過。老子因為是東周朝廷守藏室之史，所以對於歷史的經驗特別有感觸；而莊子一生只做過所謂漆園吏，是一個很小的官，所謂漆園，究竟是指漆樹的園子還是簡單就一地名，也沒法弄明白，所以他的生活環境和日常接觸的，可能與老子有很大的不同。比如，他常常在山林裏行走，那個螳螂捕蟬黃雀在後的故事就出於《莊子》，是他在山林之中觀察所得的事實和感悟；再比如，他常常待在河邊，之前我們講莊子生平，説到他拒絕楚國聘請的時候，就是在河邊悠閒地持竿釣魚。莊子更多地生活在自然的環境裏面，所以他的視野是在更為自然的天地之間展開的。

在天地之間展開的視野和感受，會有什麼不同之處呢？

我們不妨來看《莊子》的開篇。

（一）空間的突破

古代經典的開篇是很有意思的，有時候真的可以大概看出各自所包含的精神世界。《論語》開始是「學而時習之，不亦樂乎」（〈學而〉），呈現一位「敏而好學」、「不知老之將至」（〈述而〉）的教育家形象；《孟子》開篇就是孟子見梁惠王的一番説辭，突現的是周遊列國，能言善辯，極力推展自己政治理念的孟子。《莊子》開篇則是鯤鵬展翅，推展出一個宏大的世界。這裏不僅有人，而且有魚有鳥，有大海有天空，這是一個包羅萬有的世界，而不僅僅是人的世界。這才是我們身處其間的真實的世界，萬物紛紜，並生並育，一起展示着自己的色彩聲息：

> 北冥有魚，其名為鯤。鯤之大，不知其幾千里也。化而為鳥，其名為鵬。鵬之背，不知其幾千里也。怒而飛，其翼若垂天之雲。是鳥也，海運則將徙於南冥……水擊三千里，摶扶搖而上者九萬里。

這是說：北海有一條魚，名字叫「鯤」。鯤非常大，不知有數千里。鯤變化為鳥，名字叫「鵬」。鵬的背，也不知有數千里。鵬奮起騰飛的時候，它的翅膀就像天邊的雲……這鯤鵬擊水三千里，而後盤旋上升九萬里，乘着六月的大風飛去。今天我們祝福別人前程遠大，常常用「鯤鵬展翅」或者「鵬程萬里」這樣的成語。它們的來歷就在這裏。「北冥有魚」這節文字，令許多人醉心，大概因為是其展現的宏大境界：你想，數千里之大的鯤鵬，一飛沖天九萬里，鯤鵬的天地得有多遼闊！

不過，從現實的立場來說，不可能有數千里之大的動物，無論是魚還是鳥；也不可能高升到九萬里的高空，那裏已然超出大氣層之外了，鯤鵬沒法呼吸視聽。那麼這個開篇意義如何呢？

既然這不是現實的情形，那應該說主要是一個精神境界的形容。你感覺到隨着鯤鵬的高升，自己超脱出了平常的世界，跳出日常的格局。這是空間維度上的極大拓展。雨果在《孤星淚》裏有一句名言：「比大陸廣闊的是大海，比大海廣闊的是天空，而比天空更廣闊的是人的心靈。」心的世界是至大的，只是一般人們忘卻了去展開它而已。

當你超然上升到一個更高的境界，原來的一切本身並沒有改變，而它的意義就不同了。《莊子》記有一位戴晉人説的寓言：在小小的蝸牛的左角上有一個國家，右角上也有一個國家，兩國之間不斷爭戰，死者成千上萬。(〈則陽〉：「有國於蝸之左角者，曰觸氏；有國於蝸之右角者，曰蠻氏。時相與爭地而戰，伏屍數萬，逐北句有五日而後反。」）在蝸牛角上的這兩個國家看來，所爭者自然非常要緊，不惜付出慘重的生命代價；然而在我們看來，這樣的厮殺實在可笑得很。為什麼有如此差異？因為我們站在一個更高的立場上觀照。同樣的道理，如果站在鯤鵬高飛所在的宇宙立場回顧有限格局中人類的種種作為，是不是一樣很可笑？

這不是「退一步，海闊天空」，而是「欲窮千里目，更上一層樓」之後的心胸豁然開朗。

（二）時間的突破

空間的限制是比較直觀的，另外一個基本的向度是時間，世間的種種都是存在於時空之中的。鯤鵬展翅，呈現的是空間維度的大境界，而莊子對於時間的有限，也有着清醒的覺悟。他曾説：「朝菌不知晦朔，蟪蛄不知春秋」（〈逍遙遊〉）——早上出生，晚上就枯死的的菌芝，不會知道一個月的時光；春生夏死，夏生秋死的蟬，不會知道一年的時光——這兩句提示人們要在時間維度上突破自我的局限。

世間萬物，都存在於時間、空間之中。人們承受的拘限，也就來自這兩方面。

空間的限制比較直觀，「山外青山樓外樓」，在你目力所及的世界之外還有另外的天地，或許那裏是北方的不毛之地（〈逍遙遊〉所謂「窮髮之北」），也或許那是西方的極樂淨土。而時間的限制，相形而言，就比較抽象。非洲草原上的動物們，也能知道在遙遠的地方，有一片豐美的草場可以棲居，因而不顧山高水長、千難萬險奔逐而去，但它們恐怕難以了解在這樣的空間移動中，時間在無情地流逝，在奔向生命新希望的同時，也在奔向死亡。

動物更多地活在當下，人更多時間意識，更了解時間的意味。孔子就曾感歎：「子在川上曰：逝者如斯夫。」只是人們常常會忽忘時間的腳步；尤其是年輕的時候。在時間的河流中浮游長度越短，越容易輕略它的存在，就如同朝菌和蟪蛄，它們對一日的晨昏、一年的春秋，都不可能有了解。不過，人的情形，確實比較複雜些，百年之壽，大體是相同的，但對時間有限的意識，卻是隨着你日漸失去與它長相守的機緣而增長的，講得直白就是：失去越多，你才越明白。在這個意義上，人，要更痛苦。

要突破時間的限制，超越有限的人生，儒家的想法是要努力作為，留下善行善業，在身後依然有益於人群和社會；莊子或許不這麼想，他更多地希望能打開我們精神的空間，從更長程的視野來觀察我們的生活，把握我們有限生命的意義，而不要局限在眼下的蠅營狗苟。人生沒有那麼多過不去的坎，也沒有那麼多不能放下的執着。蘇東坡有一首詞，是他經歷了幾乎讓他喪命的文字獄「烏台詩案」，被貶到黃州之後寫的，那晚他喝醉了酒，回家的時候家中的小童鼾聲大作，敲門都不應，東坡忽然感悟到：「長恨此身非吾有，何時忘卻營營？」這其實得到莊子的啟發，《莊子》裏面就有「汝身非汝有也……是天地之委形也」（〈知北遊〉）的話，即：你的身體並不是你所真的擁有的，只不過是天地自然暫時託付給你的這麼一個形體而已；既然如此，就不妨坦然接受這樣的事實，「全汝形，抱汝生，無使汝思慮營營」（〈庚桑楚〉），好好保全你的身體和生命，不要憂心忡忡、辛苦操勞，自自然然地過好這一生。

（三）文化的突破

莊子不僅意識到空間和時間的有限性，更了不起的是意識到文化的有限性。

人不僅是物質的存在，還是文化的存在。我們所生長的文化環境，是幫助我們成長的條件，但也可以是一種限制。

《莊子・秋水》裏有一個著名的故事，當夏天漲水期水流浩大的時候，河伯為自己的壯闊非常自得；但當它東流到海，面對浩渺無際的大海，不禁自慚形穢。海神北海若於是這樣開導河伯：「井蛙不可以語於海者，拘於虛也；夏蟲不可以語於冰者，篤於時也；曲士不可以語於道者，束於教也。」（〈秋水〉）意思是說：井底的青蛙，無法讓它理解大海，是因為它被生存的地域限制住了；夏天的蟲子，無法讓它理解冰雪，是因為它被生存的時節限制住了；固執於偏見的人，無法讓他理解大道，是因為他被所接受的教育限制住了。

這番話，前兩句是比喻，後一句是關鍵。「井底之蛙」識見狹隘、自鳴得意，是因為被所居住的「虛」即廢井的有限空間給限定了；「夏蟲不可以語於冰」，突出的是「時」的維度——這兩句，將我們前面提到的空間、時間兩個維度包攬無遺。最後這句「曲士不可以語於道者，束於教也」，「曲士」，是指識見寡陋偏執的人，他之所以不能明道，是受到了他所接受的知識和教養的限制。一般都認為知識、教養是正面的，但在道家看來，未必。當你高度關注某一點某一方面而不及其餘的時候，你就會有很大的盲區。任何文化都不能放之四海而皆準，《莊子・逍遙遊》裏，在莊子的老家宋國，有人到南方的越地去賣禮帽、禮服，但是越人的頭髮都是剪短的，文身而裸體，禮帽、禮服之類對他們完全多餘（「宋人資章甫而適諸越，越人斷髮文身，無所用之」）。我們知道，宋人是被周推翻的殷商人的後裔，殷人的傳統禮帽、禮服，毋庸贅言具有鮮明的文化象徵意味，然而企圖將自己的文化象徵不顧條件地推銷到越地去，那不能不說是反而受困於自己的文化認知了。

這種對於多元文化的意識，對於文化相對性的認識，在今天地球村的時代，當然是比較好理解了，而在莊子的時代，不能不說是非常之敏銳、非常之先進的。

莊子敞開自我，面對天地自然，充分意識到我們面對的空間、時間和文化的局限，因而表達了這三種局限的突破意向，由此達到一個更為高遠和寬廣的境界。這在先秦時代諸子的視野中，是罕見的，對今天，也還有啟示意義。

四、朝三暮四：如何看世界

之前，我們談到莊子對於時、空和文化的局限有充分的自覺，進而力圖突破而昇華到更高的境界。但這是一種精神上的方向，升騰之後也還是要回頭面對現實的世界，而不能只管仰頭遠眺天邊的雲霞。

（一）齊物的真義

那麼，莊子回望俗世，是怎樣的一種姿態呢？

立足於高遠的境界，回看世間的種種事物情狀，莊子表現出的是一種居高臨下，等齊觀照萬物的姿態。《莊子》裏的〈齊物論〉，其實就是這麼來的：莊子認為世間萬物之間的種種高下、大小、貴賤等的差別，都是不恰當的，萬物應該是平等的。

人們往往誤會了「齊物論」，以為莊子講的是萬事萬物不管如何千差萬別，都是一樣的。怎麼可能呢？莊子會分不清明暗、輕重？他會以為自己窮困潦倒餓肚子，和那些端居高位腦滿腸肥的傢伙，是一樣的？

莊子只是要說，當你突破了有限的、個別的、片面的立場，你就會了解那些無論世俗如何褒貶如何抑揚的種種事物，都有它們作為整個世界一部分存在的理由和意義，都有它們即使互相對立也無法互相完全排斥的關聯。近代著名的藝術家與和尚弘一法師，臨終寫下四個字：「悲欣交集。」人生的歡樂和悲哀是錯落交織在一起的，兩者當然是不同的，但一定要分出此是彼非、此高彼下，則完全無法做到，它們都是人生必然的部分。

說得抽象了？來看莊子講的一個故事：朝三暮四。

「朝三暮四」是一個成語，但今天的意思已經變得連莊子自己都認不得了，通常指一個人心意不斷變化，沒個準頭，飄來蕩去，定不下來。但莊子當初在〈齊物論〉裏，可不是這麼個意思：養猴子的人餵猴子吃果子，說「早上給你們三個，晚上給你們四個。」猴子們大怒。養猴子的人改口說：「那早上給你們四個，晚上給你們三個。」於是猴子們都心滿意足了（《莊子・齊物論》：「狙公賦芧，曰：『朝三而暮四。』眾狙皆怒。曰：『然則朝四而暮三。』眾狙皆悅。」）。

猴子的問題在哪兒呢？猴子沒有整全的視野，不能通覽全域，聽說早晨給的果子少，就不高興了，根本沒有聯繫到晚上給得多這一情況；告訴牠們晚上的份額減少，而早晨的果子增加了，它們立刻轉怒為喜——猴子看到的只是眼前的利益，這也難怪，動物基本是活在當下的，牠們沒有歷史感和對未來的謀劃。

人與猴子是近親，猴子犯的錯誤，人也一再犯。多少人只顧眼前，急功近利，而缺乏遠慮？當下和未來都是你要經歷的，你不能為了當下而不計未來，否則，殺雞取卵就是很正當的了。

多數人沒有整全的視野，足夠聰明的人有；但這也存在一個如何與眾人相處的問題。或許，可以仿效養猴者，因順猴子們的願望，而最後的結果其實一樣，果子的總數並沒有增減，不同的是：調整之後，皆大歡喜。除了猴子的喜悅，我們好像也聽到了莊子似有若無的笑聲。

養猴者之所以值得效法，就是因為他能把握全域，在全域的視野之下，朝三暮四和朝四暮三是沒有區別的，都是可以成立的。如果一味看到世間的種種差別，固執於這些差別，在莊子看來，都是站在片面立場上的結果。所以，猴子的立場不可取，而養猴者的立場才是恰當的。

(二) 道的高境界

養猴者與猴子不同，說到底，在境界。

莊子對這兩種境界，分別謂之「道」和「物」。「道」與「物」之間隔着鴻溝，它們屬於不同的世界。「道」是整全的，超乎個別的「物」之上，所以對於貴賤之類區別，並不執着，故曰：「以道觀之，物無貴賤」（《莊子・秋水》）——從道的立場來看，世間萬物齊同，無分貴賤。至於「物」，則是個別的、自我的，因而種種區別性的範疇如貴賤、小大，作為確立自我的重要標誌，被突出出來；通常的情形是賦予自我更高的價值地位而加以肯定，同時對他者作出較低的價值評斷加以貶斥，即所謂「以物觀之，自貴而相賤」——從事物自身的角度來看，萬物都自以為貴而互相賤視。

這樣的情況在歷史和現實中是很多的，比如百家爭鳴的時代，有所謂「道不同，不相為謀」的説法（《論語・衛靈公》）。司馬遷《史記・老莊申韓傳》將孔子的這句話，移來評説儒、道之爭：「世之學老子者則絀儒學，儒學亦絀老子，『道不同，不相為謀』，豈謂是耶？」身處爭論漩渦之中，爭得不亦樂乎時的態度，可想而知；但是到了後代、到了今天，我們當然不會偏執或儒或道的立場，再去爭個面紅耳赤；人們津津樂道的，是中國文化傳統中的儒道互補，它們共同構成中國文化的精神傳統——這才是莊子所首肯的站在周全的「道」的立場上的姿態。

（三）反省你自己

莊子的「齊物論」，給予人們一個很大的啟示，就在於對我們自身的認知和判斷，要有充分的反省，不能自我中心，不能自以為是。

《齊物論》裏面，有一段聽起來很奇怪的話：「天下莫大於秋毫之末，而太山為小；莫壽乎殤子，而彭祖為夭。」——天下的事物，沒有比秋天鳥獸身上長出的毫毛的末端更大的了，而泰山卻算是小的；沒有比未成年而夭折的嬰兒更長壽的了，而據說活了七八百歲的彭祖卻是短命的。

我們都知道：泰山，先秦時代就以高大著稱。李斯在勸諫秦王不要驅逐來自其他諸侯國的才士、能人的時候便說過：「泰山不讓土壤，故能成其大；河海不擇細流，故能就其深。王者不卻眾庶，故能明其德。」(《諫逐客書》) 然而莊子卻說「天下」「太山為小」，實在是非常可異之論。

然而，這看似荒謬的論斷後面，確有莊子的洞見。

人們看待事物，其實是有一個特定立場和視角的。說螞蟻小，說大象大，都是以自我形象為標準的，只是通常我們不會特別提出來，以致有時候連自己也忘記了這些說法建立在比較的基礎之上。莊子特意突出的就是這一點：既然事物之間的情狀，都是相比較而言的，那麼站在不同的立場、採取不同的視角，對事物的觀照就是不同的，甚至可以與我們通常的印象截然不同。秋天鳥獸身上新生的體毛看似微末，但在更微末的角度來看，它們可以是巨大無比的；泰山在我們人類看來固然很高大，但在天地的大範圍中，則微不足道；站在朝生暮死的小蟲的立場，未成年而夭折的小孩子壽命已長得不可想像；而七八百歲的彭祖，相對滄海桑田而言，不過短短一瞬間。所以，莊子的說法聽着詭異，但後面有他的理路，他是在提醒世人，世上的一切因為觀照角度、立場的差異，並不是膠着的、並不是固定不變的。

對這一點，之前我們提到過〈秋水〉篇裏河伯與北海若的相遇，顯示得非常清晰：河伯當初自以為浩大無邊，但抵達北海若面前時才見識了海真正的無邊無際，這時，海之大是顯見的；然而，北海若很清醒，他接着就告訴河伯，自己相對於天地，不過滄海一粟而已。海之「大」，驟然轉為「小」，關鍵正在觀照立足點的轉移。

人們看待事物時，不也可以由此獲得些啟示嗎？如果你站在自己一方看待他者，那麼當然你正確，而對方錯；但你換一個立場來看呢？別人也會認為他是正確的，而你是錯的。

這說明，世間許多事，其實要看從什麼角度來觀照。比如一味從差異的角度看，那麼即使是非常相似的雙胞胎，也能分辨出細緻的差異；專門從相似的角度來看，則人們常常會說：你孩子和你太像了！但我們都知道，即使最相像的父子，也不會比雙胞胎的相似程度更高。

超越個別的、固着的立場，我們可以超越偏狹的見解，有時候還能轉化心境，更坦然地面對生活中的憂傷愁緒。宋代的大文豪蘇東坡，有一篇名文《赤壁賦》，寫他與友人泛舟夜遊赤壁，友人感歎山川長存，而人的時光卻飛速流逝，生命太過短暫，不禁黯然神傷；蘇軾的勸慰，就顯然脫胎於《莊子》的觀念：「自其變者而觀之，而天地曾不能以一瞬；自其不變者而觀之，則物與我皆無盡也。」——從變的角度來看，一切都在變化，天地也沒有一刻停止過變化，否則如何有滄海桑田呢？從不變的角度來看，則我們與萬物一樣，都沒有終結，我們不是都存在於天地之間麼？最終，蘇軾和他的朋友轉悲為喜，高高興興地喝醉了酒，躺倒在船上，一覺睡到次日天明。

（四）融通的心懷

轉化視角，是更開放地看待世界的一種方式；說到底，提升境界，超越個別片面的立場，以融通包容的心懷面對世界，是最根本的，而且，由此，你看到的世界也會超乎尋常。

莊子和他終身的辯友惠子之間，有一次著名的濠上之辯。

莊子和惠子在濠水的橋上遊玩。莊子說：「白魚優哉悠哉地遊出來，這是魚的快樂啊！」惠子說：「你又不是魚，從哪兒能知道魚的快樂？」莊子說：「你又不是我，怎麼知道我不知道魚的快樂？」惠子說：「我不是你，所以不知道你；同樣的道理，你也不是魚，所以你不會知道魚的快樂。這不就完了嘛。」莊子說：「讓我們回到話題開始的地方吧。你問我『從哪兒能知道魚的快樂』，明明是已經知道了我知道魚的快樂，才來問我『從哪兒知道』的。我就是在這濠水上知道的啊。」（《莊子・秋水》：「莊子與惠子遊於濠梁之上。莊子曰：『鯈魚出遊從容，是魚之樂也。』惠子曰：『子非魚，安知魚之樂？』莊子曰：『子非我，安知我不知魚之樂？』惠子曰：『我非子，固不知子矣，子固非魚也，子不知魚之樂，全矣。』莊子曰：『請循其本。子曰汝安知魚樂云者，既已知吾知之而問我，我知之濠上也。』」）

莊子和惠施在濠上論辯的場景，多少年來縈繞人們心間。

惠施是古代著名的名家，也就是講究名實關係的邏輯學家，他堅持清晰的理性分析，在現實的層面上，認定莊子是不可能知道魚是否快樂的。是啊，雖然據說有所謂通鳥語的人，比如孔子的女婿公冶長，但現實中似乎沒見過。然而莊子仍肯定魚是快樂的。如果嚴格分析莊子應對惠施的話語，在邏輯上確乎是有問題的：他將惠子質疑他無從知道魚之快樂的「你從哪兒能知道」，轉換成了實實在在的一句問句，回應說：我就在這裏、就在這濠水之上知道的。顯然，這不是周洽的邏輯，最多顯示了機智。

然而，莊子便不對嗎？

世間不僅是現實，世間不僅有邏輯。莊子展示的是一個通達天地自然，與萬物溝通無礙的心靈。魚游水中，我遊梁上，同樣的自在率意，魚我雙方是融通的。魚樂，實是我樂的映射；我樂，故而魚亦當樂。杜甫有兩句詩：「感時花濺淚，恨別鳥驚心。」（《春望》）不妨移來作為佐證，只是一哀一樂而已。

莊子堅持自己的觀感，反對的正是惠子的細瑣分辯。這個世界有時候是不能分拆開來加以了解的，「七寶樓臺，眩人眼目，碎拆下來不成片斷」（張炎《詞源》）；人的情感往往也是不能也不必分析的，分析的時候感情就已不在，比如情人之間開始分析計較，離分手就不遠了。

莊子想要強調的是，在整個天地自然的視野中看，人與世上萬物之間是融通的、和諧的，是能夠互相理解、互相感受的。人與人之間，乃至人和魚之間不是隔絕的，就像莊子《齊物論》裏那個著名的蝴蝶夢：莊子做夢成了一隻快樂翻飛的蝴蝶，當他醒來，一時分不清自己是不是蝴蝶做夢成了莊周？——莊周和蝴蝶不同，是站在人類理性立場上的判斷；但只有在莊周夢蝶或者蝴蝶夢莊的相關相通之中，才有這個世界的美和全部：夢，不是我們人生必然的一部分嗎？

五、樸素為美：自然與本真

（一）尊重個體性

前邊說到，莊子特別強調要從天地自然的高遠境界來觀照世間萬物；但莊子並不因此而忽略萬物各自的特性，他的「齊物」觀念其實非常肯定萬物各有其存在的理由，不能相互貶低、相互否定，這不就是對於個體的尊重嗎？

《莊子》有一則寓言故事，說南海的帝王叫儵，北海的帝王叫忽——這儵和忽都是形容時光飛逝的詞——中央之地的帝王是渾沌。儵和忽時常到渾沌所在的地方相會，渾沌對他們很好。儵和忽就打算要報答渾沌的恩情，商量說：「人都有七竅來看、聽、飲食、呼吸，只有渾沌沒有，我們試着給他鑿開七竅吧。」於是他們每天給渾沌鑿開一竅，到了第七天渾沌就死了。（《莊子・應帝王》：「南海之帝為儵，北海之帝為忽，中央之帝為渾沌。儵與忽時相與遇於渾沌之地，渾沌待之甚善。儵與忽謀報渾沌之德，曰：『人皆有七竅以視聽食息，此獨無有，嘗試鑿之。』日鑿一竅，七日而渾沌死。」）

儵、忽二位給渾沌「日鑿一竅」，看來確實是出於好心，但他們似乎不懂世間萬物繽紛多彩的道理，而以「人皆有七竅」的一般狀況來要求所有人，不顧萬物各自的品性，將單一面貌強加於人；本來渾沌雖然眉毛鬍子一把抓，顯得很是怪異，不過他在自己的狀態裏活得好好的，他不是還很好招待了儵、忽二位嗎？你要抹去他的個性，就是置其於死地。

《莊子》一再講到這一點，書裏還有一個故事：魯國城郊飛來一隻很大的海鳥，魯國國君很高興，就畢恭畢敬將海鳥迎進太廟，演奏《九韶》這樣莊嚴的音樂取悅牠，奉上美酒和牛羊供牠吃喝，每天如此；那海鳥如何呢？目光迷離，神色憂鬱，不吃一口肉，不喝一口酒，鬱鬱寡歡，三天就死了。《莊子》說這是「以己養養鳥也，非以鳥養養鳥也」，也就是說，這是以養人的方式養鳥，不是以養鳥的方式養鳥。「以鳥養養鳥」，就是尊重不同於我的他者的特性、他者的方式啊。

（二）樸素與本真

由對世間萬物不同特性的肯定和尊重，更進一步，便是要保存萬物各自的本真，或者說本來面目。

《莊子》裏對所謂美有一個著名的說法：「樸素而天下莫能與之爭美。」（〈天道〉）意思是說「樸素」是最美的。今天，「樸素」這個詞很平常，對莊子這句話，人們或許會理解成：簡單平淡就是最美的。我不想直截了當地說這麼解釋就是錯，不過，這絕不是莊子真正的本意。不妨問一下：老虎身上的斑紋，很是繁複，這算美嗎？

其實，這裏所謂「樸素」，不應當從樸素簡淡的美學風格上去理解；而要從「樸」、「素」本來的意思說起。這裏的「樸」，指未經砍伐加工的樹木，東漢王充的《論衡》有解釋：「無刀斧之斷者謂之樸。」凡是經過剪葉修枝的樹，都不算「樸」了。「素」則是未曾染過的布帛，現在說「素面朝天」，還就是這個意思，指沒有塗抹妝飾。那麼「樸」和「素」合在一起，成為一個詞，它們之間的共同點構成了「樸素」的真正意旨，即保持了本來性狀、未經裝點改易。

這層意思，《莊子》有一個譬喻講得清楚而精彩：百年的大樹被剖開，一部分做成祭祀時用的尊貴酒器「犧尊」，而且塗飾得色彩青黃斑斕；其餘部分則被拋棄溝壑；這兩者，在世俗的眼光看來，或許有美醜高下之區別，但在喪失其本來性狀上則是一般無二的。(《莊子・天地》:「百年之木，破為犧尊，青黃而文之，其斷在溝中。比犧尊於溝中之斷，則美惡有間矣，其於失性一也。」)很清楚，在莊子心中，至高的不是美，而是保守本性的純真，美是本性之真的結果。那麼，回到前邊我們問過的問題，老虎的斑紋雖然斑斕多彩，與簡單素淡一點兒搭不上邊，但牠也是天生如此的，出自本真和天然，所以，可以想見，莊子一定會頷首認可其美，而不會強指為醜的。

明白了《莊子》「樸素而天下莫能與之爭美」的真意，即保守天然本性就是美，那就可以真正理解他講東施效顰故事的意思了：

西施因為心臟有病，常常皺着眉頭；和她同鄉的一位醜女看見了，覺得很美，回家路上也按着胸口，皺起眉頭。村裏的富人看見她的醜態，緊緊地關上大門不敢出來；窮人看見她的醜態，帶上老婆、孩子跑得遠遠的不敢接近她。(《莊子・天運》:「西施病心而顰其里，其里之醜人見而美之，歸亦捧心而顰其里。其里之富人見之，堅閉門而不出；貧人見之，挈妻子而去之走。」)

《莊子》的評論是:「彼知顰美而不知其所以美。」—— 她雖然知道皺眉很美，卻不知道皺眉為什麼美啊。

為什麼呢？讓我直截了當地說：因為西施有心臟病。

西施之顰，之所以美，其實不在她是美人因而一切皆美，而是因其「病心」，這是出自真「心」的。而東施效顰之所以醜，也不是因為她原本就醜，而是她並未「病心」，其顰非出本心，純屬模擬造作。東施一意追求世俗所認同的美，矯揉偽飾，導致喪失了自己的本真。可以設想，如果西施沒有「病心」而「顰」，恐怕莊子也會笑話美人的吧。

這種違逆自己本性，而盲目認同並追逐世間一般價值的作為，是莊子一貫譏諷的。《莊子》那個有名的「邯鄲學步」的故事，也不妨從這個角度去理解：燕國壽陵地方的一位年輕人，到趙國的邯鄲去學那裏的步態，結果沒學好新的，原來走路的步法也忘了，只好爬回老家去。——這不也是失其本來固有特性的結果嗎？

(三) 本心與本性

為保持原來的狀態，保持本真，莊子有時候甚至顯得有點兒極端。

人類進化過程中，一個重要的里程碑就是製造和使用工具，人們不再是赤手空拳打天下，應付種種外在的威脅和生活的難題。然而，在《莊子》中有一個人卻反對新工具的使用：

孔子的弟子子貢，有一次經過漢水南岸，看到一個老人正在灌溉菜園。他開隧道、通水井，抱着瓦罐以水澆菜，看他很吃力，收效卻很小。子貢就向他推薦用力少、收效大的抽水機械，用木頭砍鑿而成，前面輕，後面重，水可以抽得很快。老人聽了之後，非但沒有感謝子貢，而且忿然變色，指責子貢說：運用機械是行機巧之事，有了機巧的事，必定啟動人的機巧之心；內懷機心，那麼心中就不再純真質樸，於是精神不寧，那麼怎麼承載得了大道呢？我不是不知道運用機械，而是因為它會啟發機心，所以不那麼做罷了！（《莊子・天地》：「子貢南遊於楚，反於晉，過漢陰，見一丈人方將為圃畦，鑿隧而入井，抱甕而出灌，搰搰然用力甚多而見功寡。子貢曰：『有械於此，一日浸百畦，用力甚寡而見功多，夫子不欲乎？』為圃者卬而視之曰：『奈何？』曰：『鑿木為機，後重前輕，挈水若抽，數如泆湯，其名為槔。』為圃者忿然作色而笑曰：『吾聞之吾師：有機械者必有機事，有機事者必有機心。機心存於胸中，則純白不備；純白不備，則神生不定；神生不定者，道之所不載也。吾非不知，羞而不為也。』」子貢瞞然慚，俯而不對。」）

從實際表現上看，老人確實是排斥機械的，但他的話也很明顯地表明，他是醉翁之意不在酒，反對的根本原因不在機械，而在因為要使用機械便會生出機心，使得本性就此扭曲。

由此，我們可以看到，莊子從對世間萬物特性的尊重，到強調要尊重天下萬物的本真和本來面目，最後，論到人本身，保持本心、本性的自然、純真，成為了莊子非常重視的一個方面。

對本心、本性的重視，在整個中國文化史上，都是很有影響的一個觀念。很多士人，都借莊子的思想，來表達堅持自我本性的立場和態度。

比如「竹林七賢」裏的嵇康，身處在曹魏皇室和司馬氏集團的爭鬥衝突之中，身邊的朋友也逐漸四分五裂，各奔前程，像七賢中的山濤就跑出來做官了，並且推薦嵇康也進入官場。嵇康因此寫了一篇有名的《與山巨源絕交書》，表達了自己斷然拒絕的立場。當然在那樣的政治形勢之下，他也不方便直接表露自己的政治態度，所以說了一大通自己如何不合適官場的話，比如自己很懶，不耐煩天天批閱公文、書牘來往，甚至連小便也要憋到忍不住的時候才去如廁；比如自己很髒，不愛洗澡，身上蝨子不少，與人說話時動不動要去摸、捉蝨子，所以絕對穿不得官服……等等。讀他這篇文章，常常會被這些奇異好玩的內容吸引，以為這就是魏晉時代放誕不羈的風度。其實，這些都是面上的話，嵇康講這些，其實是要向山濤表明自己的脾氣、性格，與山濤能進入官場不同，自己的本性實在是不適合那些繁文縟禮的；而人生最重要的事，乃是「循性而動」，也就是依循着自己的本性去生活。所以，你山濤走你的陽關道，我則自行我的獨木橋。這不正是對本心、本性的遵從和堅持嗎？

說到對本性的遵從和堅持，不能不提到比山濤晚一些的陶淵明。他是中國歷史上第一位田園詩人，可這不是生就便如此的。陶淵明壯年也曾有十多年斷斷續續的求仕生活，出入當時幾位權傾一時的風雲人物身邊，但最終他的選擇是歸隱田園，依照他自己詩文裏的說明，是「悟已往之不諫，知來者之可追；實迷途其未遠，覺今是而昨非」，是他反省自己，最後覺得「少無適俗韻，性本愛丘山」，自己的本性還是更適合自然的園田而不是官場紅塵，於是，不如歸去，「開荒南野際，守拙歸園田」。陶淵明了不起，就在他對自己的本性有清醒的認識和自覺，聽從本心的召喚，作出人生的重大抉擇。

維護本心、本性的真純，甚至影響到後來傳入中國而與儒家和道家三足鼎立的佛教。我們都知道，佛教裏面的禪宗，是最為中國化、影響也最大的佛教宗派，它對莊子思想的吸取也是眾所周知的。比如禪宗六祖慧能的《壇經》裏，講如何修行，如何實現佛性，就特別強調佛性與人的本性是相同的，認識和維護自己的本心、本性，就是實現佛性的關鍵。《壇經》的比喻是，人的本心、本性，如同日月，本自皎潔；只是因為後天的種種污染，如同烏雲遮蔽了日月，才晦暗不明；所以，需要做的就是撥開雲霧見日月，明心見性，識得自家本心、本性，就是修行，就是成佛。

再往後，晚明從心學裏殺出來的李贄，還提倡所謂「童心」，也就是保持原初「絕假純真」的赤子之心，認為由此「童心」，才會湧現真正的文學。

這一系列例子，都說明了莊子突出自然、本真的觀念，確實是一個很重要的思想貢獻。

從塵網走向田園*

主持人：這月的讀書會，有幸請到我們的同學、現任復旦大學中文系主任陳引馳教授做今天的主分享。他一再強調不是講座，不是講課，只是校友們之間的一次交流。他今天講的題目是「陶淵明：從塵網到田園」，現在我們把時間交給陳教授。

陳引馳：首先非常感謝也非常高興有這個機會！這次我確實不敢説做講座之類，就是把自己的一些想法跟大家報告一下。我以前寫過一兩篇這個方面的文章，我的想法可能和一般學者有些不太一樣，很期待大家後面的討論或批評。

---

* 2019年12月14日下午講於海南海口復旦大學海南校友會讀書會。

一、李杜文章在

要說中國文學史上最重要、最偉大的詩人和文學家，一般要講到李白、杜甫。中國文學裏面唐詩最重要，唐詩裏邊李白、杜甫最重要。他們當然很偉大，但我是不願意去學李白、杜甫的。

我覺得李白這個人很好、很樂觀，但說句不好聽的，他一輩子始終搞不清楚狀況。他總覺得自己很行，但在唐朝那個時代，沒有他的地位。他絕不可能是像他詩中說的「為君談笑靜胡沙」，「仰天大笑出門去，我輩豈是蓬蒿人」。當然，唐玄宗和官員們都非常清楚，李白這個人寫詩聊天是可以，但天下大事交給他是要壞事的。李白有很多非常好的詩，像「朝辭白帝彩雲間，千里江陵一日還，兩岸猿聲啼不住，輕舟已過萬重山」。這是一首非常好的詩，描寫歡快的心情。但是如果放到當時的歷史背景和他的經歷裏，就很難理解了。這首詩是他晚年流放夜郎時候寫的。當時安史之亂，唐玄宗逃到四川，太子在馬嵬坡串通禁軍頭領把楊國忠、楊玉環殺了，自己跑到陝北另立山頭，實際上是一場政變。永王李璘以為天下沒有主宰者了，趁機聚兵，請當時在廬山的李白出來加入自己的軍隊。最後永王因被視為謀反而被剿滅了，李白也被自己的好友高適抓了。這時候的李白已經進入暮年，已經到了今天所說的退休的年齡了，被流放夜郎。結果走到白帝城這裏時又被赦免了，一赦免，他心情馬上就很高興，寫了這首詩。換個角度思考，一個六七十歲已經差不多要退休的人，突然之間遭遇這麼大的人生挫折，應該是很難笑出來的，而李白馬上就笑了，作為一個人他真是有點搞不清楚狀況。

杜甫可能是中國最偉大的詩人，但從做人來講，《舊唐書》裏對杜甫有兩個字的評判——「褊躁」，就是說這個人性格偏激急躁。杜甫一輩子沒做過官，「安史之亂」之後被封了個小官（左拾遺），他就介入朝廷政治上奏章，結果立馬被皇帝貶逐。所以，杜甫一輩子做官的時間是非常短，這樣的人性格有問題，是不適合做官的。大家年輕的時候都覺得杜甫詩寫得好，但是有了生活經驗以後就知道，好的詩人做人不一定行，所以有人說隔壁住個詩人就是災難。

對於李白、杜甫，我覺得最大的缺點就是認不清自己，搞不清楚狀況，對自己的定位有問題。

中國詩歌史、文學史上對自己的地位認得很清楚的有三個人，第一個就是陶淵明，對自己認識得很清楚：我是個什麼樣的人，什麼樣的生活適合我，我怎麼選擇我的人生道路。第二個是蘇東坡。蘇東坡年輕時參加科舉，考中進士，歐陽修一看到蘇東坡的文章就說以後是蘇東坡的天下，要「放他出一頭地」。如果從世俗的角度，從前輩對他的期許和他自己的發展可能來講，蘇東坡可以說一輩子沒有實現他應有的人生目標，入仕後一路挫敗，最後被貶到海南。但是蘇東坡了不起的是他始終沒有被打倒，能平衡自己的心態，能夠把這一生過好，所以蘇東坡對自己認識得很清楚。第三個是白居易，這個人雖然世俗但也很有意思。清代趙翼在《甌北詩話》裏評論說白居易這個人很俗。為什麼？因為白居易的詩裏面經常在算帳，講他自己拿了多少錢，當然這跟他的出身不無關係。白居易為人非常清楚，他講自己是「中人」、「不上不下」的那種人，但他能把自己的生活安頓得很好。他早年做官的時候積極進取，給皇帝上勸諫書，後來一貶就貶到九江做江州司馬，之後他就看得非常清楚，對仕途很不積極。後來再被起用，他寧願長期呆在東都洛陽，卻不肯再進一步。寧願遠離政治中心，做一個閒官寫寫詩。

這三個人我覺得都是很重要、很了不起的人，如果一定說他們比李白、杜甫更高，倒也不能這樣講，但他們在做人上對自己非常清楚，這個非常了不起。

二、古詩十九首

回到陶淵明，我可能和一般的看法不太一樣。我們都會講文學要有情感、要有形象、要打動人。陶淵明作為一個文學家，作為一個詩人這些肯定是有的，但陶淵明更是一個哲人。他繼承《古詩十九首》的傳統，對於人生、對生命有非常清楚的思考。陶淵明有很多詩是在講玄言，沒有什麼形象性，真的就是在講思辨。

中國的五言詩是從漢代《古詩十九首》開始的，《古詩十九首》文字比較簡單，不那麼華麗，但是它的力量就在於通過一種非常簡樸的文字來講述生活、生命當中最重要的一些事情。比如詩裏講人生短暫、人生的不可控，「人生無根蒂，飄如陌上塵。分散逐風轉，此已非常身」，佛教裏也這樣講，講人生在不斷的變化，所謂「生住異滅」;「盛年不再來，一日難再晨」，所以「及時當勸勉，歲月不待人」，都是講人的生命非常短暫。後來有人概括《古詩十九首》基本上是在講「逐臣棄妻，朋友契闊，遊子他鄉，死生新故」，講的都是被放逐的朋友之間的離合，遊子離開自己的故鄉，有死有生，就是最基本的生活和生命的話題。

比如說「所遇無故物，焉得不速老」，看到一棵樹，人家就講「木猶如此，人何以堪」，對吧？樹都已經長那麼大了，「所遇無故物」，當初的景色都已經沒有了，滄海桑田，「焉得不速老」，人肯定就要老的，所以「盛衰各有時，立身苦不早」。因為人生非常有限，你怎麼辦？趕快要有所成功！就像張愛玲講的，成名要趁早。

再比如「人生非金石，豈能長壽考？」不可能長壽，怎麼辦呢？「奄忽隨物化，榮名以為寶。」很快一切就會過去，怎麼辦？積極爭取名聲、抓住名聲，揚名立萬，如此想法非常簡單，可謂是大白話，說人生有限、時光飛逝，所以就要儘早建立名聲，保護名聲，以對抗時間的流逝。「何不策高足，先據要路津」，趕快往上爬，先佔住要道，用這種方式來化解有限的人生。還有一些就更直接了，要抓住現在，要及時行樂，「不如飲美酒，被服紈與素」，提倡穿好一點、喝好一點，對吧？「晝短苦夜長，何不秉燭遊。為樂當及時，何能待來茲」，很坦率，非常有意思。

《古詩十九首》一般認為是東漢的詩，陶淵明上承《古詩十九首》，把五言詩發展到新的高度。

三、陶詩《形影神》

除了田園詩以外，陶淵明的《形影神》組詩在文學史有着非常重要的地位。形、影、神，代表着各自不同的人生立場和選擇。

《形贈影》：

> 天地長不沒，山川無改時。
> 草木得常理，霜露榮悴之。

謂人最靈智，獨復不如茲。……
我無騰化術，必爾不復疑。
願君取吾言，得酒莫苟辭。

「形」是物質的、形體的。「形」的內涵跟《古詩十九首》非常像，講人生的、物質的解決辦法。人是萬物之靈，但是跟山川天地一樣會有變化。既然我們抗拒不了這個變化，那麼就請你聽我的話，有好酒喝別去推卻。詩講的都是大白話，但抽象來講就是指出死亡不可免，不如及時行樂。

《影答形》：

存生不可言，衞生每苦拙。
誠願遊昆華，邈然茲道絕。……
身沒名亦盡，念之五情熱。
立善有遺愛，胡為不自竭。
酒云能消憂，方此詎不劣。

「影」則是事業名聲的代表，是個體生命的外射延續。存生、衞生是講人生的，衞生就是保衞自己的生命，維護自己的生命。求仙問道是做不到的，怎麼辦？「形」講要「得酒莫苟辭」、追求物質的快樂，但是人走了、形走了，一切東西也都沒有了，「身沒名亦盡」，人沒了，名聲也沒有了。身是形，名是影，形影相隨，身和名也是在一起的，身沒了名也就沒有了。想到這一點「念之五情熱」，一想到這個事情就心裏着急，心火上升。最後他提出一個解決辦法，「立善有遺愛，胡為不自竭」，就是做善事，遺愛人間。

講了一大通，沒什麼形象性，全是在思辨，「形」講物質的享受，以酒為代表，「影」就講名聲「立善有遺愛」，最後還批評「形」——「酒云能消憂，方此詎不劣」，酒雖然喝了一時之間能消憂，但是比起揚名立萬這個事情要差得遠，所以「影」是否定「形」的。

《神釋》：

> 日醉或能忘，將非促齡具？
> 立善常所欣，誰當為汝譽？……
> 縱浪大化中，不喜亦不懼。
> 應盡便須盡，無復獨多慮。

最後是「神」，「神」當然是代表詩人最後的意見，就像司馬相如寫《子虛賦》、《上林賦》最先寫子虛、烏有，最後亡是公代表他的定論。所以，在《神釋》裏，陶淵明把形和影都批判了一通，「日醉或能忘，將非促齡具」，喝酒是好事，說不定會把很多煩惱、痛苦忘了，但是喝多了對你的身體不好，「促齡」就是催迫你的壽命，喝酒喝多了也不好，所以他就否定這個「形」；第二，「立善常所欣，誰當為汝譽」，揚名雖然很好，但是誰來稱譽你的名聲？漢代人經常講，名聲不在你在人家（對你的評論），毀譽實際上不是自己能決定的。「誰當為汝譽」，把這些都否定掉了。

陶淵明是一個遵循道家自然主義的人，「縱浪大化中，不喜亦不懼」。大化就是不斷變化，整個世界都是一個變化的過程，在「大化」的過程當中，你不要高興，也不要恐懼。老莊道家都這樣講，生命開始你不要高興，生命走向結束，你也不要悲傷，這是一個自然的過程，有始必有終，有生必有死，有快樂必有悲傷，就是這樣。就像李叔同最後的絕筆——「悲欣交集」，快樂和悲傷是交集在一起都有的，你一生不可能都是高興的事情，也不可能全是倒楣。所以陶淵明講「應盡便須盡，無復獨多慮」，生命就是一個過程，不要去焦慮。就像羅素在《論老年》中所表達的一樣，人的一生就像一條河流，早年可能奔流湍急，但是到了下游進入入海口時，就應當越來越寬闊，越來越平靜，最終融入大海。陶淵明正是從自然主義的態度來回應生命短暫、時光流逝，從而批判追求形式上、物質上和名聲上的滿足的人生態度。

《形影神》組詩全篇都是在講道理，恰恰代表了陶淵明對人生的深入思考，這也是陶淵明之所以成為陶淵明的根本所在。

四、久在「塵網」中

中國傳統文化強調「知行合一」，因為理念上的解脫要等現實的解脫來確認。陶淵明將自己在玄理上對人生和生命的思考放入田園生活中去實踐，這並不是簡單的到田園去生活，描寫田園生活的點滴。很多人說陶淵明首次將田園生活、田園景色帶入詩文中，這當然沒有錯，但是對陶淵明來講，最重要的是他在田園生活中實踐他的理念，從而做到知行合一。

關於陶淵明歸隱有很多不同的說法，最有名的就是《宋書》裏「不為五斗米折腰」的故事：陶淵明在彭澤令任上 80 天，督郵來巡視，縣吏告訴詩人「你得整衣束帶去見他」，他一聽，歎曰：「我不能為五斗米折腰向鄉里小人！」於是掛印而去。但陶淵明自己並不是這麼説的，他在《歸去來兮辭》的序言裏説自己的本性與官場生活不契合，恰好他嫁到武昌程家的妹妹死了，他急着去弔唁，就離職而去了。所以對於陶淵明的歸隱，實際上還不能完全把它當成一個準確的歷史事件來看待。就像魯迅為什麼棄醫從文，説是看了幻燈片，但那其實只是一個由頭，或者説是「壓垮駱駝的最後一根稻草」。

按照記載，陶淵明活了六十多歲，後來有不同學者考證，比如梁啟超認為陶淵明大概活了不到六十歲，也有的人認為差不多七十歲，都不確定。陶淵明一生中實際有五次做官的經歷，做彭澤令的八十天是他人生中最後一次做官。

陶淵明一生大概可以歸成三個階段，三十歲前，基本上是生活在鄉下，沒有做官；三十歲到四十出頭，十年多的時間裏，他斷斷續續出來做了五次官，最後一次是彭澤令；從彭澤令棄官而走之後就再也沒有做官。所以在他壯年的十年時間裏，他一直在斷斷續續地做官。

陶淵明絕對不是一個心地單純、像他自己講的那麼淳樸、自然本性的人，而是一個非常理性、有很深思考的人。我跟大家簡略描述一下他五次做官的經歷，你們就可以了解陶淵明是個什麼樣的人。

第一次做江州祭酒，據史書記載只做了少許時間，辭官的具體原因不清楚，有可能是與當時江洲的主官——王羲之的兒子王凝之不和，他沒多久就回去了。

陶淵明第二次出仕，是在當時的梟雄桓玄手下任職。桓玄是一位文韜武略都十分了得、在東晉晚期歷史中扮演了「翻天覆地」重要角色的人物。大家知道，東晉皇室比較弱勢，當時最重要的政治格局，是皇室和世家大族聯手，桓氏就是其中一個世家大族。陶淵明與桓玄家族也有些淵源，因為陶淵明的外祖父孟嘉曾在桓玄的父親桓温手下做官，關係非常好。而桓玄跟陶淵明也有着共同的思想基礎，他們批判佛教、認可老莊的玄學思想。正是如此，陶淵明在桓玄手下做官是他十來年五段仕途經歷中最長的一段，大概有兩年，很可能跨了三個年頭，而且大概是唯一一次不是他自己決定離開的做官經歷。他之所以離開桓玄麾下，是因為他的母親去世了，不得不回去守孝，在家裏待了兩年多。然後兩年多時間裏，發生天翻地覆的變化。桓玄與朝中的司馬道子、司馬元顯父子發生衝突，朝廷要剝奪他的官職，桓玄就發兵造反，殺到建康，後來自己稱帝，立國號為楚。

第三次做官，陶淵明守孝期滿，沒有再回到桓玄府上，而是應召到劉裕麾下做參軍。劉裕出身於北府兵系統，沒什麼文化，但軍事能力很強。桓玄稱帝後，劉裕起來勤王把桓玄打敗。彼時，陶淵明是無法再回到桓玄手下了。十多年後，劉裕也造反最終推翻了東晉。桓玄和劉裕這兩個人，一個是貴族，一個是寒門，但是這兩個人前赴後繼，最終把東晉推翻了。陶淵明在他們倆手下都做過官，這也是驚心動魄的一件大事。

陶淵明在劉裕麾下做參軍沒多久，就到劉裕的同盟者劉敬宣那裏去做參軍，很可能是陶淵明和劉裕理念不合。這是陶淵明第四次做官，但做了沒有多久又甩手辭官了。陶淵明兩段參軍經歷前後加起來也就大概一年時間左右。

最後一段就是彭澤令了。因為家裏很窮，經親戚介紹他到彭澤縣做縣令。但做了 80 天，感覺很不高興，就回去了。

通過陶淵明五段做官的經歷可以知道，陶淵明絕對不是我們想像的固守田園、遠離紅塵的人，他的歸隱絕對有現實的原因。我個人覺得，陶淵明早年所受的教育都是想入仕、想有所作為的。他投奔桓玄門下並不是隨便的舉動，實際上他跟桓玄的關係也是被迫中斷的。陶淵明對於桓玄是有相當認同的，跟劉裕卻不甚相合。但在歷史轉型的時候，實際上是劉裕最終打敗了桓玄，讓陶淵明覺得在現實上沒有出路，或者現實的失敗讓他覺得不投緣，沒什麼好玩的，所以就選擇離開。如果講現實社會是一個「塵網」，詩人就是這個時候從「塵網」走向「田園」的。

在所有的中國文人裏面，陶淵明對於自己的人生選擇講得特別多，一方面當然他很自覺，另一方面可能是自我辯護。陶淵明是一個特別理性、特別會思考人生的人，所以他就不斷地講歸隱的理由，講這個符合我的個性，符合我的本性，這才是我應該過的生活。所以田園就變成他來講自己理念的一個場所，就不是一般的田園了。回歸田園是陶淵明自己的選擇，但這個選擇並不是像他所講只是簡單的精神層面的原因，其實也有現實的背景。

如果這樣子來看，陶淵明很多的詩可能就有不同的意味。

五、復得返園田

田園對陶淵明來講是一種生活。文學史上經常講，陶淵明的詩歌表現了田園生活，但這並不是最重要的。當時以謝靈運為代表的山水詩和以陶淵明為代表的田園詩是完全不一樣的。謝靈運的詩裏描述他看到的山水風景，他實際是在遊山玩水中觀察外在的世界，把奇山異水寫下來。但陶淵明絕對不是，他的田園就是他的生活，他就生活在田園當中，田園並不是一個外在的東西。

《歸園田居》其一：

少無適俗韻，性本愛丘山。
誤落塵網中，一去三十年。
羈鳥戀舊林，池魚思故淵。
開荒南野際，守拙歸園田。
方宅十餘畝，草屋八九間。
榆柳蔭後簷，桃李羅堂前。
曖曖遠人村，依依墟里煙。
狗吠深巷中，雞鳴桑樹顛。
户庭無塵雜，虛室有餘閒。
久在樊籠裏，復得返自然。

陶淵明的詩非常簡單，非常樸素，是大白話。這首詩如果要讀起來，很簡單，但它絕不僅僅是景象的描寫，或者表露一種情感，實際是有他自己思想的。一開頭「少無適俗韻，性本愛丘山」，就講小時候就不耐這些世俗的事情，我的本性是喜歡自然山川的，然而「誤落塵網中，一去三十年」，誤落塵網，我走錯路了，所以「羈鳥戀舊林，池魚思故淵」。「方宅十餘畝，草屋八九間。……曖曖遠人村，依依墟里煙。狗吠深巷中，雞鳴桑樹顛。」如果沒有前面這幾句，這些描寫就顯得非常瑣細，像一盤散沙。但讀懂了前面幾句，就可以明白這些描寫正是「舊林」、「故淵」的樂趣所在。所以它實際上是在一個很理性的框架當中描寫田園生活，並且在這些細節當中找到它的樂趣。

《歸去來兮辭》：

> ……僮僕歡迎，稚子候門。三徑就荒，松菊猶存。攜幼入室，有酒盈樽。引壺觴以自酌，眄庭柯以怡顏。倚南窗以寄傲，審容膝之易安。園日涉以成趣，門雖設而常關。策扶老以流憩，時矯首而遐觀。雲無心以出岫，鳥倦飛而知還。……
>
> 歸去來兮，請息交以絕遊。世與我而相違，復駕言兮焉求？悅親戚之情話，樂琴書以消憂。農人告余以春及，將有事於西疇。或命巾車，或棹孤舟。既窈窕以尋壑，亦崎嶇而經丘。木欣欣以向榮，泉涓涓而始流。善萬物之得時，感吾生之行休。

陶淵明隱居田園可能是計劃好的，就像今天那些實現了「財務自由」的人一樣。他的田園生活大概有二十多年，開始的時候還是很好的，「僮僕歡迎，稚子候門」，還有僕人照顧。後來日子過得越來越差，家裏的房子被火燒掉了，搬過家，到後來沒東西吃，要靠人家的接濟。把他整個作品讀下來，我覺得他最初決定歸隱的時候，可能沒有預期到後來那麼困窘的生活。但是反過來講，陶淵明也很了不起，即使後來生活那麼困窘，也堅持理想，堅持原則，沒有再出去做官。

陶淵明到底不是勞動人民，他幹活扛個鋤頭也是象徵性的。要完全靠種地來活，他絕對不是這樣的人。所以「田」和「園」如果要分的話，最重要的是「園」而不是「田」。他不是真正去種地，你看他寫「引壺觴以自酌，眄庭柯以怡顏。倚南窗以寄傲，審容膝之易安。園日涉以成趣，門雖設而常關」，他回去幹嘛？都是在玩，對不對？「悅親戚之情話，樂琴書以消憂。」彈琴讀書，和親戚朋友一起聊天。「農人告余以春」，告訴我春天來了，「將有事於西疇」，然後他就跑去了，「木欣欣以向榮，泉涓涓而始流」。所以，從這些文字可以看出來，在陶淵明這裏，最初「園」實際上是勝於「田」的，「田」不是他真正的生活重心所在，而在「園」中過得很開心很有趣味，反過來又可以證明，你看這就是我想要的生活。

《歸園田居》其三：

種豆南山下，草盛豆苗稀。
晨興理荒穢，帶月荷鋤歸。
道狹草木長，夕露沾我衣。
衣沾不足惜，但使願無違。

這首詩講他種田了，「種豆南山下，草盛豆苗稀」，「晨興理荒穢，帶月荷鋤歸」，早出晚回，「道狹草木長，夕露沾我衣。」前面講的都是種田，但種田也種得不怎麼好，早出晚歸很辛苦，衣服都濕了，反正是很糟很狼狽。最妙的是最後，所有這些辛苦，「帶月荷鋤歸」、「晨興理荒穢」都不重要，重要的是「但使願無違」。他不是一個農人的概念，適我之「願」就是適應自然節律，就是我要按照田園之中自然的生活去生活。《老子》裏面就講「人法地、地法天、天法道、道法自然」，自然是最高的。這個自然不是我們今天講的大自然，是表示一種狀態，就是自然而然。陶淵明就是自然而然，所以你看他寫得很多，譬如他經常會寫到鳥，鳥在他是什麼形象？「羈鳥戀舊林」，表示説被受到束縛、不自由了。那麼，《歸去來兮辭》裏講「鳥倦飛而知還」，到了黃昏的時候，它就要回去了，要休息了。陶淵明詩的很多意象最好這麼連貫、溝通起來看。

這就要説到陶詩《飲酒》其五：

結廬在人境，而無車馬喧。
問君何能爾？心遠地自偏。
採菊東籬下，悠然見南山。
山氣日夕佳，飛鳥相與還。
此中有真意，欲辨已忘言。

其中最有名的詩句當然是「採菊東籬下，悠然見南山。山氣日夕佳，飛鳥相與還」，很多人説這到底是講什麼東西？其實很簡單，你看鳥早晨飛出去，晚上回來，人就應該「晨興理荒穢，帶月荷鋤歸」，就是日出而作，日落而息，這是自然節奏。所謂「飛鳥相與還」實際上就是《歸去來兮辭》裏講的「鳥倦飛而知還」——這個形象是有固定意義的，是一個固定的表達。

六、田園意味長

簡單地講，陶淵明是一個自視甚高的人，雖然當時的人認為他是不行的，也沒有人認他是世家豪族，但他自認為我家曾經闊過的，基本上就是這樣，他有這個榮譽感。他有一首《述祖德詩》，講他祖先陶侃怎麼了不起，怎樣平定了叛亂、安定了東晉的江山。在 30 歲以後他是想投入社會的，有着十多年的掙扎。開始投到了桓玄的門下，因為母親去世，他離開了桓玄。後來桓玄推翻東晉，又被劉裕平定了。再出來的時候，他實際上無處可去，只好投到劉裕的門下，後來又投到他的同盟者劉敬宣的麾下，只有一年就離開了。又做了一個彭澤令，最後就不做了，徹底回去了，後來二十多年就在自己家待着。他可能就覺得跟這些人搞不到一起，不是一路人，就回去了，回去以後怎麼辦？

陶淵明這個人可能為人確實比較恬淡，一方面是個性，另一方面很重要，是現實的挫折、失敗。回去以後他需要一個理由，這個理由就是：我的本性是怎麼樣的，我要符合本性去過自然的生活，田園的生活才符合我的本性，所以他把田園講得非常理想化。田園對他來講不是實際的田園，是他精神的寄託，是他理念的實踐。

文學有什麼作用？文學其實是包裹歷史事實的。就歷史事實而言，我們沒有辦法到現場去，在很大程度上都是前人的記載，包括文學的、歷史的，把它包裹起來形成的。陶淵明講了很多理由，這些有沒有道理？他講了，希望你相信，但是我想說要看深一步，要看到他的心裏不一定完全像他這麼講的，實際上他有更複雜的層面。

陶淵明歸隱田園以後，去歷史化地構成了一個歸隱田園的意義和方向。他把自己的那些現實生活都過濾掉了，早期的那些挫折都不談了，田園不僅是他選擇隱退的物質世界，也是他寄託自己理想和精神的地方，這對於現實世界是一個轉化和提升，這個提升也變成了陶淵明田園詩在後世的主要意義。後人講陶淵明作為一個田園詩人的重要性，不是說他寫了廬山下的田園生活怎麼樣，沒有人把它當作自然田園的一個紀錄，主要是精神上的價值。後世關心的不是具體的歷史情境，而是由此產生的這種精神的方向。從這個意義講，陶淵明通過自己的文字塑造了一個自己的形象，但他為通過田園生活實踐生命意義也付出了代價，在理想和現實之間有着實實在在的掙扎。

最後歸納一下，在田園生活當中，陶淵明實現了一個很符合中國文化理想的境界，他有着很高遠的理念和覺悟。他的詩很清楚地表達他在反省，他要找理由要講道理，同時又在最具體的普通的生活中實現它。因為有高遠的理想，所以他的行動不是簡單的，而是有意義的。通過行動，這樣的理想不是虛幻的，而是切實可以實踐的。比方講他跟農人一樣，扛着鋤頭下田，但是他扛着鋤頭下田，和一般農夫扛着鋤頭下田是不一樣的。農夫扛着鋤頭下田，就是種地鋤草，怎麼能「草盛豆苗稀」呢？一定要「草稀豆苗盛」，對不對？陶淵明說沒關係，只要「適我所願」就可以了。用禪宗的話來講，第一層「看山是山，看水是水」；第二層「看山不是山，看水不是水」；第三層又是「看山是山，看水是水」。但是第三個層次的「看山是山，看水是水」跟第一個層次的「看山是山，看水是水」是不一樣的，雖然都是一樣的山水。

陶淵明的農人生活是在第三個層次上，因為他有一個理想，這樣做就是實現他的人生。陶淵明的外在形象可能跟普通農人是一樣的，但是內心的自覺使他把握着生命的方向，這又不一樣。中國傳統講「極高明而道中庸」，這是中國文化裏很重要的一點。一個人很厲害，不是說他很高冷，跟這個世界沒有關係，完全走不一樣的路，望之不似世間之人，而是看上去他做的所有事情跟大家都是一樣的，但他內在境界不一樣，他有自覺，他有自己精神的方向。中國文化最強調這一點，整個中國文化都強調要在世間、在現實世界當中實踐理想，而不是在彼岸、在另外一個世界實現理想。陶淵明到後來被很多人那麼肯定、那麼推崇，這個因素非常重要。因為他理念跟實踐結合在一起做得很好，所以他很重要。

謝謝大家！

主持人：感謝陳教授的精彩分享，讓我們彷彿重返校園聆聽名家大師講課的美好時光！引馳兄與我們一同進復旦，但是這麼多年一直沒有離開復旦，所以他身上有復旦前輩學者的扎實學風和大家風範，也讓我們看到復旦道統在新一代學人身上的傳承。

今天通過引馳兄的講述，我們看到了一個更加立體、更加人性化的陶淵明。他把自己的人生感悟放到學問裏面，還原了一個在世俗中或在仕途上曾經掙扎過的陶淵明。詩人因為仕途不順或者說沒有跟對人，又返回到田園，這其中除了他對人生的思考，也不可否認有他的天性所在。陶淵明給中國人塑造了一個「千古田園夢」，直到現在還有很多人想回到田園去。

不管是陶淵明、蘇東坡，還是李白、杜甫、白居易，引馳兄簡單的幾句點評，實際上凝聚了他畢生的功力，給我們帶來很多啟發。今天機會難得，大家有什麼想跟引馳教授交流或者請教的都可以暢所欲言。

聽眾甲：陳教授的講座讓我們受益匪淺，教授講述了一個更為真實的陶淵明。陶淵明前半生的仕途經歷，讓我們感覺到，並不是真正像他自己所説的「誤落塵網中，一去三十年」，這裏其實有着很深的歷史背景，包括教授講到陶淵明與桓玄、劉裕的關係。

隋朝科舉制度之前，一個人要成就功名一般通過幕府及舉薦，做幕僚會被皇帝或貴族看中，然後才能進一步進入官場。科舉制度之後，像蘇東坡這些文人可以通過科舉考取功名，通過一篇文章讓皇帝關注到，可以一步登天。陶淵明幾次出仕，實際上已經很靠近權貴，比如劉裕後來就做過皇帝，所以説陶淵明的經歷和蘇東坡是差不多的，都曾經非常接近政治權力的中心。我一直覺得陶淵明是「雲無心以出岫，鳥倦飛而知還」，今天聽了講座，才知道出仕實際上是他的首選，後來是因仕途不順和其他原因，最終選擇回到田園當中，才會有「採菊東南下，悠然見南山」。今天的講座使我們對陶淵明有了更深刻的了解，非常感謝陳教授！

聽眾乙：陳老師，我有個問題想請教你，我一直都認為文學它不僅僅在於辭藻，它體現的是一個作者的人生觀，就像你在開頭説的，李白就是一個沒心沒肺的人，杜甫就是一個褊躁的人，那麼我們在做文學研究的時候，其實一方面在看他的文字，另一方面也是看作者的情感、境界甚至他的世界觀和人生觀。我想知道我們怎麼去評價一個人的人生觀的境界高低，怎麼能説它是媚俗或者是清雅？即使我們研究出來了，它是高是低，那千百年前一個古人的生活和情感，對我們現在又有什麼意義呢？

陳引馳：這個問題其實不僅是個文學的問題，更是個人生的問題。

我個人理解，文學肯定是關於人的，沒有人談不上文學，但是文學本身既有技術層面的文字表達，也有精神方面的人生感悟，這兩個方面不可或缺。如果只是講人生的理解，他不一定使用文學的方式來處理，他可能寫一篇思想論文。所以文學還是要有文學的基本素質，我非常欣賞美國詩人艾略特的一句話，他說「評價什麼是文學，必然要有文學的標準」，就是文學必須要有技術層面的文從字順、辭藻華麗或者文字樸實等技巧，但艾略特還說「評價什麼是偉大的文學，那個標準往往是超越文學的」。所以僅有技術層面肯定是不夠的，那就需要作者有更高的境界。

現在傳統文化很熱，都在講重讀傳統經典。一般人都把傳統看成是過去影響今天，但我更贊同另外一些學者的觀點，就是「傳統是反過去建構起來的」。比如孔子，我們現在理解的很多東西實際上並不是孔子的，更多的是今人的解釋，就好比西方人說「整個西方哲學史都是對柏拉圖的不斷解讀」。我覺得也可以說中國傳統就是不斷對儒家、道家、佛教或那些重要的思想家、文學家的不斷解讀。實際上，傳統不是說過去的事物或思想影響到我們，而是我們今天回過頭去看，有沒有什麼對我們有幫助、有意義的，然後去把它拿過來，發揮出來。從這個意義上來講，傳統沒有絕對的高低，只要對自己有幫助，能夠吸取經驗就是好的。有的人覺得李白很好，因為他自己也是天性豁達的人；有的人喜歡杜甫，因為他本人心憂天下，這都很好，因為這對於他認識自己、認識世界都是有意義的。而我可能就覺得陶淵明、蘇東坡、白居易對我個人來講更有啟發性。每個人對待傳統都有不同的標準，沒有絕對的高低。

我經常被邀請做一些關於傳統文化的訪談和講座，除了講傳統的重要性，我也一直都強調，不論傳統文化、現代文化或者西方文化，最好的境界是沒有任何差別的，因為這些都是平等的，你選擇什麼都可以。「五四」之後中國傳統文化被打壓得很厲害，我們這代人其實在骨子裏對待傳統都還是保持着距離、持有批判的態度，實際上傳統有很多好的東西。所以，我覺得我們應該有更包容的態度把古今中外都開放出來，每個人都可以選擇自己最需要的。

聽眾丙：聽了陳教授的講座，從陶淵明的作品結合其人生境遇，多維度關聯，比較、印證、提煉和感悟其思想，拓展了我對陶淵明的認知深度和廣度。陳教授提到傳統文化需要後人不斷豐富和解釋，我也是這麼感受的。儒學就是經孔子創立，由孟子、荀子、董仲舒、朱子等不斷解釋和演化，陶淵明也一樣。陶淵明的形象從一開始就虛構大於真實，因為那時候的書籍大多是手抄的，存在筆誤，還可能抄寫者根據自己的理解去修改原文，經反覆抄寫，最初的版本無從確認。據說陶淵明詩集到宋朝的時候，有上百個版本。上次讀書會提過，比如「悠然現南山」這句，據説原來的版本是「悠然望南山」。有研究者説，陶淵明實際上是中國千年文人共同構建的一個局，共同把陶淵明塑造成一個完美的文化人格典範，他所描述的充滿畫面感的田園生活，成就了中國文人的浪漫想像，塑造了中國文人的精神家園。特別是蘇東坡，就常借着對陶淵明作品的附和點評，表達自己的人生和文學觀點。

相比於李白、杜甫和蘇東坡一生的不順利，陶淵明的一生沒有太大的起落，他只是官場的一個小人物，他是因為當隱士而出名的，是第一個把隱居的生活非常有畫面感地描述出來的人。一個人的性格決定他的命運，從中國文學的構成來講，正是因為有李白、蘇東坡、陶淵明這樣不同個性的人，這樣豐富多彩的性格才創作了文學史上不同風格的作品。從陳教授的分析看，陶淵明應該是非常世故的一個人，他的一生經歷了東晉和劉宋多個皇帝，身在亂世，正是他的世故得以保全他自己和家人生活，窮一些但是無災無難，他看得很透，明白自己的位置及自己和世界的關係，而李白的糊塗就是糊塗在這點。

陶淵明不愛做官，莊子當年也是堅辭不做官，他們都身在亂世卻能保全身家。這裏想請陳教授解讀一下，陶淵明的桃花源跟莊子的逍遙遊之間，是不是有相似相通的地方？

陳引馳：很敏鋭的觀察。我認為陶淵明跟莊子的關係確實非常密切。首先來講，他們還是有所不同的，最大的差別就是陶淵明的基本生活我們是知道的，而莊子的生活、生平是我們所不知道的。就莊子而言，我們能知道的只是莊子那些寓言故事，或者是莊子的一些觀念。我本人研究古典文學和歷史，所以越來越重視具體的情景。莊子到底是什麼樣的人很難講得清楚，而陶淵明的經歷是清晰的，他生活在當時的亂世，後來歸隱其實跟亂世還有很多聯繫。所以莊子和陶淵明有聯繫，但是很難從生活上、為人處世上去比較，能談的是他們在觀念上的類同性。

我以前寫過這方面的文章，他們兩個人都是崇尚本性的。陶淵明的「少無適俗韻，性本愛丘山」，還有《歸去來兮辭》裏的「質性自然」，經常講到本性的問題。這個本性的概念就是源自莊子。《莊子・外篇》裏有很多講本性的，我覺得莊子的本性就是自然，莊子最重要的概念是「天」的觀念，天的觀念就是自然而然的一種狀態。這種自然而然有點玄虛，那麼在這個世界上如何落實？如何呈現？就落在人性上、落在萬物之性上。比如《莊子・外篇・馬蹄》就講養一匹馬，「蹄可以踐霜雪」、「毛可以禦風寒」，他覺得馬兒餓了就吃，渴了就飲，這個是它的本性所在。如果像伯樂，非說馬兒應該跑得快，上來就要訓練，結果把很多馬都弄死了，最後選出幾匹千里馬，「一將功成萬骨枯」。莊子就覺得伯樂這種人是很壞的，為什麼？因為他是違反馬的本性的。馬有馬性，人有人性，是不一樣的，所以萬事萬物都應該按照自己的本性。

看《莊子・外篇》裏頭幾篇，《胠篋》、《駢拇》都在講要尊重本性。比如他講魯國國王養鳥，一隻海鳥飛到魯國，因為比較稀罕，國王就燒很好的肉給牠吃，旁邊還要奏樂，結果這隻鳥嚇得三天沒吃東西，餓死了。所以莊子就講這是「以己養養鳥，非以鳥養養鳥」，用養人的方法養鳥就把它的本性給破壞了。所以莊子講到的這個性，回過頭來看，就是陶淵明所謂的「遵從本性」。

關於本性的還有一篇很有名的文章就是《與山巨源絕交書》，是魏晉時期文學家嵇康寫給朋友山濤的一封信。山濤當時推薦嵇康去做官，嵇康不願意去，就給他寫了這篇文章，大致就是説我這個人又懶又糟糕不適合做官，把自己醜化了一大通，但其中最關鍵的四個字就是「循性而動」，就是講每個人要依循你的本性而動，這是他的核心觀點。

我相信這些觀念都是從莊子來的，因為以前沒有人從這個意義上來講性。儒家也講性，但是儒家講的是性情的關係。孟子講性善，情是喜怒哀樂七情。性是靜的，情是動的。喜怒哀樂的時候，不能過頭，否則就要闖禍了，所以儒家講要「發乎情止乎禮」。情是要控制的，而性是穩定的，儒家從這個角度去理解性，可以講是性是約束情的。但莊子的性，是講要按照你的本來，符合你的本性去做，所以陶淵明、嵇康講的「性本愛丘山」、「循性而動」都是從莊子來的。

你這個問題很好，但是我能夠講的就是他們在思想觀念上有關係，但個人生活上則不敢做太多評判。謝謝！

聽眾丁：首先謝謝陳老師，真的感覺又回到復旦上了一堂生動的課。我想談兩點個人感受：

第一，陳老師說到陶淵明在做江州祭酒的時候，是在王凝之的手下做官，不久就辭官了。剛好前面看過的一點資料：王凝之是王羲之的第二個兒子，也是王羲之所有兒子中最沒有才華的那一個，偏偏他娶的是才女謝道韞。當時王、謝兩家通婚，謝安怕「雪夜訪戴」的王徽之不是過日子人，王獻之年齡又太小，只好把侄女謝道韞許給了王凝之。才女謝道韞偶爾回娘家，就向謝安抱怨道：都是一個父親生的兒子，怎麼差別就那麼大呢？王凝之後來當地方官的時候，下面有兵亂，信奉「五斗米教」的他不組織抵抗，只一味在家設神壇禱告，後來城破了，他和他的三個兒子全被殺了。就是這樣一個平庸的人，所以剛剛陳老師提到陶淵明在他手下做官，不久辭官，也就很容易理解了。

第二，關於陶淵明的歸隱，確實有很複雜的層面。但我不同意很多人把陶淵明說成一個避世的人，恰恰相反，我認為陶淵明不是避世，而是「創世」——他創造了屬於自己的生活方式。一個不隨波逐流、有勇氣做自己的人，怎麼可能是避世的人？陶淵明清楚地知道自己不想要什麼，所以他辭官，回到了他的田園。至於什麼是他想要的，他在不斷的摸索中探尋。因為是創世，走一條沒有人走過的路，所以一定會有很多困惑，也有過遲疑的時候。正如木心所說，「生命就是時時刻刻不知如何是好」。但他始終在田園踐行他的理念，田園就是他的道場。他說「性本愛丘山」，他就真去愛了。哪怕是在困頓的日子裏，他也沒有回頭。我們今天說「不忘初心」，可有多少人記得自己的初心？記得了，又有多少人能堅守自己的初心？陶淵明是這樣的人，他內心有力量，才可以堅守自己的本性，成為自己想成為的人。他的桃花源不在遠方，就在他的田園。這是我對陶淵明的理解，也是我喜歡他的原因。

再次謝謝陳老師，讓我們一起度過一個有詩意的下午。

主持人：由於時間的關係，最後的時間還是交給引馳兄，看看今天跟校友們的交流有什麼感受？

陳引馳：第一個真的是非常感謝大家，我可能只是胡言亂語，然而大家很有耐心坐在這裏聽我講，然後有熱烈的回應，有些也是非常有見識的、非常敏銳的看法，非常感謝！第二個當然就是非常感動了，我的幾位老同學，尤其還有兩位當年與我大學階段同一寢室的室友，今天能在同堂交流，特別温馨，特別有意義。總之就是感謝、感動！

中古文學之佛影 *

主持人：今天很高興可以受逢源主任之命，來擔任這場講座的主持。2005 年，也是我剛來政大服務沒多久，我們的文學院就開始籌辦這樣的講座。今年是第十年，陳引馳教授是第十位學者。

在簡介裏頭我們知道，引馳先生從文學，尤其是莊學跟文學之間的關聯，從佛學跟文學之間的關連，甚至在近現代的學術史，都有不少的著作。除此之外，還有翻譯的著作，翻譯的不僅是歐美的漢學，還有佛經，這是一種非常廣闊的治學路徑跟方向。我想請引馳教授跟我們全系師生做這樣的分享，有助於我們視野的擴展，同時也利於領域的廣博與溝通。

---

* 2014 年 12 月 1 日上午擔任台灣政治大學「王夢鷗教授學術講座」該年度系列的第三講。主持人為曾守正教授。

這三次講座裏，很抱歉我前兩次都有事情沒辦法來學習，不過我們從三次講座的題目裏，可以看到有內在的學理關係。「魏晉文學之莊學迴響」，我們透過文學看到莊學在文學中的呈現，接下來就是個案式的討論「走向田園境界的陶淵明」，陶淵明我們也都知道，包括引馳先生在 2002 年左右出版的《隋唐佛學與中國文學》，談晉隋階段佛學時，陶淵明就是一個重要的人物，在書中開場時就出現。我們也知道陳寅恪先生認為陶淵明跟道教的自然說有一些關係，後來有所謂「新自然說」這樣的說法。引馳先生同時去觀察陶淵明跟佛教的關係，在書中說到，陶淵明依據魏晉玄學與佛學發生交涉。今天我們就集中要談「中古文學之佛教影跡」，再進一步聚焦在佛教跟文學的關聯上，這兩年來也看到陳引馳先生有許多這方面的著作。我想今天應該可以充實度過愉快的兩個小時，我不佔用時間，把時間交給引馳先生，謝謝！

陳引馳：謝謝守正老師的介紹，我三次的講座，今天是最後一次，非常愉快，三次當中最難熬的，就是主持的老師對我有溢美之詞的時候。我希望能努力給大家一場好的報告。

今天這一講的報告是「中古文學之佛教影跡」，這是一個非常大的題目。從中古時代來講，就是一般所講六朝到唐代這樣的時段當中，文學和整個思想傳統最有光彩的接觸、交涉，我想是道家、玄學和佛教，當然儒學的影響是一以貫之始終存在，而這個時候，或許可說是異彩吧，有不一樣光采的可能還是要說到道家、玄學和佛教。我今天想報告的是佛教這方面的情況。當然佛教的內容非常多，我不可能在兩個小時裏面都談及，只能報告我曾經有過的考慮、考察，不能說那麼完整，大概是想回顧佛教跟中古文學複雜交錯的關係，用有關的個案來討論幾個方面：

第一個，是佛教文學的傳入；

第一個，是中古文人對佛教的接受；

第三個，是文學文本當中佛教的影跡。

最後所指的「影跡」有佛教的因素，但我特別想提出來的是：這當中不是純粹的佛教，我想通常一個文學文本不是僅僅有佛教一家的痕跡，它往往跟其他的精神傳統交錯在一起。

因為佛教是外來傳入的，所以這三個方面的因素我想都要考慮，從傳入、文人怎麼接觸、在文學文本當中怎麼體現出來，一方面我想展示這樣的歷史和文學的事實，另一方面有一些相關研究跟觀察的反省，我也想向大家報告。

之所以選中古即六朝到唐代，因為基本上佛教傳入的時間，是在兩漢之際，這很難確定一個絕對的年代，但兩漢之際是大家都認可的。但真正對文學，或是對精英士人發生影響，大概是在東晉，過去的學者、現代的學者、歷史的文獻都顯示了這一點。大家看《世說新語・文學篇》，對於了解六朝時期的思想、文學都非常重要，因為裏面大概一百多條，前篇一大半基本上是關於學術思想的，涉及到經學、玄學的何晏與王弼、學佛士人的故事，當然最後從曹植七步成詩之後，基本上就是我們今天所講的文學的內容。從該篇裏面來看，從經學到玄學到佛學，涉及佛教文化影響的材料基本上都是在東晉以後，傳統的基本文獻中已經顯示這一點。在明代何良俊《四友齋叢說》裏面已經非常明確提出來，佛教進入精英士人的精神世界並發生影響，基本上是在東晉之後。包括現在的學者，荷蘭非常重要的佛教學者許理和，在《佛教征服中國》裏面也有討論，基本上判定佛教對中國精英士人產生深入廣泛的影響，是在東晉以後。

今天我們講文學，我覺得六朝文學很大程度上可以和唐代放在一起考慮，六朝和唐代是貫通的。從文學來觀察，佛教進入精英士人的精神世界，和文學創作發生關係，呈現出來的面貌，一開始是疏遠隔離的狀態，到比較融和無間的狀態，這整個過程其實到唐代才完成。因為早期的狀況，湯用彤先生《隋唐佛教史稿》有一個判斷，六朝文人其實對於佛教的了解要比唐代文人深刻，因為那些人包括謝靈運、沈約、梁代的蕭氏父子，他們對佛學的理解非常深入，有很多論文在佛教的文獻裏面可以看到，像是謝靈運《與諸道人辯宗論》直接介入當時佛學最核心的問題，所以本身在佛教史上可以佔有重要一章。可是在唐代，我們可以看到那麼多的文人在詩文裏面都有佛學的表現，但事實上能夠真正進入佛教史焦點的實際上非常少。文本上可能最重要的是王維的《能禪師碑》，它是南宗禪早期發展過程中有關慧能的非常重要的文本。其他還有像白居易，當然他讀了很多佛經，與佛教有很多接觸，詩文方面也有種種表現，可是在佛教史裏面實際上是在焦點之外，在視野邊緣的。這意思就是說，唐代文人相較於六朝文人對於佛教的了解就不夠深入。

但是反過來，在文學當中能夠很好地融入佛教因素的，唐人比六朝人要做得好。這是為什麼呢？我想可能的因素是，包括沈約這樣的人，他在特定的文體當中會直接討論重要的佛教問題，但是在他的文學創作，他的詩、賦當中，這種影響似乎是有意排斥的，這會不會是因為六朝時「文體」的意識特別強，他可能覺得不同的文體各有其所承載的不同使命，所以在今天看來，那些文學性的文類當中，他或許是有意的不去觸及佛教，這是我自己的感覺。我的意思是，真正將文學和佛學融合起來，從六朝到唐代是整個過程，兩者之間融合的完成要到唐代，所以不妨把它看成是一整個連續的發展過程，我把這個過程稱為中古佛教和文學的融合期。因此我要講的佛教在中古文學的影跡，是在這樣一個時代範圍內討論的。

一、文字與口傳之間：佛教文學入華途徑窺探

佛教文學進入中土的過程當中，我們現在的研究和認識的基本方式，是透過文本比對。我們考察一個作家或是文本裏面佛教的痕跡，採取的是推溯方法，推溯到來源於印度的佛典，或者是相應的印度的典籍當中相關的形象、觀念或者情節。找尋到這樣的聯繫，我們便認為兩者之間是有影響關係的，因而很多問題我們要去探究的時候，都會去找佛典裏面的依據，然後建立起和中國文學的關係。這種方式當然是對的，因為我們只能透過這些文學文本，來完成我們對那個時代的認識。

但是我認為這裏面還有一個非常特殊的因素，就是「以今度古」，親身接觸、口耳相傳會不會在這個過程當中發生很重要的作

用？我想我們能夠看到的比較完整的例子應該較少，但還是存在的，而且我相信這是一個蠻重要的方式。我舉一個例子，就是剛才守正教授也有提到的，我們的文史大師陳寅恪先生，在 1930 年寫過一篇論文：《三國志曹沖華陀傳與佛教故事》。那篇文章裏面談到曹沖的部分，提到「曹沖稱象」的故事，我想各位都非常了解，在提到這個故事之後，他就說這個故事來源於佛教。來源於佛教必須要有證據，所以陳寅恪先生就舉了《雜寶藏經》的例子，說這是來源於印度的故事。但這裏面有個問題：大家知道《三國志》是陳壽作的，陳壽作《三國志》基本上是在做現代史甚至當代史，他離那個時代非常近，而《雜寶藏經》是北魏延興二年時譯出，大概是西元 472 年，譯者是曇曜和吉迦夜。吉迦夜是一個梵僧，曇曜是一個中土漢人，曇曜就是北魏時期山西雲岡石窟早期開鑿的五窟，也就是現在被稱作「曇曜五窟」的主持者，那五窟是非常了不起的佛教石窟。所以，從時間上來說，《雜寶藏經》的翻譯是在陳壽記載了曹沖故事之後，也就是說這個證據就時間性而言，其實是有問題的，陳寅恪先生說「曹沖稱象」是佛教的故事，然後給出一個佛教經典的證據，但經典是在很久之後才被翻譯進入中國的，這一聯繫可能根本不成立。

陳寅恪先生是歷史學家，他不可能沒有意識到這個問題，對這個問題他當然有自己的回答。陳先生還是認定曹沖稱象的故事情節是從印度來的，他說，第一，我們現在所看到的佛經不是歷史上曾經譯出的全部佛經，有大量佛經是散佚掉的，可能曾譯出來了但我們現在看不到了——這自然有可能性，但就曹沖稱象這一具體個案來說，卻也沒有什麼確實的證據；第二，即使包含曹沖稱象故事的佛經沒有被譯出過，也可以存在口頭傳播，印度佛經中的情節可以透過口頭傳播讓當時三國時代的中國人了解，並寫錄下來。當然如果是我的學生這麼寫我還是不能接受，沒有任何證據，只是指出可能性，僅僅提示了一個值得考慮的可能方向，還有待切實的具體考察。不過，深人無淺語，陳寅恪先生提出的這個思考方向，很有價值，可以進一步探索。

（一）中印佛教文學間的口耳相傳

那麼，口耳相傳、親身經歷在佛教文獻中比較直接的材料是什麼呢？當然就是僧人西行的紀錄，因為中古時期中國僧人到印度去取經求法，是一個連綿幾百年、在中國佛教史上了不起的運動。這中間留下很多文獻，不少是相對完整地保存下來的，比如說東晉法顯的《法顯傳》，又叫作《佛國記》；比如玄奘《大唐西域記》，這部書當然是他回到中國之後，應唐太宗要求整理編撰而成的，但實際上也記錄了他西行求法一路的見聞。這些基本上都屬於行記類的文本，或許可以從這些材料來觀察。這是兩本相對完整的著作，當時還有大量類似的文本，像是《洛陽伽藍記》裏面的記載，有關於宋雲的行記，也是做中西交通史、佛教史的學者高度重視的；還有敦煌出土的慧超《往五天竺國傳》這樣的文本。如果看《高僧傳》等文獻，可以了解到很多如今已佚失但從文字上看起來當時一定有的行記，比如說寶雲「懃苦艱危，不以為難。遂歷於闐、天竺諸國……其所造外國，別有記傳」，當時非常重要的雷次宗還為他寫了傳記，「所造外國，別有記傳」當然就是到印度去，從我們今天知道的新疆、西域過去的；還有法勇，劉宋太初元年到天竺去，他是從陸路去、海陸還，和比他略早的法顯經歷的路是一樣的，「所歷事跡，別有記傳」，也説明他有傳，《大唐內典錄》裏面記錄法勇有《外國傳》五卷，這都可以確定法勇有傳；還有道普，「經遊西域，遍歷諸國……別有大傳」；法勝，《外國列傳》凡四卷。僧傳裏面有很多材料，顯示這形成了一個傳統，西行求法的僧人們去印度取經會有類似這樣的傳記寫出來，這些都是非常重要的線索，是歷史上殘留下來的蛛絲馬跡。

這些傳記為什麼在某種程度上可以看成佛教文學，乃至印度佛教文學口傳進入中國的文獻呢？那些佚失、看不到的當然沒有辦法判斷，但是如果就《法顯傳》、《大唐西域記》而言，確實有理由這麼看——尤其是《大唐西域記》，它規模比較大，是一部非常重要的關於佛教的歷史、地理的著作，甚至印度學者可以根據《大唐西域記》來重建印度當時的地理和歷史——從佛教文學的角度來觀察，不妨把《大唐西域記》看成是佛教文學的故事集，這部故事集是玄奘遊歷西域、印度，參訪各地的佛教勝跡記錄下來的，因為他是一個佛教徒，所以他要參訪各處佛教聖地或遺跡，參訪之後會把當地流傳的故事記錄下來，其實可以將它看成是以遊歷的地域為脈絡主線所聯通、構成的佛教故事集。從這個角度可以把《大唐西域記》歸類成幾個類型，書裏邊的表述有一定的分別，有一些就是在當地聽到的，「聞諸土俗」、「聞諸耆舊」，故事都會交待來源；有的説是「聞諸先記」、「聞諸先誌」，所謂「先誌」和「先記」很可能因為是回國之後寫的，所以會參酌相關的文獻材料。當然不能每個例子都這麼確定，但是我想從情理上大概可以做這樣分判。

這些保存在西行求法僧人行記之中的佛教故事，比對現存佛經材料進行研究，大概可以分成三類，第一類是現有佛經文獻中根本不存在的，我們現在只能在《大唐西域記》中看到的故事，比如《大唐西域記》卷七載婆羅痆斯國「烈士池」的傳說，這個先後在唐代段成式的《酉陽雜俎》續集卷四《貶誤》有「顧玄績」故事、李復言《續玄怪錄》有「杜子春」的故事、薛漁思《河東記》「蕭洞玄」的故事、裴鉶《傳奇》「韋自東」的故事，一直到馮夢龍《醒世恆言》卷三十七《杜子春三入長安》的故事，再後面主要是根據唐傳奇《續玄怪錄》中「杜子春」的故事；日本的芥川龍之介有《杜子春》這篇小說，此外，還有一些戲劇。這是一個非常少見的、情節結構完整地傳入中國本土的文學故事，而我們知道它是來源於印度，在中國文學的歷史當中形成了一個故事系列，而且影響到日本。而這樣的系列在佛經裏面完全沒有出現過，我相信是玄奘在當地聽到，記下來以後傳播的。當然它後來在中國本土的傳播，可以大致說是自《大唐西域記》這本書之後衍生成為一個系列，但最初毫無疑問是聽來的。這個故事有很多地方值得討論，因為它在印度原本不是一個佛教故事，只是講一個修道的梵志如何如何，這裏我們暫且不做鋪展的分析。

第二類是現存佛經中有，但是發生很大的變化。這個變化是什麼呢？就是很多張冠李戴，就像《世說新語》一樣的。說起來每個細節都太複雜，無法太多展開，只略提一下，比如《大唐西域記》寫到龍樹、提婆這些佛教史上著名的大乘菩薩、高僧的時候，我們可以拿來與當時佛教傳統中的文獻比對。我們知道鳩摩羅什譯過有關龍樹、提婆這些佛教史上大人物的傳記，對於鳩摩羅什所譯的傳記裏面的那些情節，我想玄奘應該是了解的，因為玄奘是一個非常博學的人，而且鳩摩羅什是一名譯經的大師，鳩摩羅什譯的《龍樹傳》之類的傳記，我想他應該是有去看。但是他在《大唐西域記》裏面記的龍樹、提婆的故事，和鳩摩羅什譯的傳裏面的情節是張冠李戴的，他把龍樹的情節帶到提婆裏面，把提婆的情節帶到龍樹。這表示什麼呢？假設玄奘是了解鳩摩羅什的，那他還這麼記錄，表示這就是他聽來的，他忠實於他之所聞，聽到是這樣所以就這樣記。這一類故事情節在佛教的經典中可以找到相關的例子，但是有很大的變化，這成為一個類型。

第三類是所記與佛典基本上吻合的，還是舉《雜寶藏經》的例子。《雜寶藏經》卷一裏面有兩個故事，這兩個故事相當類似，一個是《鹿女夫人緣》，一個叫《蓮花夫人緣》，如果大家讀過就會知道，這是同一個故事，但是有兩個文本，兩個之間略有歧異，但核心情節是一樣的。這個故事最有意思的是，它在《法顯傳》和《大唐西域記》裏面都有記載，在《法顯傳》裏面叫「放弓仗塔」，《大唐西域記》的卷七也有記載。這個故事在《法顯傳》裏面是發生在「毗舍離城」，《大唐西域記》裏面叫做「吠舍釐國」，這個地方也非常重要，是《維摩詰經》所記的維摩詰長者所在的城市。法顯和玄奘隔了好幾百年，但是他們都到了這個地方，都在這個地方聽到這個故事，而且都記錄下來。在某種意義上，這可以說是給這麼一個見載於佛經的佛教故事，做了一個地域空間上的定位；我們知道，在故事傳播的研究中，地域空間的定位是一項非常重要的考察角度。

如果比對《法顯傳》所記的與《大唐西域記》所記的，可以看出來，基本上是同一個故事，和《雜寶藏經》的那個也屬同一故事。簡單講故事的核心情節，毗舍離城的西北有一個塔叫做「放弓仗塔」，為什麼叫放弓仗塔呢？是因為當時這個地方有一個國王，娶很多太太，小太太生產時生了一個大肉瘤、肉胎，大太太進讒言說是不祥之物，國王就把肉胎放到木函裏面，扔進恆河，順流而下漂走了。下游的國王見到木函，打開來一看，裏面有一千個小孩。等這一千個小孩長大之後都是勇士，非常厲害，「所往征伐，無不摧伏」，可以說是所向披靡。這個國家最後打到恆河上游、生身父母的國家，國王非常憂慮，小夫人就跟他說你不要憂慮，只要在城牆上造一個高樓，等他們來的時候我有辦法退敵。國王按照她的說法做了。等到賊來的時候，小夫人就在樓上對一千個勇士說：「你們都是我的孩子，怎麼可以做反逆之事？」他們就說：「妳是什麼人，憑什麼說是我母親？」小夫人就說：如果你們不信，就把嘴張開，「即以兩手搆兩乳，乳各作五百道」，飛濺到一千個勇士的口中，勇士們知道這真是自己母親，遂放下弓箭。這樣一個故事，《法顯傳》的版本比較簡短，《雜寶藏經》中《鹿女夫人緣》、《蓮花夫人緣》都比這個長，玄奘記錄的也比它多。

我們看這個故事，四個文本裏核心情節是一致的，但是最可以注意的，法顯的成書較《雜寶藏經》譯出要早，《雜寶藏經》譯出的年代，根據《出三藏記集》記載是北魏延興二年，而《法顯傳》經過兩次完成，第二次有增補，是在義熙十二年，即西元 416 年，先於北魏延興二年的西元 472 年五十多年。所以《法顯傳》記載的，應該就是他從印度當地聽來的故事，我們今天來看，肯定比

《雜寶藏經》輸入中土的時間要更早。這個例子可以證明，當時實實在在地有口耳相傳的情形，通過口傳接納印度佛教故事，然後傳入中土這樣的事實存在。

（二）僧人間口耳相傳的語言條件

接着面對一個有趣的問題：既然是口傳，那口傳如何可能，如何實現？口傳要與人交流，比如今天你會說英語，大部分的地方都可以通行。但如果跑到南美，不會說西班牙語、不會說葡萄牙語，那可能就有障礙，那些西行求法的僧人們是怎麼聽到這些故事的呢？

回過來讀那些文獻，那些僧人在異域他鄉，語言交際似乎基本不存在問題，與當地人們的交談沒有什麼問題。比如，看《法顯傳》，當時法顯到了舍衞國的王舍城，這裏是釋迦牟尼非常重要的傳法的地方，他到了舍衞國之後當然非常感慨，悵然興悲，當地很多僧人出來看到法顯很奇怪，問你們從什麼地方來，他說「從漢地來」，眾僧就歎道「奇哉！邊地之人乃能求法至此！」——佛教裏面有一個中國和邊地的概念，從佛教的立場說，印度是中國，我們的中國反屬邊地——而後「自相謂言」，當地和尚七嘴八舌，說「我們歷代的和尚相傳，從來沒有聽說有漢地的道人到這裏來過」。這個場景很有意思，法顯和當地和尚之間的對話，似乎沒有任何語言障礙，當地和尚之間的「自相謂言」他也能知道。這是怎麼進行的？

如果就相關文獻做一個簡單的疏理，因為材料零散，很難有一個完整、充分的個案——我們現在的研究，樂於用講故事的方式，以一個個案講得圓滿透徹，將一個歷史事實的多方面意義揭示出來——在這個問題上，即使法顯和玄奘這樣材料相對集中而豐富的對象，也只有一些零碎的史料可供拼合，推擬出大概的情況。但，這大概的推擬也足以表明，西行僧人們的語言交際應當是可以實現的。

中古的胡語環境與學習

首先我想他們出行之前就有學習梵語等外語。當時中國對佛教的了解、對梵語的了解、對各種外語的了解比我們今天想像的要豐富得多。舉一些例子，大家都知道中古的材料就是那些，但這些材料從不同角度去讀，就可能讀出不同的意謂：

> ……王丞相拜揚州，賓客數百人並加霑接，人人有說色。唯有臨海一客姓任及數胡人為未洽，公因便還到過任邊云：「君出，臨海便無復人。」任大喜說。因過胡人前彈指云：「蘭闍，蘭闍。」群胡同笑，四坐並懽。

《世說新語》的這一則是當時很有名的故事。東晉時候，位高權重的王導和數百賓客在一起，大家很高興，只有幾個人不然，一位是臨海姓任的先生，還有幾個胡人，他們不太高興。王導走到任先生這邊跟他講你很了不起，除了你之外，臨海就沒有其他人了，你是臨海第一人，任先生聽了當然很高興；走到胡人面前彈指，「蘭闍，蘭闍」，然後「群胡同笑」，劉盼遂《世說新語校箋》說「蘭闍」是梵語，類似於英語的 cheer up 吧。作為當時很重要的政治人物，王導會學幾句梵語，能夠在特定的場合調節氣氛，說明他與胡人梵語是有接觸的。下面這個例子比較有趣：

……晉王練，字玄明，瑯琊人也，宋侍中。父珉，字季琰，晉中書令。相識有一梵沙門，每瞻珉風彩，甚敬悅之。輒語同學云：「若我後生得為此人作子，於近願亦足矣。」珉聞而戲之曰：「法師才行，正可為弟子子耳。」頃之，沙門病亡，亡後歲餘而練生焉。始生能言，便解外國語。及絕國之奇珍銀器珠貝，生所不見，未聞其名，即而名之，識其產出。又自然親愛諸梵，過於漢人。咸謂沙門審其先身。故珉字之曰阿練。遂為大名云云。

《冥祥記》是一本非常重要的跟佛教有關的書，裏面記了王珉，王珉當時是一個非常重要的人物，他有一個兒子王練。這個故事要從王珉說起，王珉當時風采非常好，認識一個梵沙門——中古時很多的文獻提到西域來的人，有些講「胡」，「胡」這個字比較複雜，有時候講印度，有時候指西域，而「梵」往往就是指印度，所以我懷疑梵沙門就是指來自印度的和尚——就是說，他有一個朋友是印度的和尚，這個和尚非常仰慕王珉的風采，就跟其他和尚說，如果我給他做兒子也就滿足了。王珉聽到之後也開玩笑，說法師的才能、品行「正可為弟子子耳」。弟子在佛教裏面講的就是師父和弟子，這裏是王珉自稱，實際上就是說你可以給我做兒子。沒多久這個沙門死了，一年多王練出生，「始生能言，便解外國語。及絕國之奇珍銀器珠貝，生所不見，未聞其名，即而名之，識其產出」，遠方的奇技淫巧這些他都知道，沒人教過就知道，又「自然親愛諸梵，過於漢人」，跟胡人、梵人更親近，勝過漢人，所以大家都說這肯定是梵沙門的轉世。當然佛教裏面講轉世我們可以接受，但我們是俗人，姑且從世俗的角度做一妄解：我想這個小孩能夠聽得懂梵文、胡語，是因為一直生活在多語環境之中。這裏舉一些例子，當時有一個高僧叫「師梨密」，在《世説新語》裏頻繁出現，稱「高座上人」，是一個印度人。這位高座上人有很特別的地方，「性高簡，不學晉語」，有意不學漢語，「諸公與之語言，密雖因傳譯，而神領意得，頓盡言前」，「雖因傳譯」就是雖然有人給他做翻譯，但即使通過翻譯他也可以非常敏鋭地把握別人的意思。可以設想，他跟王珉的關係是非常好的，所以王珉面對高座上人的時候，肯定是王珉説漢話，他説梵語，這就是雙語環境啊，假設王珉的孩子王練在身邊，他豈不就身處雙語環境之中了嗎？

再舉一個比較嚴肅的例子，《高僧傳》裏有一篇《佛馱跋陀羅傳》，佛馱跋陀羅是晚於鳩摩羅什來中國的，西域的小乘佛學的大師，他們兩個討論「空」的問題，論辯由寶雲翻譯——前面我們提到寶雲，他曾到過印度，也留有傳記——其他人在旁邊聽。為什麼需要翻譯？佛馱跋陀羅和鳩摩羅什都是從西域來的，他們之間應該可以溝通，但他們變成像是我們今天的學術討論會一樣，請了西方的兩個大師對話，但是需要有人翻譯給其他的聽眾聽。所以説，外語乃至雙語的語言環境在當時社會中確實是存在的，特別對高門世族而言，更是如此。

還可以舉一些例子，像是謝靈運，他是懂梵文的，他和慧叡有關係，慧叡曾經到過南天竺，對於音譯訓詁、對於梵語都是很了解的，後來到了京師，在烏衣寺住下來。謝靈運對佛學非常有興趣，當時因為他參與修治《大般涅槃經》的工作，於是「諮叡以經中諸字並眾音異旨，於是著《十四音訓敍》」，這部著作後來保存在日本，「條列梵漢。昭然可了。使文字有據焉」。從這裏可以知道，起碼謝靈運對於梵文是有相當知識、相當了解的。《出三藏記集》中有一篇《胡漢譯經文字音義同異記》，裏面也談到梵語一些問題，表示當時南朝僧祐這樣的僧人對梵語是有一定知識的。日本京都大學現在已經退休的興膳宏教授有一篇長文《〈文心雕龍〉與〈出三藏記集〉》作了仔細比對，認為像《胡漢譯經文字音義同異記》的文章，就是僧祐的弟子劉勰寫的，他認為裏面的用辭、論證的方式，都是劉勰所慣用的。我想，就算這篇文章不是劉勰寫的，劉勰也知道，因為書是僧祐編的，他跟了僧祐那麼多年，老師編的書他怎麼可能不去了解？老師的觀念，像是王夢鷗老師的書，不一定是守正教授寫的，但是守正教授是會了解的。當時對於這些梵文的知識，我想謝靈運、劉勰他們都是有的，比我們今天想像的要豐富。

再來看，更重要而且更直接的一點，從佛教內部的很多材料看，許多僧人都有學梵文。比如說晉帛遠這個人，是「善通梵、漢之語」;《續高僧傳・玄奘傳》說玄奘「頓跡京輦，廣就諸蕃，遍學書語，行坐尋授，數日便通」，玄奘很厲害，很快就能學會，表現他聰明；而「遍學書語」一句值得注意，「書」和「語」在當時是不同的，書是指書面的，語是指口頭的，就是語言文字說話都會學，這就很重要了，不光是學文字。當時在佛教內部有很多專門的地方可以學，比如說《大唐西域求法高僧傳》是唐代義淨所寫的書，裏面寫到玄照在貞觀年間在大興善寺，「玄證師處初學梵語」;《宋高僧傳》裏面的《智通傳》沒有講智通要西遊，但說他「自幼挺秀，即有遊方之志」，就是各處遊學的志向，因為這個「遊方之志」，他「因往洛京翻經館」，就是洛陽的翻經館，「學梵書並語，曉然明解」。一是寺廟內部有通梵文的人，可以去學；一是有翻經館，譯經的地方、譯場，可以去學。從鳩摩羅什以來，所謂的譯場也是學習語言、講論佛學的場所，所以到那裏去也可以學梵語，有很多這樣的例子。我甚至懷疑玄奘不僅僅學了梵語，可能還學了其他的語言，因為說他「廣就諸蕃」，不是接觸一兩個胡人，而是與各種胡人可能都有接觸，梵文、胡語他都會學，因為他要到印度去，一路上有可能會接觸到各種語言。從東漢以來我們都知道，西域地方語言是非常複雜的，多種胡語並行，佛經翻譯的研究也顯示佛教經典的原來文本有梵本還有胡本，所以我想玄奘可能是學了比較多的外語，他可能不僅僅學了梵語，胡語可能也有學。在《法顯傳》裏面記載法顯到了鄯善國，在今天的新疆，提到從鄯善國西行，再向西去，所經諸國的狀態，「唯國國胡語不同」，即各國各自講的胡語是不一樣的；而「出家人皆習天竺書、天竺語」——注意，這裏書和語也是分開講的——「天竺書」、「天竺語」當然就是印度的語言文字。這是一個很有意思的現象，可能和歐洲中世紀是一樣的，西域的佛教僧侶階層大抵都通印度的梵文，但是地方上是說胡語的，就像中世紀教士階層是說拉丁語，而各地自有各種方言。

所以不僅梵文，胡語也是很重要的，再看一個與佛教文學關係甚大的例子。《賢愚經》非常有名，裏面記了很多故事，用陳寅恪先生的講法就是「引故事以闡經文」，這是一部用講故事的方式來講解經文的書。而這本書的成書，《出三藏記集》卷九有一段說明原委，河西沙門曇學與威德等一共八位僧人，結志遊方，尋找經典：

……河西沙門釋曇學、威德等凡有八僧，結志遊方，遠尋經典。於于闐大寺遇般遮于瑟之會。般遮于瑟者，漢言五年一切大眾集也。三藏諸學，各弘法寶，説經講律，依業而教。學等八僧，隨緣分聽，於是競習胡音，析以漢義，精思通譯，各書所聞。還至高昌，乃集為一部。既而踰越流沙，齎到涼州。於時，沙門釋慧朗，河西宗匠，道業淵博，總持方等。以為此經所記，源在譬喻；譬喻所明，兼載善惡；善惡相翻，則賢愚之分也。前代傳經，已多譬喻，故因事改名，號曰《賢愚》焉。

八位僧人往西邊去到了于闐，在于闐遇到「般遮于瑟大會」。所謂般遮于瑟大會，就是五年一次的佛教講法大會，是一個學術大會。當時三藏的飽學之士、各路的僧人都在那裏講經説律。「學等八僧，隨緣分聽」，八位各自去聽，聽完後「競習胡音，析以漢義」，這就很清楚：這些講學的高僧大德肯定不是用漢語講，可能也不是用梵語，而是用胡語講。這些胡語或許也有差別，因為是從各地來的，完全不一樣，南腔北調。曇學等就參加各種場合去聽，聽了之後「精思通譯」，通過轉譯，「各書所聞。還至高昌，乃集為一部」。所以《賢愚經》這本經書就是在于闐這個地方五年一次的佛教大會，幾位僧人去聽講、記錄下來，然後將當時胡語的口語轉成漢語記錄而成的。《出三藏記集》是非常正式的佛教文獻，這裏面的記錄顯示了胡語的重要性。所以，我想他們當時出國之前應該有條件可以學梵語，甚至像玄奘那樣，不僅是梵語，也學過其他胡語。

西行途中語言交際方式

其次來講，在旅行中的語言溝通呢？一個當然是與商人同行，因為商人是謀利的，他們有一些特殊的商道，不論是從海路或是陸路。陸路現在研究特別多，像是北京大學榮新江教授，是現在政大張廣達教授的弟子，他最近又出了一本書關於粟特人的研究，粟特人是一個商人民族，他們的語言能力非常強，跟商人在一起，可以實現語言交際。

第二個，和政治使團同行，使團到了殊方異域會有傳譯者即翻譯在。舉一個簡單的例子，《洛陽伽藍記》中有個故事，烏場國的國王見到宋雲等人，知道宋雲是從大魏來的，「膜拜受詔書」，表示臣服。聽説當時魏太后是崇拜佛法的，就「遣解魏語人問宋雲曰」——「解魏語人」的「魏語」基本上就像當時文獻中的「秦語」、「晉語」一樣，實際上就是指漢語、中國話——就問他你是東方日出國的人嗎？宋雲説是啊，「我國東界有大海水，日出其中」如何如何；再問國中有聖人嗎？答有周孔莊老、華陀等等；王說「若如卿言，即是佛國」，我知道你那是佛國，「我當命終，願生彼國」，我下一世要託生到你們中國去。特別要注意的就是「解魏語人」，官方場合一定會有翻譯，這樣的情形很多，所以跟着政治的使團出行，就有這些便利。

還有一個是與僧人交流，獲得幫助。前面提到的，在僧人階層，梵語是通用的，胡語之類地方的方言可能聽不懂，或許藉助梵語比較能溝通。比如《大唐西域求法高僧傳》裏面的材料：

> ……慧輪師者，新羅人也。……自本國出家，翹心聖跡。泛舶而陵閩越，涉步而屆長安。奉敕隨玄照師西行，以充侍者。既

之西國，遍禮聖蹤。居菴摩羅跋國，在信者寺，住經十載。近住次東邊北方覩貨羅僧寺，元是覩貨羅人為本國僧所造。其寺巨富，貲產豐饒，供養飡設，餘莫加也。寺名健陀羅山荼。慧輪住此，既善梵言，薄閑《俱舍》。來日尚在，年向四十矣。其北方僧來者，皆住此寺為主人耳。

慧輪法師是新羅人，他從新羅出家，就是在今天的朝鮮半島出家，坐船跑到中國閩越，就是今天福建、浙江一帶，然後從東南陸行到長安，這樣走了一圈到了長安。而後跟着玄照師——前邊我們提到過，玄照是在玄證那裏初學梵文，可見玄照初學梵文之後也是往印度去，是有意到印度去，所以學的梵文——西行求法，以充侍者。往西去走了很多地方，住在覩貨羅僧寺，是覩貨羅國在印度的寺廟，類似今天的會館，當地的同鄉會住在那裏。當時中國在那裏沒有會館，而其他國家則有，所以義淨才感慨。慧輪的情形，放在今天，用時髦的話可以說是全球化了，一位來自韓半島的僧人到了中國，他肯定朝鮮話會說、漢語會說，然後跑到印度，住在覩貨羅國在印度建的寺廟裏面，所以當然「既善梵言」，然後講他的修為，對《俱舍》論非常熟悉。「來日尚在，年向四十矣」，「來日尚在」是義淨說他來的時候遇到他，這人四十多歲，「北方僧來者，皆住此寺為主人耳」，很多人到這裏都會在這個寺廟裏住，寺廟對僧人來講是落腳的地方。這當然不是一個直接的例子，但可以想像，當時如果有來印度求佛法的中國僧人，在寺廟裏遇到像慧輪這樣的僧人，或者遇到懂漢語又懂梵語的人，他們基本上可以藉此了解當地的風俗、當地的佛教故事傳說。

最後，值得提到的是，僧人們可以在路途中慢慢學習。這其實分兩種，一種是陸路去，陸路可以慢慢走，漸入印度之境，慢慢熟悉當地的語言，他們不像今天坐飛機一下子就到了，一下子投入新的語言環境，可能就張口結舌，那就很困難。前面提到的法勇《外國傳》，他西行到「罽賓國」，就是今天印度的北面，「停歲餘，學胡書竟，便解胡語」，在這個地方待了一年，學了胡語、胡書再走。海路就更有趣了，當時從海路到室利佛逝，就是今天的蘇門答臘，到這裏的時候，因為海路的船要等季風，所以就停半年，就在那裏學當地的昆侖語，再學梵語。有點類似明清之際的來華傳教士，西班牙、意大利、葡萄牙的傳教士們到了蘇門答臘、到了南洋便停下來，學習漢語，學完後到香港、澳門，最後到中國內地。當然，到了印度以後繼續學語言也非常重要，法顯就有這樣的經驗和記述。

我想這些故事、材料可能是零碎的，但是拼合在一起，可以明瞭：印度的佛教文學故事口傳入華，是有事實存在的，有像「杜子春」這樣的典型的系列故事存在，而在語言交際上也是完全有可能成立的，可以通過口傳將印度的故事傳入中國。關於書面的影響我沒有太多的討論，但是在傳入的過程，文字書面之外，口頭的因素應該要予以重視，這是我今天想要講的第一個方面。

二、中古文人之佛教接受：觀念的歷史場景性

佛教傳入中國之後，士人的接受也是非常重要的方面，這是可想而知的。在過去佛教與文學關係的研究當中，基本的研究方式就

是考察文人周圍有什麼僧人的交往，讀了哪些佛經，他的文本、詩文作品當中，有哪些跟佛教的典籍可以相應，基本上是這樣。這個方法當然是對的，但我想講的是，我們或許要更切近地對當時的歷史處境、當時文人和佛教接觸的具體歷史場景有更多了解，可能可以更真切地認識曾經發生了什麼。

（一）儒釋關係之折衷

我這裏要舉的例子是柳宗元。柳宗元是大家非常熟悉的文人，最大的問題是，其實唐代，或是整個中古時代都是這樣，大部分文人對於宗教信仰不是排他的，不是信仰道教就完全排斥佛教，信仰佛教就完全排斥道教，或是儒家的信徒就不可以接受佛教和道教，這種情況是極其少的。很多人是佛、道兩邊都兼有，謝靈運是這樣、沈約是這樣、白居易是這樣，柳宗元其實也是。柳宗元的例子裏面，他對於各家最清楚的一個判斷，是他在早年，即貞元年間後期談到「文暢上人」的時候提到一句話叫「統合儒釋」，這非常有名。我們都了解柳宗元對於佛教的態度是統合儒釋，認為儒和釋是可以貫通的，當然他主要的立場是考慮佛教裏面和儒家可以溝通的部分，他基本上有更多儒家的立場，但起碼在他的觀念裏，始終認為儒、釋兩家可以統合。他早年生活有所謂長安時期，後來第一次貶謫到永州，第二次貶到柳州，這是他生平幾個最主要的時期，而他早年就提出統合儒釋的觀念，在永州時期也是這樣，從他的文章中可以看到。

柳宗元和韓愈可以説是當時並世的古文大家，兩人有很多交往。但從他們的文章可以看出，在柳宗元的永州時期，韓愈當時是激烈反佛的，柳宗元其實不是，他跟韓愈有爭論。一直到柳州他都還是這樣，我舉一個例子，他作《大鑒禪師碑》，是為慧能作的。他話講得很離譜，單獨看是很驚人的話：「孔子無大位，沒以餘言持世。更楊、墨、黃、老益離，其術分裂」，他當然是推尊孔子，而孔子之後，諸子「道術將為天下裂」，其術分裂，「而吾浮圖說後出」，就是我佛說後出，「推離還源，合所謂生而靜者」，「離」是諸子，「源」是孔子，他意思是說對孔子思想，某種程度上，佛說是可以「推離還源」的，這個話講得有點驚人。

柳宗元從永貞年間提出統合儒釋，到他在永州和韓愈的論爭，跟韓愈不一樣，他對佛教不是完全排斥的態度，一直到柳州時期寫《大鑒禪師碑》，他儒釋兩家統合的態度是一貫的。在這個前提之下，顯得非常特別的是：他對於禪宗的批評非常嚴厲。這裏面很有意思的情況是，他在大的脈絡上的把握是儒釋統合，但對佛教內部具體「禪」的作風，他則非常反感。為什麼？應該說，這是一個很特殊的情況。

（二）天臺淨土之關涉

要了解這樣一個情況，先得簡單看一下柳宗元對佛教內部不同宗派的態度，在佛教的內部，大致來說，柳宗元涉及到的主要派別是天臺、淨土和禪宗。

天臺的信仰對他來說非常重要，因為他當時是貶到永州，到永州之後差不多十年的時間，前一半的時間他都住在佛寺裏，那時他有很多文章都提到「龍興寺」，他就是住在永州的龍興寺裏。那個龍興寺的住持是巽上人，在柳宗元的詩文當中不斷出現。這個所謂的巽上人是天臺九祖湛然的再傳弟子，所以在宋代《佛祖統紀》排法嗣的時候，把柳宗元排成湛然的第四代，就是從巽上人那裏排下來的。在柳宗元的文章當中，他很多的交往也講類似的話，這裏舉幾個例子：「觀經得般若之義，讀論悅三觀之理」，就涉及到天臺的觀念。

還有一個淨土的接觸，淨土的觀念其實和天臺是很有關係的。比如說他提到天臺智顗大師《釋淨土十疑論》，這部作品實際上是有疑問的，今天有人認為這不是智顗的作品，這其實也沒有關係，柳宗元認為是智顗的。我想他的淨土某種程度上與他天臺的觀念是有關係的。他還有一些淨土的交往，這裏就不展開了。

（三）中唐新禪風批評

柳宗元最有意思的是，對當時中唐新禪風猛烈的批評，最主要的就是對禪宗的批評。對於禪宗當時新風尚我不做太多的展開，大家都知道禪宗有北宗和南宗，當然現在有很多北宗、南宗的討論，但基本可以看到北宗禪的基本觀念，就是要通過坐禪的方式來求取清淨、去染就淨。到了慧能有一個顯然的變化，他在染、淨之間，雖還是有染、淨之別，還是要去染就淨，但和北宗不同，他明顯是反對坐禪的。他主要是要明心見性，當下悟得本性清淨，不要起妄念妄心。最主要是見性，以日月做比喻，日月是常明的，浮雲蔽日，浮雲就是染，但是還是有去染就淨的觀念。到了後來新禪風出現，特別是洪州馬祖之後，基本的觀念是「平常心是道」，也是認識到本心，既然本心就是佛性、本心清淨，所以到了極端的狀態下，「全體貪嗔癡，造善造惡，受樂受苦，此皆是佛性。……不起心斷惡，亦不起心修道。道即是心，不可將心還修於心；惡亦是心，不可將心還斷於心」，所以行住坐臥都是符合佛性的。中唐以下新禪風當中的僧人，不唸經、不坐禪，也可以寫詩，而之前有人認為不可以，這是落入文字障，但那時是反正什麼都可以做，可以無所事事，行住坐臥，是一種徹底的解放，基本上是這樣的方向。

但對於這樣的新禪風，脱去種種佛教修行方式的禪宗，柳宗元顯然是批評的。白居易很接受，什麼都可以，佛、道、儒都是可以接受的；柳宗元則非常反對，這裏舉個例子，他批評當時的禪風是「妄取空語」，最具體的就是反對「小律去經」，他認為今天的這些禪僧「浮圖之道衰，其徒必小律而去經」，就是説佛經之中的經、律、論三者，「去經」是不讀經，「小律」是不持律，蔑棄律法，不讀經典。柳宗元的論證也非常有意思，他堅持要讀經、要持律，實際上他的論證跟儒學聯繫在一起。他的《南嶽大明寺律和尚碑》講：「儒以禮立仁義，無之則壞；佛以律持定慧，去之則喪。是故離禮於仁義者，不可與言儒；異律與定慧者，不可與言佛。」所以很顯然，他認為要持律，不持律就像儒家不言禮，那怎麼行？儒家最初就是禮學專家，孔子向老子問道，最初也是問禮，儒家不能沒有禮，佛家的律就像是儒家的禮一樣，所以他堅持這一點，這顯然跟當時的禪風非常不一致。

還有一點是讀經，他也很強調讀經，他説「佛之言，吾不可得而聞之矣」，這也是《論語》裏面的話，「其存於世者，獨遺其書。不於其書而求之，則無以得其言。言且不可得，況其意乎？」佛已經不在了，要真正了解他，已經聽不到他講話，只能通過記錄他言語的文字，所以他還是強調讀經。

（四）宗派意識之背景

為什麼會出現這樣的情況？如果將他所有的文章看一遍，大概推理一遍，基本的結論就是，柳宗元關於佛教的文字大部分是在永州寫的，他早年在長安也有，但永州時期最多，包括他跟僧人有關的詩，大部分是在永州作的，柳州時期也有，但大部分都是永州。而柳宗元表現他對於禪宗批評的文章，有些是序，有些是記。大致來看柳宗元涉及佛教的創作時間，永州時期最密集。他反對當時放誕的禪學風尚，和他所處地域的佛教氛圍、所接觸的僧人有關聯。因為他很多文章是為和尚寫的碑、銘，這些文章基本上是為以南嶽為中心的和尚而作的，僧人們來請他為他們的老師寫這一類文字，他就寫。

這時，柳宗元所接觸的僧人，基本上第一是以巽上人為代表的天臺僧人，這個影響非常大，在後來天臺的法嗣也把他納進去了。其他詩裏面的例子我也不多談，天臺是要讀經的，從字義開始讀，學問是很大的，一旦做佛經的注疏就要「廣閱群經，則理得其深」。

第二是他當時接觸的很多都是律師，這些人是登壇授戒的，要度僧的，這些人很多，柳宗元的文章裏往往還有他們度僧的數目統計，比如說做和尚多少年，度了多少僧，有些甚至是上萬，這怎麼可能不持律？肯定是要講求戒律的。

再來就是修淨土的僧人，他作《南嶽彌陀和尚碑》，為了淨土僧人承遠而作的。需要強調的是，後代所謂禪淨合一是相當重要的一個趨向、一種潮流，其他各宗相當大的程度上已經衰弱了，但具體從柳宗元身邊的情況來看，其實淨土的僧人對於當時的禪風有所批評。淨土僧人承遠，他的老師是慧日，慧日曾經羨慕義淨遠遊天竺，所以他也去，海路去而後陸路還，歷時 18 年。《淨土慈悲集》對於禪宗住空門而不斷惡修善、忽視守律齋戒的風氣有非常明確的批評。柳宗元為淨土和尚做了碑，而這個和尚的老師到印度 18 年，有《淨土慈悲集》，對當時的禪風明確不認可。

這種種情況放在一起，我們可以了解到，柳宗元所接觸的這幾類和尚，天臺和尚、開壇度僧的大律師、加上淨土的和尚，他們對於當時的禪風都是拒斥的，都是強調要讀經、要持律的。

最後要說明的，像柳宗元的時代，新禪風興起最重要的是兩個地區，一個是江西所謂的洪州禪，另外一個就是湖南。但實際上當時南嶽這個地方，根據印順《中國禪宗史》的研究，他認為「在會昌法難以前石頭一系的興盛，是比不上菏澤與洪州的」，菏澤就是神會，他跟洪州相比，後來也不是那麼興盛。所以，新禪風主要是湖南和江西，而據印順大師的判斷，到「會昌法難」為止，石頭這一系在南嶽，和洪州是不能比的，洪州比較盛，而南嶽相對來講比較弱，那個時代正好是柳宗元的時代，正在這個時間範圍內。

這些情況總結起來，柳宗元對於禪宗那樣的批評，在大方面可以「統合儒釋」，但是在小方面，他對於禪宗有那麼強的批評，是因為地域性佛教風氣的影響。這有什麼樣的意義呢？我想起碼對於我們研究中古時代文人他們跟佛教接觸的時候，要盡量、充分地利用傳統的方式，重視材料、仔細推敲的方式去進入當時的歷史場面，我們才能真正把握為什麼會有這樣的態度。我想僅僅從他的佛學觀念去分析，恐怕是不能充分把握、解釋的。

略為推闡一下，我想實際上柳宗元對於佛教的了解，或許沒有我們今天了解得那麼多，我們今天對於中唐時代佛教的了解比柳宗元要多，柳宗元了解的就是他親身接觸的那些人，巽上人、淨土僧人、律師，我們可能一眼望過去非常清楚中唐時代佛教，洪州很盛、長安很盛，我們一覽無餘。有時候身處當代和身處後代各有利弊，身處當代理解更加親切，但是後代的人可以看得更全面，就像我們可以說沒有任何一個唐代人讀李白的詩讀得比我們多，沒有一個唐代人讀杜甫的詩比我們讀得多，這是一個很簡單的道理。唐代有很多唐人選唐詩，大家可能覺得唐人選唐詩的評價很重要，也真的很重要，因為我們不知道當時的認識和感受。但從另外一個角度，是不是當時人可能只讀到他能讀到的一部分詩？他的評價判斷可能是對的，但是評價整個人是不是合理？這可能是一個方法論上我們需要反省的。我們要了解柳宗元，往往會站在現代的立場，從一個比他更大的視野，一個全知全能的視野來看，我們認為他應該是這樣，但他實際上可能不是這樣，他沒有我們認為的站得那麼高，所以我們要更真切地進入他的歷史場景當中。

三、文學佛影之顯與隱及其與本土因素的交織

佛教進來之後，經過文人的種種接受，最後要落實在文本之上。我們現在很多研究基本上還是從文本裏面去進行比對，從佛教經典和文學文本做比對。但裏面很重要的問題是，佛教因素往往不是單一的，其實和很多不同的思想觀念、宗教背景、思想傳統交織在一起。兩周前我在復旦組織了一個小的工作坊，工作坊的題目是「多元宗教背景下的中國文學傳統」，請了一些研究佛教文學的

學者，也請了一些研究道教文學的學者，一起談一個作家，或是一個文本，一個文學對象或是活動，看其中交織的多種不同的宗教因素，大家從不同的角度來看。這樣對文學的了解，從多元複雜的因素或許可以看得更清楚一點。

（一）「論」之「述經」觀念與佛典相關？

這裏向大家報告一個例子，關涉到《文心雕龍・論說》。《文心雕龍》是一本非常重要的書，《論說》討論「論」和「說」兩類文章，這裏只講「論」。劉勰對「論」的界定很有意思，他講「聖哲彝訓曰經，述經敘理曰論」，「論」就是「述經敘理」，是根據經典來講的。簡單的梳理一下，「論」必須談理，是當時中古文論的通識，大家都有這樣類似的說法，曹丕《典論・論文》、陸機《文賦》、《翰林論》都有，當然只有殘餘片斷，還有蕭統《文選序》，講「論」的時候都會提到理，所以我想「述理」這個因素是常態，「論」跟理必須要有關係。

顯得特別的是關於「經」的部分，為什麼要講「論」是「述經」的？強調跟經的關係，當然從我們今天的了解很簡單，劉勰強調「宗經」，要把所有的文學溯源到經，所有的文學書寫都要跟經典建立聯繫，這當然是一種解釋。但為什麼要說「論」是「述經」的，還有一個解說，是范文瀾先生提出來的，他是研究《文心雕龍》非常重要的學者，他提出「凡說解談議訓詁之文，皆得謂之為論；然古惟稱經傳，不曰經論；經論並稱，似受釋藏之影響」，佛教裏面講經、律、論三者，論是釋經的，所以范文瀾先生講「論」的問題，認為「論」「述經敘理」，大概是受佛教的影響。

（二）經學中「論」與「經」的關係

是不是呢？當然是有道理的。不過，有一個問題：用「論」來述經這樣的情況，在佛教裏面當然是很常見的，但是到劉勰那個時代為止，用「論」來討論經典、闡釋經典，在固有的儒家經學傳統裏面也已經存在了。對劉勰來講，特別有意思的是，他要「選文以定篇」，提到「莊周《齊物》，以論為名；不韋《春秋》，六論昭列。至石渠論藝，白虎講聚，述聖通經，論家之正體也」，「述聖通經」也是講述經的意思。這句話特別有意思，劉勰舉「論」的典範，認為是《白虎通義》。有很多學者做過解釋，比如劉師培就做過討論，他以為《白虎通義》在六朝的時候被題作《白虎通德論》。或許這是一個原因，有這樣的題名，所以就直觀地把它解為「論」。但我想這不是最主要的原因，最主要的原因可能還是劉勰要「宗經」，因為「宗經」，所以他覺得要在經學傳統之中找一個典範。他講「論」是述經的，那什麼樣的「論」是述經的典範呢？他舉《白虎通義》為「論家之正體」，所以他還是有很多經學色彩的。在他「選文定篇」時還有講到「輔嗣之兩例，平叔之二論」，「平叔之二論」講的就是何晏遇到王弼，王弼非常厲害，兩人一談，何晏就說此年輕人可言天人之學，自己比不上，就不注《老子》了，退而作《道》《德》二論，這是關於《老子》；「輔嗣之兩例」，這個「兩例」，有不同看法的，姚振宗《隋書經籍志考證》認為是指王弼寫的《〈周易〉略例》和《〈老子〉略例》，但是楊明照先生認為是指《〈周易〉略例》上下二篇，因為這樣王弼所論的《易經》，和平叔《道》《德》二論所論的《老子》才構成相對比的經典之間的關係。但不管是哪種講法，都涉及到《周易》，即使照姚振宗的說法，《〈周易〉略例》

和《〈老子〉略例》，也起碼有一篇是《易》，基本上這個在劉勰的眼光中也是「論」。

劉永濟先生在《文心雕龍校釋》裏面，關於《易》就列了不少這樣的「論」，因為《易》比較特殊，是經學也是玄學很重要的著作。因為玄學基本上就是從經學裏面轉出來的，所以可以看到很多有關《周易》的「論」。但劉先生所列不是全部，比如說鍾會，在《隋書・經籍志》裏面還有《周易盡神論》，兩《唐書》的《經籍》和《藝文》二志還有《周易論》四卷。王葆玹認為《周易論》基本上是《周易盡神論》和《易無互體論》三卷合編，當然這是後代學者的推測。這中間一定還有一些論，在當初篇名裏面沒有加「論」字，而是後來補的。但這些起碼可以說明當時在經學傳統裏面，用「論」來討論經已經是存在的。所以是不是如范文瀾先生所講的，完全是佛教的影響？完全用佛教的經、律、論之間關係的觀念來看劉勰的定義？可能便要考慮經學的傳統，這是我的第一個意思。

（三）佛經「論」部的「假立外問」而「釋」

回過來說，如果要強調「宗經」的傳統，指出與經學的關係，那佛學影響有沒有？我的意思是說，可能還是有。還是來看《白虎通義》，很多學者有關《文心雕龍》的注說中，似乎只有周振甫先生提到這個問題，他認為將《白虎通義》作為「論家之正體」是很荒謬的，因為這不是一個「論」，而是說明性的東西，像是「天子，爵稱也」之類，然後展開問為什麼叫天子，講父天母地如何如何，等等。這是說明性的東西，為何叫做「論」呢？所以，好像《文心雕龍》有些胡說八道。《文心雕龍》是一部有總括祈圖的著作，它要給許多文學現象——在文體論部分就得給各類文體——一個界定，界定就是要把一個流動的、不斷變化的傳統確定下來，把一個歷時的情形拉到共時的理論框架當中，這兩者之間始終是有衝突的。《文心雕龍》在「論」的這個部分，給的定義，所謂「述經」云云，是一個整合；有時候不妨把它拆開來、打碎，因為劉勰的辦法是「折衷」，要把它講得完美；拆開了就有一些問題出來，打碎來看就可能發現有些是矛盾的：他選文定篇舉的那些文章，都是論辯性質，都是玄學的論辯，單篇的論體；但他舉了《白虎通義》説是「論家之正體」，是很奇怪的事情——照周振甫先生所講，這是説明性質的。這兩類文字之間，是不一致的。那為什麼呢？當然還是可以説他要找一個經學的典範，這是毫無疑問的，那還有沒有其他因素？

略做推考，《白虎通義》基本上就是三個格式，給予解説、引據經典，最後再説明。特別的是，與《白虎通義》説明式的體式類同，而又以「論」為名，又在當時非常流行的書籍，佛教經典傳統裏面非常之多。考慮到劉勰有深厚的佛教背景——他早年依僧祐，編輯佛藏，後來又出家——他對佛教文獻非常清楚，又作過《滅惑論》這類佛教論文，寫過碑文，在這個情況下，不可能不考慮佛教對他潛在的影響。這個對比，不妨用慧遠《大智論抄序》，是抄錄龍樹《大智度論》而作，劉勰應該知道，因為這篇收在《出三藏記集》，所以他肯定知道。這篇序裏面講「論」，講的是不是符合印度佛經的原意不管，但這代表當時佛教大師慧遠對於「論」的看法，他説：「若意在文外，而理蘊於辭，輒寄之賓主，假自疑以起對，名曰問論。」因為要解釋清楚事情，採取了「寄之賓主」的方式；

分別賓主兩方面，設問而後回答，這一樣式追溯中國傳統的話，當然也有，《春秋》經傳傳統裏比如《公羊傳》裏面就是這樣，但印度的佛教經典確實也是這樣，「假自疑以起對」，實際的目的就是要解釋一件事情。這種「寄之賓主，假自疑以起對」之「問論」，揭示了當時流行的大乘般若學之論部要典的模式，《大智度論》基本體式，就是有「疑」有「對」的。《魏書・釋老志》也這樣講：《摩訶衍》、大小《阿毗曇》、《中論》、《十二門論》、《百法論》、《成實論》等，都是「假立外問，而以內法釋之」，就是立一個疑問，然後以佛法來加以解釋。「假立外問」而後有「釋」，是佛典「論」部極為常見的體式，實際上和《白虎通義》的釋文方式是非常相似的。當然我不是說《白虎通義》是受佛教影響，沒有這個意思，我只是要說，《白虎通義》是這樣，佛經典籍也是這樣的方式的，《魏書・釋老志》所認識的佛教論部體式也是這樣的。

這裏看一段僧伽提婆和慧遠一起譯的《阿毗曇心論》，《阿毗曇心論》當時非常流行，《出三藏記集》裏面有涉及，所以劉勰應該知道。

問：佛知何法？

答：有常我樂淨，離諸有漏行。

諸有漏行，轉相生故離常，不自在故離我，壞敗故離樂，慧所惡故離淨。

問：若有常我樂淨，離諸有漏法者，云何眾生於中受有常我樂淨？

答：計常而為首，妄見有漏中。

眾生於有漏法，不知相已，便受有常我樂淨。如人夜行，有見起賊相彼亦如是。

問：云何是有漏法？

答：若生諸煩惱，是聖說有漏。若於法生身見等諸煩惱，如使品說是法說有漏。

看裏面的話，「問：佛知何法？」佛的法是什麼？「有常我樂淨，離諸有漏行」，底下就解釋什麼叫諸有漏行，什麼叫常我樂淨，基本上就是這樣的方式。進一步再問「若有常我樂淨，離諸有漏法者，云何眾生於中受有常我樂淨？」回答「計常而為首，妄見有漏中」，底下再用散文的句子解釋。基本上就採用設問和應答這種交錯的方式來展開全篇，這在佛教的論部經典裏非常常見，且其中經常有偈語出現，偈語之後再加解說。不僅僅翻譯佛典是這樣，在中土僧人所作的「論」的文章中也是這樣，像《牟子理惑論》——它的時代當然有爭論，但這與我們的討論沒有關係，因為到劉勰那個時候它肯定已存在了，該《論》收在《弘明集》裏，劉勰肯定知道——它裏面也是這樣的方式，說孔子怎麼樣，然後再來解釋。所以在當時類似於《白虎通義》這樣解釋性、說明性的「論」，不僅是佛教的翻譯經典，而且在中土佛教的著述當中也非常普遍，且都是以「論」為名而流行的。

這樣的體式不是說中國沒有源頭，如果往前推可以推到像《公羊傳》這樣經傳傳統，其中也有「克之者何？殺之也。殺之，則曷為謂之克？大鄭伯之惡也」，也是這樣提問、回答。但是毫無疑問，《公羊傳》當時沒有人認為是「論」，而是被看成「傳」的。

在當時用「論」這樣的名目流行的文章裏面，採取問答形式而具說明性的，不能講除了佛典之外就沒有，但是在佛教的傳統裏強大的多。中土的佛教傳統裏也是這樣，其中包括《弘明集》，《弘明集》裏面九卷全都是「論」，論有兩類，一類是這種說明性的，一類是辯論性的，但是用的方式也是問答；包括劉勰自己寫《滅惑論》，也是這樣。這樣的體式我想在佛教傳統裏非常強大，而劉勰不可能不知道，《弘明集》也好、《出三藏記集》也好，《阿毗曇心論》也好，他應該都知道。

（四）經學傳統與佛教「論」典的交織

簡括地說，劉勰對於「論」的核心觀念，在中古「敍理」的常談之外，特別標舉「述經」，關涉到兩個方面，其一，這是「宗經」觀念的表徵，試圖將各類文體都歸本到儒家經典，所以他論證《白虎通義》是「論家之正體」，而且在中古時期既有的「論」文脈絡中，可以支援「述經曰論」的是有關《周易》的諸論。其二，對於范文瀾先生提出的涉及佛教的觀點，即認為劉勰「論」乃「述經」的觀念，受到了佛教的經、論關係的啟發：我們需要客觀地看到，劉勰所標舉的敍經文體的「論」與《論說》篇「選文以定篇」部分顯示的劉勰對於玄學「論」文的高度推崇是不合的——劉勰談「論」的這部分，裏面衝突很多，他選文定篇的篇目，以及將《白虎通義》定為正體，還有關於「論」之推重論爭性，這些點，其實相互之間都是矛盾不一的——對玄學「論」，劉勰特別強調辯評性的鞭辟入裏，要能夠把對方駁倒，特別強調「辯難」這一面；但被《論說》篇推為「論家之正體」的《白虎通義》，其設問而釋答的體式，在佛教論典及本土佛教諸論中，較之經學等本土傳統，更屬基本格式且甚是普遍，而此一事實，恰是劉勰熟知而深悉的。

到此，簡單的結論就是：劉勰講《白虎通義》是「論家之正體」，這裏面包含「宗經」意識，但《白虎通義》這樣的樣式，明處顯示的是儒家經學的面貌，而其實又很類似於佛教「論」部的翻譯經典，以及中土佛教「論」的寫作體制——這提示我們，劉勰關於「論」的觀念中，交織了傳統經學和佛教經典兩個脈絡的影響。

四、結語

上面所談的三個方面，涉及到佛教在中古文學影響當中的幾個比較重要的環節，一個是佛教的傳入，一個是對文士的影響，一個是文本當中佛教因素的表現。基本來講，我都是想把問題往複雜性來講，往以前學者的研究中不太關注，或是關注不夠充分的地方去談。像是口傳的因素，我覺得過去不夠重視，當然繼續研究還有多少空間，我也不敢講，因為現在能利用到的文本是有限的；接着就是文人的接受和從今天的大背景去觀察，實際上是不太一樣的，當時的切身感受、接觸是非常重要的，所以我們要深入具體的歷史場景去了解詩人、文人，了解他們的佛教感受；至於文本當中的多元精神傳統，儒、釋、道，乃至佛、道和民間宗教的種種交合，也是我們應該努力考慮的，如果完全分開來看各種宗教印跡，可能得到的結論是偏頗的，因為如果是研究佛教的就往佛教方面去看，研究道教的就往道教的方面去理解，那是無法得出完整而恰當的認識的。比如前面提到過的唐代《杜子春》那一系列作品，從裏面完全可以看出是一個宗教背景不斷在轉化的過程：《大唐西域記》卷七婆羅痆斯國「烈士池」的故事根本不是佛教故事，僅説是一位「梵志」，即印度修行者的故事，基本上是方術性的，不能説是佛教；它轉入中國以後，從段成式開始（他非常博學，對佛教很熟悉），他判定是從印度來的，但最初的轉化基本上是道教的故事，後來才有了更多而複雜的轉化；從《續玄怪錄》一直到《醒世恆言》的《杜子春三入長安》，日漸豐滿，增加很多內容，許多像是從佛教來的：這個故事的核心情節就是修道者因為要煉丹，得找一個人仗刀守着丹爐，一夜不能講話，如果出聲丹爐就要爆裂，但是一夜之間有各種各樣的挑戰，刀山劍樹、美女誘惑等，這些情節都是釋迦牟尼七天七夜坐在樹下證道所曾經歷的，跟佛教的經典可以比對。這樣一個最初宗教背景不明的印度方術故事轉化成中國道教故事後在中國流傳，又衍生了很多內容，加入很多佛教的因素在裏面，所以我想它也是一個多元宗教的情況，這很有趣，也是我們需要去關注的。

主持人：謝謝引馳老師，我們剛剛經歷了兩個小時非常精彩豐富的演講內容，很難得引馳老師今天在我們這裏作了最後一場演講，不浪費時間將剛剛所講的內容再做摘要了。但是各位既然來了，我們徵求引馳老師的同意再延後五分鐘，開放一個問題環節，有沒有問題要請教引馳老師的？

鄭文惠：謝謝陳老師精彩的演講，我有些問題想請教一下，剛剛提到語言交際相通的問題，根據我自己的田野調查經驗，我覺得有很奇特的地方。因為你講的是魏晉南北朝一直到唐代，我在考察山東南部東漢末期墓葬的時候，曾經進入一個墓室。我非常訝異男女主角的棺木上方，有一個很巨大高浮雕的裝飾，前面的門楣是蓮花跟神獸，而且不斷重複出現。除了這個之外，東漢末期就有很多印度跟中國來往交際的圖像，所以很多東西遠比我們所熟悉的文獻還要更多。比如說棺木上的蓮花，可見當時民間已經把佛教的東西移植到中國最重要的死亡文化上了，民間的接受跟文人階層的接受，到底是怎麼發酵的？我想要有更多的文獻跟田野調查去交叉比對。比如說莫高窟，北魏第二百五十七窟的九十二墓本身，它是來源於三國《佛說九色鹿經》,《佛說九色鹿經》是翻譯印度的佛經，但裏頭比較沒有完成轉化，本身的意識形態比較接近印度，但到了北魏《九色鹿》用一種橫卷橫畫的方式，強調九色鹿的主體性，所以鹿的形象不是佛經長跪的姿勢，而是站着跟國王對話的方式。從三國到北魏，其實也完成了一些中國化的轉化。

另外一個我關注的問題是，你剛剛說到經學、玄學、佛學的學術進程，我最近留意東漢末期，其實是中國第一次出現道德價值逆反，以無為有的過程。這個展現在所有文學跟思想的脈絡裏頭，包括東漢趙壹《非草書》，在草書裏頭也有，我研究東漢賦和圖像裏，都看到這樣的價值逆反。一般我們都推到魏晉玄學，但在東漢末期其實已經開始醞釀。佛學當時是如何參與中國知識分子道德價值逆反那樣巨大的意識形態轉變的過程，我覺得也非常值得關注。你剛才講到的相關的故事，裏頭除了分析文學敘事之外，更底層的，到底怎樣的意識形態在支撐他如何説故事？而且是怎麼轉譯這些故事？我覺得這是一個部分。

還有一個部分，我最近在跟一些人文文學界研究《新青年》的文言和白話時，有一次參加大陸的散文研討會的時候，我覺得中國的白話文或是散文體的發展，往往是受外來文化影響。比如説你剛才在講柳宗元，我們很清楚看到佛經的翻譯、或是傳教文獻，近代在討論白話文的歷程都推到傳教文獻。那些魏晉南北朝或是唐代的散文體，在佛經轉譯的過程中，與我們散文體的發展是否有關係？我覺得你非常熟悉佛教文獻，你在閱讀相關文獻時對這部分有沒有一些發現或想法可以分享給我們？謝謝！

陳引馳：非常感謝鄭文惠老師的問題，這都是非常重要的，我相信鄭老師對這些問題也有深入的研究，文學和繪畫、圖像，鄭老師做了很多工作，包括語言翻譯的問題。鄭老師提到的幾點，我簡單地回應我的想法。我也有注意到，但可能我的視角比較狹窄，我基本上是在文學的角度來觀察這個問題。從詩文，包括敘事性的，哪怕後來當作志怪的作品，基本上是精英文人創作，我基本上在這邊比較強調的是在東晉之後的情況，當然他們是會受到佛教的影響，如果當時整個佛教的氛圍發展充分的話，肯定會受到影響。但是我討論的對像是文字，所以我偏向的是精英文學，你討論的包括上下之間怎麼溝通，民間或下層的佛教影響接受和上層怎麼溝通，這個問題可能很複雜，因為到現在為止，好像也沒有很清楚地論斷，因為有些人相信影響上層在前，有些認為是影響下層在前。包括你說的像蓮花的形象，因為跟死亡有關，有一定的宗教意義，在中國傳統裏面，蓮花應該不太具有這方面的意義，所以這很可能是佛教的影響。但這其中也非常複雜，儀式當中的單一現象，是不是能充分地說明就是受到佛教影響？或許是要有保留的。當然蓮花是值得考慮的，因為蓮花在中國沒有跟死亡有太多關聯，但是有的出現可能會是一個孤立的現象，不代表有宗教的意義，這些可能比較複雜。

九色鹿的問題我覺得也很有意思，但我覺得有沒有可能跟媒介有很大的關係？跟它是一個什麼樣的藝術媒介是有關係的。敦煌壁畫裏的九色鹿當然是處於中心地位，那會不會是一個視覺的圖像需要轉化？是一個觀念的轉化，還是是藝術媒介樣式決定的轉化？印度的經典是那樣的，但是圖像和這個是什麼樣的關係？我理解除了觀念的轉化會導致這樣的變化，藝術媒介方式的變化，會不會也是很重要的因素？

關於東漢後期道德逆反、意識形態轉變的現象，我沒有特別關注，但是佛教的話，這種反覆可能佛教不太有影響。因為佛教進入這些精英的觀念階層還是比較晚，雖然他們了解一定的佛教文化，但是佛教真正對他們的思想發生影響還是比較晚。佛教一開始進來的時候比較多是借助本土既有的思想資源，更多是借助玄學的觀念來討論。

散文發展這個問題也是非常重要而且非常複雜，有一些人作語言的研究，比如説現在在香港的朱慶之教授提出「佛教漢語」的概念，和西方提出的「佛教混合梵語」這樣的概念相應。提出語言是一個問題。另外還有一個是佛經的體式和中國文人還是有一段距離，比如詩和偈之間的關係，過去中國文人認為詩和偈是不同的。佛經翻譯的文字和中國文人寫的散文距離可能更遠。但是中國本土的佛教文章，包括「論」，可能還是有關係的。從「論」來講也很複雜，論辯、説明性的「論」到底是什麼狀況？是玄學、中國固有的「論」影響了佛教的論辯性，還是佛教本身的論辯性影響了中國的「論」？因為「論」非常複雜，唐代文士們的「論」就完全不是這種樣式了！我們今天看到的八大家的「論」，在六朝人眼中根本不是論，「論」要不就是説明性，要不就是辯難性，最大的問題就在辯難性，是誰影響了誰，現在也不是太明白。從理論上來講應該是玄學在前，嵇康等人的論文是要比本土佛教傳統中精彩的論文要來的早，但是不是如此、怎樣的影響還是不清楚。謝謝。

主持人：謝謝！今天的講座「中古文學之佛教影跡」，引馳教授從傳入、影響跟表現三個面向，看起來很大，但是都能夠具體地去處理個案，甚至在方法學上都充滿自覺性，我想這一定能為在座的師生帶來很大的啟示。當然這是建立在文化跟文化碰觸之際產生的學術課題，因此文惠老師提出了很重要的、相類似的，可以在清末民初，或是晚明以來，跟西方文化碰觸，一樣可以通過傳入、影響跟表現來解釋的一些學術問題。今天的講座非常精彩，再次謝謝引馳教授來擔任這次講座的嘉賓，給我們在知性上提供許多砥礪，也讓我們跟復旦大學有更進一步的情誼。也謝謝今天在座所有的師友、同學，因為各位的出席，我們王夢鷗教授講座才能發展出具體而深入的影響，也利用這個機會謝謝系主任、所有為我們服務的同仁、助教，謝謝你們提供了這麼好的服務。今天這場講座到此結束，謝謝！

陳引馳：非常感謝政治大學中文系，也謝謝陳主任、鄭老師、廖老師、曾老師、周老師等，給我這樣的機會，非常感謝，也非常感謝很多同學來聽講，謝謝各位！

唐代詩人與禪宗*

一

曾有著名歷史學家提到，唐代最特別的人物有兩類，一是佛教僧侶，一是詩人。確實，唐代是佛教非常發達的一個時代，而禪在當時的佛教文化之中扮演了最為重要的角色；與此同時，那個時代詩人輩出，詩歌成就可謂達到古典文學的巔峰。當然，禪與詩兩者之間的發展各有脈絡，不能説對應同步，但也無妨對兩大文化傳統的交集略加觀察，或許能多了解一些那個時代的異彩紛呈。

中國禪宗的發展，自印度菩提達摩東來，經慧可、僧璨至道信，三世傳承，漸有氣象，五祖弘忍，弟子眾多，分佈各地。其門下神秀為後來所謂禪宗北宗的領袖，他早習經史，年至五十，來到蘄州雙峰山東山寺謁弘忍求法，弘忍很器重他，以神秀為「教授師」；神秀後來駐江陵當陽山玉泉寺，大開禪法，聲名遠播，「四海

* 2016年9月24日上午講於紹興第二屆會稽山論壇。

之徒，向風而靡」，以至於武則天在久視元年（700）遣使迎至東都洛陽，親加跪禮，「王公已下，京邑士庶，競至禮謁，望塵拜伏，日有萬計」（《宋高僧傳》卷八《神秀傳》），那時候神秀已九十多歲了。在當時靡然向風，向神秀問法而執弟子禮的文人中，就有中書令張説；神秀圓寂，賜謚「大通禪師」，張説執筆撰寫了《荊州玉泉寺大通禪師碑》。神秀之後，其弟子普寂、義福繼續闡揚其宗風，盛極一時，長安、洛陽之間大多宗奉神秀禪學。

說到神秀及其弟子在當時兩京的影響，不能不提到唐代「詩佛」王維。王維母親崔氏是一位虔誠的佛教信徒，「師事大照禪師三十餘歲，褐衣蔬食，持戒安禪，樂住山林，志求寂靜」（王維《請施莊為寺表》）。這位大照禪師，就是神秀的大弟子、後來為北宗認為七祖的普寂。王維的弟弟王縉也是「學於大照，又與廣德（普寂弟子）素為知友」（王縉《東京大敬愛寺大證禪師碑》）的。雖然沒有明確的證據説明王維本人與普寂有直接往來，他有《贈璿上人》一詩，這位璿上人據《景德傳燈錄》記載，正是普寂弟子；璿上人又有弟子元崇，曾到訪王維的別業輞川，「松生石上，水流松下，王公焚香靜室，與崇相遇」（《宋高傳僧》卷十七）；另外，王維為中宗皇后韋氏之弟淨覺作過《大唐大安國寺故大德淨覺師塔銘》，這位淨覺師事弘忍門下玄賾，有很重要的禪史著作《楞伽師資記》。這些情形，應該能夠説明其家庭與北宗的聯繫，在王維身上同樣是有體現的。

禪宗的另一枝即弘忍門下傳其衣法的慧能，在南方逐漸產生影響。慧能弟子神會幼習五經、老莊、諸史，少年時即參謁惠能。惠能示寂後，參訪四方，跋涉千里。面對北宗神秀和普寂等北宗的強力影響，神會以極大的勇氣北上辯諍，指斥神秀一門「師承是傍，法門是漸」，著《顯宗記》標舉南宗慧能頓悟的主張，力圖確立自己老師的禪宗傳承與禪學宗旨的正宗地位。雖屢經挫折，神會最後取得了成功，南宗禪逐漸代替北宗，風靡天下，成為主流。正是在神會北方傳法的過程中，王維曾與他在南陽臨湍驛相遇，作為一位對佛學和北宗禪有相當了解的文人，詩人請問神會：「如何修道才能得到解脱呢？」神會的回應令詩人大感意外：「眾生本自心淨，若更欲起心有修，即是妄心，不可得解脱。」神會的話恰恰表現了南宗禪的新見：眾生的心性本來清淨，如若起念修行，反而形成執着妄念，這是沒法得到解脱的。這是王維與南宗大師的第一次接觸，也是他接受南宗法門之始，對他的思想和詩歌都產生了影響。也是因為這次相遇，王維後來應神會之請作《六祖能禪師碑》，表彰慧能的事跡和觀念，成為早期南宗禪學的可靠而重要的文獻。「詩佛」王維身當禪宗南北宗轉關時代，與兩邊的大師都有接觸、親炙，堪稱難得的機緣。而與之有類似禪學經驗的，還有唐代最偉大的詩人杜甫。

作為「詩聖」，杜甫的精神世界當然主要是以儒家為主導的，但在佛教鼎盛的時代，承受佛禪的影響也是很自然的。杜甫早年對北宗禪應有相當的接觸，他有一首詩《夜聽許十一誦詩愛而有作》，其中「余亦師粲可，身猶縛禪寂」兩句顯然表示他受到了當時流行兩京的北宗禪的影響：所謂「粲可」即指繼印度來華的菩提達摩之後的慧可、僧璨兩位祖師；「禪寂」云云，大抵指凝心靜慮的修禪。而到了晚年，杜甫在回顧平生的長篇排律《秋日夔府詠懷奉寄鄭監李賓客一百韻》中鄭重地寫道：「身許雙峰寺，門求七祖禪。」所謂「雙峰」自然指弘忍所居止之雙峰山，而「七祖」則引起學者的爭議，郭沫若在《李白與杜甫》裏引申清代錢謙益《錢注杜詩》的意見，認為是指南宗神會，而佛學研究大家呂澂則認定此謂北宗普寂。如果不限於字句而綜合以觀，杜甫於南北宗兩方面都有了解，應是事實。

到了中唐時代，禪宗的發展以慧能門下南嶽懷讓的弟子馬祖道一的洪州禪最為風行。慧能的南宗禪破除了原來講究坐禪修行的舊禪法，強調頓悟自家清淨心性；神會已對王維說不必起心修道，而慧能的再傳弟子馬祖更進一步以為既然心性本淨，起念修行都屬不必，那麼自在如意的生活狀態本身就是合道的，這就是所謂「平常心是道」:「只如今行住坐臥，應機接物，盡是道。」他在江西洪州說法，門庭稱盛，文壇重要人物權德輿那時就聞其教法，同時受教的還有江西觀察使李兼，他是中唐著名文人柳宗元太太楊氏的外祖父，而少年柳宗元其時也正隨着在當地任職的父親柳鎮生活在那裏。馬祖道一圓寂之後，權德輿還撰寫了塔銘。中唐時代的大詩人白居易，深受洪州禪的影響，他與馬祖道一門下的好幾位禪師都有密切交往，比如他曾向惟寬問法，惟寬去世後，他應惟寬弟子之請，撰寫《傳法堂碑》記錄了自己領受於惟寬的教誨；貶居江州時期，他與智常交往，留有詩篇:「花盡頭新白，登樓意如何？歲時春日少，世界苦人多。愁醉非因酒，悲吟不是歌。求師治此病，唯勸讀《楞伽》。」晚年，他在洛陽香山又與馬祖的另一弟子如滿來往密切，情誼深篤，到臨死之際，遺命「葬於香山如滿師塔之側，家人從命而葬焉」(《舊唐書》本傳)，後世禪宗僧人因此還將白居易列為如滿的法嗣（《五燈會元》）。

二

王維、杜甫、白居易這些第一流的唐代詩人，都與禪有密切的關聯，而且在禪宗發展的重要關節時刻，有所表現，而如果我們進而看唐代詩人的有關詩作，他們對禪的呈現，更為多姿多彩。

首先，唐詩中訪寺談禪之作很多。

唐代佛教繁榮，城市之中的佛寺，往往也是世俗社會的文化中心，人們常常光顧可以想見，而山野間的佛寺似乎尤其吸引詩人們。王維有一首名作《過香積寺》：

不知香積寺，數里入雲峰。
古木無人徑，深山何處鐘。
泉聲咽危石，日色冷青松。
薄暮空潭曲，安禪制毒龍。

詩人入山尋寺，鐘聲不知何處（「深山何處鐘」），而色調漸趨幽淡（「日色冷青松」），終則達到心境清淨的尾聲：面對空靜的潭水，心中毒龍般的慾念受到了遏制。與王維的詩類似的，常建的《題破山寺後禪院》同樣提到了潭影對人心的制動作用，它雖然不是從寺外的風景着手而是開篇就進入了寺院之中，但色調從「初日」之朗照到竹徑之幽與花木之深，再進到山光、潭影與鐘聲裊裊，這些典型意象的展開，充分呈現了禪院的意味：

清晨入古寺，初日照高林。
曲徑通幽處，禪房花木深。

山光悅鳥性，潭影空人心。
萬籟此都寂，唯餘鐘磬聲。

孟浩然是王維的好友，隱於家鄉襄陽多年，也常常走訪山寺，而且直接寫到與寺僧的談禪，如《尋香山湛上人》：

朝遊訪名山，山遠在空翠。
氛氳亙百里，日入行始至。
杖策尋故人，解鞭暫停騎。
石門殊豁險，篁徑轉森邃。
法侶欣相逢，清談曉不寐。
平生慕真隱，累日探奇異。
野老朝入田，山僧暮歸寺。
松泉多逸響，苔壁饒古意。
谷口聞鐘聲，林端識香氣。
願言投此山，身世兩相棄。

他走了一天（「朝遊」而「日入行始至」）幽曲的山徑才抵達山寺，那自然只能留宿了，可說法談禪的興致那麼高，以致一直聊到拂曉時分。詩人懷抱着「慕真隱」、「探奇異」之心，體悟到的卻不過就是自然平常：「野老朝入田，山僧暮歸寺」的意趣，大致與陶淵明《飲酒》詩「山氣日夕佳，飛鳥相與還」是一樣的吧？古人相互聯絡不像如今這麼方便，尋訪不遇的事太多了，但即使不遇高僧，詩人也可以體悟禪意，孟浩然《過融上人蘭若》：

山頭禪室掛僧衣，窗外無人溪鳥飛。
黃昏半在下山路，卻聽泉聲戀翠微。

「戀翠微」其實也就是留戀那清靜之境和此境界中的僧人吧。這位融上人在孟浩然的詩中好像總是不露真容，後來詩人有一首《過故融上人蘭若》，作於他圓寂之後，但深情畢現：

池上清蓮宇，林間白馬泉。
故人成異物，過客獨潸然。
既禮新松塔，還尋舊石筵。
平生竹如意，猶掛草堂前。

寺院的環境，形成論佛談禪的氛圍，即使鼎鼎大名的道教徒詩人李白在《與元丹丘方城寺談玄》一詩中也將話題轉向了佛教：

茫茫大夢中，惟我獨先覺。
騰轉風火來，假合作容貌。
滅除昏疑盡，領略入精要。
澄慮觀此身，因得通寂照。
朗悟前後際，始知金仙妙。
幸逢禪居人，酌玉坐相召。
彼我俱若喪，雲山豈殊調。
清風生虛空，明月見談笑。
怡然青蓮宮，永願恣遊眺。

元丹丘是與李白關係極為密切的道友，詩人曾稱之為「異姓天倫」（《穎陽別元丹丘之淮陽》）。但在方城寺中，這兩位道友談的，完全是「金仙」也就是佛陀的義理：人生有如一場大夢，地、水、火、風四大聚合而有此世的暫時之形貌；只有滅盡種種無明的疑惑，澄靜心性來觀照，才能了悟三世輪轉及解脫之道。

其次，我們來看坐禪修道。

坐禪，是較之談禪更深入的宗教實踐。前邊既已談到「詩仙」李白，不妨接着看他的《廬山東林寺夜懷》：

我尋青蓮宇，獨往謝城闕。
霜清東林鐘，水白虎溪月。
天香生虛空，天樂鳴不歇。
宴坐寂不動，大千入毫髮。
湛然冥真心，曠劫斷出沒。

在清靜的氛圍中，耳聆鐘聲，目擊水月，天香、天樂恍然而來，坐禪中的詩人，一心融攝天地宇宙，了悟佛法真諦。

中唐的柳宗元，與我們前邊提到的白居易不同，對當時洪州禪風持強烈批評態度，但他在佛寺內也自有入禪的體悟。柳宗元因政爭而被貶到今天湖南南部的永州十年，很多時候都住在當地的龍興寺，寺主是天臺宗系統的巽上人，詩人的《巽公院五詠》有一首《禪堂》：

發地結青茅，團團抱虛白。
山花落幽户，中有忘機客。
涉有本非取，照空不待析。
萬籟俱緣生，窅然喧中寂。
心境本洞如，鳥飛無遺跡。

詩的開始兩句寫禪堂的建造，而「虛白」既是實寫，指禪堂的空間構成；又暗喻禪堂所含有的虛靜，熟悉古典的讀者自然會聯想到《莊子・人間世》中「虛室生白」。「山花落幽戶」，花之飄落是禪家體悟世間萬法皆空奧秘的典型，王維《辛夷塢》也寫到「木末芙蓉花」在無人的小屋邊默默地開落。以下講「空」、「有」，「有」固然不可執着，而對「空」之認知也非分析所得把握：照巽上人之師天臺湛然的說法，就是「諸法真如，隨緣而現，當體即是真相」。「萬籟」兩句是由理破相，指出世間一切皆是因緣和合而生，故喧聲種種中其實原來空靜。最後，揭出心境之空無，「本來無一物」，而飛鳥過空卻不留痕跡也是佛家常用的象喻，顯示世間萬法生滅無常、空虛不實。

其實坐禪未必盡在寺院，文人每在自家居處，王維《秋夜獨坐》：

> 獨坐悲雙鬢，空堂欲二更。
> 雨中山果落，燈下草蟲鳴。
> 白髮終難變，黃金不可成。
> 欲知除老病，唯有學無生。

靜坐中，詩人的心靈並非完全處於寂滅的狀態中，它是開放的，觀照着自然的生息，淅淅瀝瀝雨聲之中的蟲鳴甚至果落都能聽見，其心境之開張和體微可以想見。這恰是蘇軾所謂的「靜能了群動，空故納萬有」（《送參寥師》）。

禪修的環境，無論寺院禪房，還是家居別業，甚至是自然山野，都無妨，當然靜謐很重要。比如寒山，他未必是現今全部傳世「寒山詩」的作者，但其生活環境在天臺山一帶則無疑，「岩前」「峰頂」，月夜靜坐，入禪自深：

今夜岩前坐，坐久煙雲收。
一道清溪冷，千尋碧嶂頭。
白雲朝靜影，明月夜光浮。
身上無塵垢，心中那更憂。
高高峰頂上，四顧極無邊。
獨坐無人知，孤夜照寒泉。
泉中且無月，月自在青天。
吟此一曲歌，歌終不是禪。

三

入禪自然可經由談禪、坐禪，不過禪宗在慧能之後並不特別重視坐禪。《壇經》中慧能重新定義禪定：「外離相即禪，內不亂即定。」他在向神秀門下志誠批評北宗「住心觀靜，長坐不臥」時說：「住心觀靜，是病非禪；長坐拘身，於理何益？」所以悟禪不妨在日常之中進行，前邊提到的寒山詩，便是在山居自然環境中展開的。

在自然中悟禪，同時又在詩中呈現禪意，這正是唐代詩人的最高成就所在。前引寒山兩首詩都突顯了「月」的意象，他還有「吾心似秋月」、「無物堪比倫」的詩句，這正是《壇經》的重要象喻，是說心性本淨的意思：

……自性常清淨，日月常明，只為雲覆蓋，上明下暗，不能了見日月星辰，忽遇惠風，吹散卷盡雲霧，萬像森羅，一時皆現。

自然之中悟禪，不僅在禪學之字句、意象和觀念的直接表達。王維《辛夷塢》純以自然表現禪意，乃顯境界：

木末芙蓉花，山中發紅萼。
澗户寂無人，紛紛開且落。

花靜靜地開放又靜靜地飄落，這是山中的自然景象，然而在花的必然開放與必然凋落中，正透露出詩人對佛教的世間萬法畢竟空寂觀念的認同。這麼説有根據嗎？王維另有《與胡居士皆病寄此詩兼示學人》二首，其中有「空虛花聚散，煩惱樹稀稠」兩句，他的《積雨輞川莊作》中也有「山中習靜觀朝槿，松下清齋折露葵」的句子，可見他確以對草木的觀照作為靜坐悟禪的媒介。世上生物的榮枯變化，原來就是佛教所謂世間萬物生、住、異、滅而無常的證明，因而這不僅見諸個別詩人，白居易《感芍藥花寄正一上人》也是同樣的意思，只是説得分明：「今日階前紅芍藥，幾花欲老幾花新。開時不解比色相，落後始知如幻身。空門此去幾多地，欲把殘花問上人。」回頭看王維的詩行，不著一字，盡得禪意，所以後代以為其「字字入禪」。

自然中悟禪，還有待於生活中實踐。認得本性清淨，頓悟入禪，由此盡可從容自在，任運隨緣。王維《終南別業》：

中歲頗好道，晚家南山陲。
興來每獨往，勝事空自知。
行到水窮處，坐看雲起時。
偶然值林叟，談笑無還期。

其中「好道」二字，後代解詩者便釋為「學佛」:「隨己之意，只管行去。行到水窮處，去不得處，我亦便止。倘有雲起，我即坐而看雲之起。坐久當還，偶遇林叟，便與談論山間水邊之事，相與流連，則便不能以定還期矣。於佛法看來，總是一個無我，行無所事，行到是大死，坐看是得活，偶然是任運。」(徐增《說唐詩》)寒山詩中也多有此一境界：

千山萬水間，中有一閑士。
白日遊青山，夜歸岩下睡。
倏爾過春秋，寂然無塵累。
快哉何所依，靜若秋江水。

日遊夜臥，閒適快樂，正是修禪得道之後的表現。

以上所述，不過略舉唐代詩人與禪之關涉，至於禪之影響詩歌風貌，則別是一大話題，尚待另述。

王維寒山與禪悟*

一

> 居常蔬食，不茹葷血，晚年長齋，不衣文綵。……在京師日飯十數名僧，以玄談為樂。齋中無所有，唯茶鐺、藥臼、經案、繩床而已。退朝之後，焚香獨坐，以禪誦為事。（《舊唐書・王維傳》）

生活環境至為簡單，自己則長期持齋，衣着樸素，供養僧人，以談論玄理為樂事，常常坐禪。看這段文字，完全就是對一位佛門居士的寫照，而它是《舊唐書》所描寫的唐代詩人王維的晚年生活。這應該是一種寫實，此一日常生活狀態，在詩人王維自己的詩歌文字中亦有表現，《飯覆釜山僧》便詳細描寫了詩人供養僧人的一幕：

---

* 2012年9月9日下午講於上海靜安書友匯，為所擔任的「佛教文化交流與中國文學」三場系列演講的第二講。

晚知清淨理，日與人群疏。
將候遠山僧，先期掃敝廬。
果從雲峰裏，顧我蓬蒿居。
藉草飯松屑，焚香看道書。
燃燈晝欲盡，鳴磬夜方初。
已悟寂為樂，此生閑有餘。
思歸何必深，身世猶空虛。

全詩寫的是與覆釜山僧一同修道習禪的情形：僧人們遠道而來，詩人為迎接他們，先期灑掃園廬，待眾僧到後，先是一起坐在鋪地的草上吃松子，而後是唸「道書」，也就是佛經，這樣一直到黃昏時分。由此，詩人所悟的是什麼呢？詩歌最後交代，那即是萬法的虛寂和人生的空虛之類佛理。

王維在唐代詩人中，或許是最為傑出且獲得多種藝術成就的一位，擅詩能畫，精通音樂；大概也是受佛教影響最深的一位，故而被後世目為「詩佛」。王維字摩詰，他的名「維」與字「摩詰」合起來，便是那位鼎鼎大名的印度毗耶離城中居士「維摩詰」。維摩詰是一位道行高深、了悟佛法但又生活在世俗之中、甚至不捨棄人間樂事的人物，《維摩詰經》卷二《方便品》這樣形容他：

雖為白衣，奉持沙門，清淨律行；雖處居家，不着三界；示有妻子，常修梵行；現有眷屬，常樂遠離；雖服寶飾，而以相好嚴身；雖復飲食，而以禪悅為味。

王維的生平行事與維摩詰居士確有相似之處，他將一個朝廷官員的身份與一個生活至簡的居士身份合為一體。這其間自然有他的心路歷程。

王維早年聰明絕頂，尤其受到當時王公貴戚的賞愛；後來又得名臣張九齡的提攜，曾一度頗有政治熱情。開元二十五年（737）張九齡罷相，這是唐代政治史的一個轉折，也是王維個人生活道路的一大轉變。後來他在輞川別業中悠遊度日，過起了半官半隱的生活。而接着的安史之亂，王維身陷叛軍之中，被迫接受了偽職；事後雖然由於種種原因而免於處分，但心境之頽唐可以想見，「焚香獨坐，以禪誦為事」，實在是非常自然的事。他的弟弟、同樣熱心於佛教的王縉的説法可以作為另一份證詞：「至於晚年，彌加進道，端坐虛無，念茲無生。」（《進王右丞集表》）直到臨終之時，王維的絕筆依然在勸人向佛，《舊唐書》本傳言：

> 臨終之際，以縉在鳳翔，忽索筆作別縉書，又與平生親故作別書數幅，多敦厲朋友奉佛修心之旨，舍筆而絕。

在經歷了那許多的波折之後，王維的自覺認同是佛教。他的《歎白髮》中有名句曰：

> 宿昔朱顏成暮齒，須臾白髮變垂髫。
> 一生幾許傷心事，不向空門何處銷。

或許有人會疑惑：就王維的生活道路而言，雖然也有些挫折，但似乎談不上太了不起的傷心之事。但未必要遍嘗世間的一切苦辛而後方能悟道，一葉落而知秋，王維之所以轉向空門，或許真由於他天生的敏感、悟性或佛家所謂之慧根；此外，還有其家庭的背景。

我們知道，王維的母親崔氏，是一位虔誠的佛教信徒，「師事大照禪師三十餘歲，褐衣蔬食，持戒安禪，樂住山林，志求寂靜」(王維《請施莊為寺表》)。大照禪師，是禪宗北宗神秀的大弟子、後來為北宗僧人認為七祖的普寂。王維的弟弟王縉也「學於大照，又與廣德（普寂弟子）素為知友」(王縉《東京大敬愛寺大證禪師碑》)。又王維詩中有《謁璿上人》一首，璿上人是普寂門下（《景德傳燈錄》卷四)，璿上人有弟子曰元崇，與王維亦有交往，他曾到輞川訪問詩人，「松生石上，水流松下，王公焚香靜室，與崇相遇」(《宋高僧傳・元崇傳》)。

這裏提到的諸位名僧，大抵屬唐代禪宗中的北宗一脈。中土禪宗的傳承，從南朝菩提達摩自印度來華，歷經數代之傳，到所謂五祖弘忍時漸漸興盛，其門下支脈甚多，而歷史聲望與影響最大的，當推神秀和慧能。慧能在修禪觀念和方式上造成了革命性的變化，且因主要在南方活動，故稱「南宗」。神秀所代表的一脈，則被視為「北宗」。大略而言，南宗和北宗之不同在南宗更強調修禪者自我心性之清淨，主張明心見性是學佛的關鍵，而不在北宗更關注的修心治性及相關的種種法門。

禪宗史上，神秀為北宗僧人推尊為六祖，與王維家多有關涉的普寂，作為神秀的弟子，曾被認為七祖。與普寂同輩，神秀的另一位大弟子義福，王維與他的接觸或許更早，在他 18 歲前隱居終南山時就有了請謁的機會。王氏集中《過福禪師蘭若》一詩雖不能確定撰年，但詩中所描繪的周邊景色「岩壑轉微徑，雲林隱法堂」，

「竹外峰偏曙，藤蔭水更涼」，與嚴挺之《大智禪師碑銘》中的形容非常相似：「神龍歲，自嵩山嶽寺為群公所請，邀至京師，遊於終南化感寺，棲置法堂，濱際林水，外示離俗，內得安神，宴居寥闊廿年所。」尤其詩中說福禪師因為長久坐禪致使門外路徑春草蓬生：「欲知禪坐久，行路長春芳。」正是對於北宗禪僧坐禪功深的刻畫，與義福的風格也非常之契合。

除了禪宗北宗的僧人，王維還師事華嚴宗僧人道光十年，這對他的影響也相當之大：「維十年座下，俯伏受教，欲以毫末，度量虛空，無有是處，志其舍利所在而已。」（王維《大薦福寺大德道光禪師塔銘》）

當然，王維與神會的相會，或許是詩人平生與禪宗相關的最大事件，這在以往我們了解得並不多，在敦煌文獻中有關神會的材料公佈之後，人們才得悉其間始末。這次相會的時間，學者們有不同的意見，或以為在開元之末（740），或以為在天寶之初（745）。神會，是南宗慧能的門下，對南宗禪的流行，作出了重要的貢獻。詩人在南陽的臨湍驛，參與神會和當地北宗大德惠澄聚談佛學義理，當時：

> 侍御史王維，在臨湍驛中……問和上（神會）言：「若為修道解脱？」
>
> 答曰：「眾生本自心淨。若更欲起心有修，即是妄心，不可得解脱。」

在這之前，王維所實踐的大抵是重修習的一路，由於與神會的相遇，王維才聽聞南宗禪的見解，覺得「大奇，曾聞大德皆未有作如此說」，以為神會這位「好大德」的「佛法甚不可思議」（《南陽和尚問答雜徵義》）。他們的接談一定同時給予神會留下了深刻的印象，所以後來王維說：「神會……謂余知道，以頌見托。」於是有了王維為神會之師南宗禪六祖慧能所撰的《能禪師碑》，這是早期南宗的重要文獻，其中所表述的主要思想應該是得自神會。

這以後，王維與南宗一脈有了往還。天寶十二年（753）有衡嶽瑗上人來遊長安，秋天瑗上人南返時，王維與崔興宗都有詩送他，在王維的《送衡嶽瑗公南歸詩序》中特別囑咐：「滇陽有曹溪學者，為我謝之。」所謂曹溪學者乃指慧能以下南宗禪僧；如果案查僧史，懷讓、希遷以前及當時正在那裏住持，《宋高僧傳》卷九《懷讓傳》：「能公大事緣畢，讓乃躋衡嶽，止於觀音台……至天寶三載八月十日終於衡嶽。」則懷讓在713年至744年在衡山。同書《希遷傳》：「天寶初，始造衡山南寺，……貞元六年庚午歲十二月二十五日順化。」可知希遷在790年之前的半個世紀中都在衡山。王維通過學禪於衡嶽的瑗公，對於彼時彼地的禪門人物和思想應該是有相當了解的。

南宗禪既然主張不必起念妄修，那麼關鍵在於識得本性清淨，隨性而行；這一旨趣，在王維這裏，主要體現於任運隨緣的生活姿態。詩人中年之後常在終南山的別業中盤桓，過着半隱的生活。《終南別業》一詩是名作，在後代的解讀裏，南宗禪的味道很是顯著：

> 中歲頗好道，晚家南山陲。
> 興來每獨往，勝事空自知。
> 行到水窮處，坐看雲起時。
> 偶然值林叟，談笑無還期。

其中「好道」二字，後人解為「學佛」：

> 右丞中年學佛，故云好道。……隨己之意，只管行去。行到水窮去不得處，我亦便止；倘有雲起，我即坐而看雲之起。坐久當還，偶遇林叟，便與談論山間水邊之事，相與流連，則便不能以定還期矣。於佛法看來，總是個無我，行無所事。行到，是大死；坐看，是得活；偶然，是任運。（徐增《而庵說唐詩》）

「行到水窮處，坐看雲起時」，是歷來稱賞的名句，而其中正蘊含着禪家深意，如果與永嘉大師《證道歌》「行亦禪，坐亦禪，語默動靜體安然」的句子一起看，或許可以更了解王維詩中行、坐隨緣的禪意。真正能以閒靜的生活態度對待世事滄桑，對待生活中的種種況味，便是得禪之精神了。《酬張少府》一詩，其中境界與此亦相近，而同樣不着痕跡：

> 晚年惟好靜，萬事不關心。
> 自顧無長策，空知返舊林。
> 松風吹解帶，山月照彈琴。
> 君問窮通理，漁歌入浦深。

這時詩人已經完全沉浸在虛靜的生活之中，《飯覆釜山僧》所謂「晚知清淨理，日與人群疏」是也。

如果通觀王維的全部詩作，南宗禪觀念的痕跡固然顯著，北宗的影響或許更加不容小覷。比如，詩人的文字間，可以看到不少有關禪定經驗的寫照。

《遊化感寺》：

谷靜惟松響，山深無鳥聲。……
誓陪清梵末，端坐學無生。

《過化感寺曇興上人山院》：

野花叢發好，谷鳥一聲幽。
夜坐空林寂，松風直似秋。

《過香積寺》：

古木無人徑，深山何處鐘。……
薄暮空潭曲，安禪制毒龍。

從這些詩句來看，在禪宗南北宗對於禪坐的不同態度這一點上，王維是傾向於北宗，而與南宗的主張有異的。

北宗對於禪定始終持肯定的態度。道宣的《續高僧傳》卷十六記菩提達摩的禪法是「凝住壁觀」，呂澂以為：「壁觀就應該以壁為所觀。」他認為，達摩實踐的是印度南方的禪法，修習的是「地遍處定」，「在牆壁上用中庸的土色塗成圓形的圖樣，以為觀想的對象」（《中國佛學源流略講》附錄《談談有關初期禪宗思想的幾個問題》）。道信則教導弟子：「努力勤坐，坐為根本。」（《傳法寶記》）弘忍傳道信之學，「夜便坐攝至曉，未常懈倦，三十年不離信大師左右」（《歷代法寶記》）。神秀繼承的是道信、弘忍的東山法門，照神會的說法就是：「凝心入定，住心看淨。」（獨孤沛《菩提達摩南宗定是非論》）神秀的弟子一輩基本也是持守着如此的修行法門，李華的《嵩嶽寺碑》就記載神秀、普寂等「宴坐林間，福潤宇內」，與神會論辯的崇遠也說：「嵩嶽普寂禪師、東嶽降魔藏禪師（亦神秀弟子），此二大德，皆教人坐禪。」（《獨孤沛《菩提達摩南宗定是非論》》）

而在南宗看來，禪坐並無必要的。他們強調的是對於自性清淨的頓悟，定、慧等學，發慧也即發定。這樣對於定學，在邏輯上就不是那麼的吃緊了。敦煌本《壇經》記載了慧能對於「坐禪」、「禪定」的解釋：

> 此法門中何名坐禪？此法門中一切無礙，外於一切境界上，念不起為坐；見本性不亂為禪。何名為禪定？外離相曰禪，內不亂曰定。外若著相，內心即亂；外若離相，內性不亂。本性自淨自定，祇緣境觸，觸則亂，離相不亂即定。

這是從理論上對於坐禪的一個轉換性的新詮釋：「坐」不是打坐，而是於外物不起念；「禪」也不是靜心禪定，而是能見自家本性而不著於外相以致亂了心意。後來的曹溪禪以神會的荷澤與道一的洪州最有影響，他們也都是反對坐禪的，以馬祖道一為例，《景德傳燈錄》記載其師南嶽懷讓啟發道一不必坐禪的故事：

> 道一住傳法院，常日坐禪。師知是法器，往問曰：「大德坐禪圖什麼？」一曰：「圖作佛。」師乃取一塼，於彼庵前石上磨。一曰：「師作什麼？」師曰：「磨作鏡。」一曰：「磨塼豈得成鏡耶？」師曰：「坐禪豈得成佛耶？」

這樣看來，王維的詩歌中所表現的最為突出的佛教經驗是坐禪，而這應該仍然主要屬於傳統的北宗的禪法。其實，唐代大多數的詩人在詩歌中表現的多數是這樣比較傳統的坐禪。這一禪法，基本上是要修行者通過坐禪，排斥外在的喧囂，獲得心靈的寧靜；因而，在詩歌之中，呈現的主要還是靜態的美；這從上面引及的王維詩作中用到的「靜」、「幽」、「寂」等字眼可以清楚地看出來。

王維詩所表現的靜坐，境界幽遠深長，而修禪之悟正在此獨自一人的靜坐中，《秋夜獨坐》：

> 獨坐悲雙鬢，空堂欲二更。
> 雨中山果落，燈下草蟲鳴。
> 白髮終難變，黃金不可成。
> 欲知除老病，唯有學無生。

在靜坐中，詩人的心靈並非完全處於寂滅的狀態，它實是開放的，在空靜中反而能更好地容納外界的動靜消息。靜坐中的詩人的心觀照着自然的生息，「蟲鳴」甚至「果落」都能聽見，其心境之開張和體微可以想見。用蘇軾的詩來形容便是：「靜能了群動，空故納萬有。」（《送參寥師》）在澄明的心境中所映現出的種種，也便成為詩人筆下的審美對象，就王維而言，山水景物的表現屬最突出的；而正是在這些詩歌中，他對佛教精微義理的表現也達到了很高的成就。他在有無、動靜之間體會着、印證着佛教對世界的觀照。

世間諸相的虛空大約是王維詩中最通常的佛教主題了。王維詩歌的境界，雖然也有高華工麗的一脈，但在詩史上，究竟是以表現幽靜、空澄為特色的。案查王維的詩歌中，「空」字用得尤其多。在一部分詩歌中，「空」是對於佛教義理的直接表達：

浮名寄纓珮，空性無羈鞅。（《謁璿上人》）

眼界今無染，心空安可迷。（《青龍寺曇壁上人兄院集》）

礙有固為主，趣空寧舍賓。（《與胡居士皆病寄此詩兼示學人二首》其一）

另外一類詩歌，則對於景色屢屢用「空」作形容，寫其空靜澄明：

夜坐空林際，松風直似秋。（《過化感寺曇興上人山院》）

空山新雨後，天氣晚來秋。（《山居秋暝》）

秋天萬里淨，日暮澄江空。（《送綦毋潛校書棄官還江東》）

荒城自蕭索，萬里山河空。（《奉寄韋太守陟》）

食隨鳴磬巢鳥下，行踏空林落葉聲。（《過乘如禪師蕭居士嵩邱蘭若》）

結合上面說到的佛教義理之「空」，這些形容景色的「空」顯然有着非同一般的意味，它既是對於景色的描摹，在某種意義上，更是詩人內心感受的刻畫。我們在不少的詩句中可以看到，詩人往往將「空」與「寂」聯用：

寂寞柴門人不到，空林獨與白雲期。（《早秋山中坐》）

落花啼鳥紛紛亂，澗戶山窗寂寂閑。
峽裏誰知有人事，郡中遙望空雲山。（《寄崇梵僧》）

顯然，「空」、「寂」都既是對景色的描寫，也是由於景色而生發的主觀感受。這樣的「空」「寂」與詩人的禪心是一脈相通的。尤其我們看《過香積寺》中「薄暮空潭曲，安禪制毒龍」，此處的「空」，顯然不是一般的景色寫照而與禪心寧淨有着緊密的聯繫。

由緣起論出發，佛教以為世間萬物都是因緣聚合而成的，因而空無自性；王維對此是了解深透的：「緣合妄相有，性空無所親。」（《山中示弟等》）之所以稱為「妄」，就是因為世間諸相是因緣會合而成的。然而在般若學的中道觀念看來，此「空」並非是一味的「無」，「空」並不是絕對地排斥「有」的，只是這種「有」是因緣聚合、無自性的「假有」而已。執着於「有」固然是錯誤的，而執着於「空」也是謬見。王維對此也有清晰的認識，《夏日過青龍寺謁操禪師》：「欲問義心義，遙知空病空。」執着於「空」，佛教稱為「頑空」，亦是一「病」。真空不妨色相的暫存，寂滅的本性並不是完全的死寂。由此來説，王維詩歌中往往出現的以聲色之音響、色彩來表現空寂的手法，其實與佛教的觀念是有潛在的一脈相通之處的。

王維作為畫家，尤其敏感於景物的光色變幻體現的世相的空幻無常。王維在他的詩中細緻描寫聲、色的對比與變化，留下不少名句。如《鹿柴》就將空朦變幻，似有若無的境界表現得極為傳神：

> 空山不見人，但聞人語響。
> 返景入深林，復照青苔上。

在那個幽靜的所在，有人聲而不見人形；有光影但經返照而顯依稀，給人一種似有若無的印象。這種渺然不定的印象，在《木蘭柴》中成為強烈的變幻感：

秋山斂餘照，飛鳥逐前侶。
彩翠時分明，夕嵐無處所。

黃昏時分，倦鳥知歸，日色漸暗，山影迷朦，嵐氣隱形：曾有形跡的一切即將歸於虛無。

王維詩中動靜、喧寂的對比表現往往可見，《鳥鳴澗》一首，是王維詩中一直為人談論的詩作：

人閑桂花落，夜靜春山空。
月出驚山鳥，時鳴春澗中。

詩由動、靜的對比着力表現月夜春山之空靜，詩的脈絡似乎是由靜而到鳥鳴之喧響，實際則以鳥鳴映襯空靜。我們知道這一構思受啟發於六朝詩人王籍「蟬噪林愈靜，鳥鳴山更幽」一聯，可知這樣的詮釋是無疑問的。而在僧肇的《物不遷論》中對動靜的關聯已有明瞭的論證：「必求靜於諸動，故雖動而常靜；不釋動以求靜，故雖靜而不離動。」「常靜」是宇宙的大道，而此「靜」亦需從萬法之「動」中去體認。這麼來看，王維詩中的景象刻畫，不少是含蘊着佛理禪趣的。

王維後期富有禪趣的詩歌，如王士禎所謂「字字入禪」的「輞川絕句」（《帶經堂詩話》卷三）之中，他所描繪的景物，仔細玩味，未必是現實中真實的寫照。這些描寫不再是「大漠孤煙直，長河落日圓」（《使至塞上》）那樣具有特定的時地背景，因而只有在那特定的背景之下才可以了解和欣賞的詩句。在這一類詩作中，「林」可以是一例的「深林」：「返景入深林，復照青苔上」（《鹿柴》），「深林人不知，明月來相照」（《竹里館》）；「雲」可以是一例的「白雲」:「君問終南山,心知白雲外」(《答裴迪》),「湖上一回首,山青卷白雲」(《欹湖》),「悠然遠山暮,獨向白雲歸」(《歸輞川作》),「惟有白雲外,疏鐘聞夜猿」(《酬虞部蘇員外過藍田別業不見留之作》)。考察這些景物的刻畫,多少有些抽象,而不夠具體、明晰;究其緣故,乃在於詩人不過是借景物敘寫自己的內心而已,也就是說這一切景物只是通過了詩人主觀心境的過濾、契合詩人內心意趣的景物而已。在王維詩中所看到的空寂、靜謐的境界固然是自然界的呈現,更是詩人內心的呈現:景物是符合心境的選擇和抽象,而心境由契合於它的景物而傳達出來。詩中,似乎沒有出現主體的痕跡,但很難說,這就是客觀;而如果說這就是主體的心意,那麼字面上倒真是「無我」的。我們讀這些詩,似乎完全是物象的本然顯現。《辛夷塢》:

> 木末芙蓉花,山中發紅萼。
> 澗户寂無人,紛紛開且落。

詩中寫到芙蓉花靜靜地開放又靜靜地飄落,這是山中的自然景象,然而在這芙蓉花的必然開放與必然凋落中,正透露出王維對佛教的世間萬法畢竟空寂觀念的認同。他的《與胡居士皆病寄此詩兼示學人》第二首裏寫到:「空虛花聚散,煩惱樹稀稠。」世上生物的榮枯變化,原來就是佛教所謂世間萬物生、住、異、滅而無常的證明。他的《積雨輞川莊作》中也有「山中習靜觀朝槿,松下清齋折露葵」的句子,證明他確以對草木的觀照作為靜坐悟禪的媒介。詩人由景色呈現了自己的心境、呈現了詩人對於宇宙真諦的認知,但他在詩歌之中是隱身的,詩歌的表現是無人而無心的。然而反過來說，正是由於詩中的境界是詩人內心的映現，呈現在詩中的境界的空寂因而也就是詩人內心空寂的體現。

二

唐代的佛教與詩歌一樣，是廣及社會各階層的。與王維代表了唐代精英文人的詩歌和對佛禪的修習、領悟相對，所謂「寒山」的詩及所呈現的禪學意蘊，則體現了另外一種面貌。

歷史上是不是有一位真實的唐代人物名叫「寒山」，是有不同看法的：固然有以他為真實人物的，但也有人相信這只是指代傳世三百多首所謂「寒山詩」的作者的虛擬名字而已。如果姑且認為存在寒山這樣一個詩人，那麼他的具體生活情形，也含有太多曖昧不清的部分，帶着強烈的傳說色彩。

僅以寒山的年代而言，以往多以為是在初唐。這主要是因為宋刻本寒山詩集前有署「朝議大夫使持節台州諸軍事守刺史上柱國賜緋魚袋閭丘胤」所作的序，序中言及閭氏到台州任時曾訪寒山於天臺國清寺。據閭丘胤說，這位寒山子不知是何方人士，人們多稱之為「貧人、風狂之士」；他隱居在天臺唐興縣西七十里一個叫寒岩的地方，時時會去國清寺，因為那裏有一位拾得管着寺里的食堂，平常用竹筒收貯些餘殘菜滓，寒山來的話便由他拿去；這位寒山「形貌枯悴」，「樺皮為冠，布裘破敝，木屐履地」，但言談之間卻頗有道理，「凡所啟言，洞該玄默」。閭丘胤讓人收輯了寒山寫在「竹木石壁」及「村墅人家廳壁上」的「文句三百餘首」，「纂集成卷」，成為後來寒山詩集的最初形態（《寒山子詩集序》）。這篇序言，沒有明言年代，但依據《嘉定赤城志》卷八秩官表，閭丘胤任台州刺史在貞觀十六至二十年間。然而，現代學者經過縝密考證，這一篇序似乎有不少疑問，令人難以完全認實（余嘉錫《四庫提要辨證》卷二十）。

另有一項重要材料，則明確指認寒山是中唐大曆時期的人。北宋初《太平廣記》卷五十五引杜光庭《仙傳拾遺》曰：

> 寒山子者，不知其名氏。大曆中隱居於天臺翠屏山，其山深邃，當暑有雪，亦名寒岩，因自號寒山子。好為詩，每得一篇一句，輒題於樹間石上，有好事者，隨而錄之，凡三百餘首。多述山林幽隱之興，或譏諷時態，能警勵流俗。桐柏徵君徐靈府序而集之，分為三卷，行於人間。

這將寒山詩歌的來歷說得源源本本，而且所概括的寒山詩的內容類別與今天所見寒山詩集的情形也相當合契，似乎更可以信從。如果真有寒山這樣一個人物的話，即使按照閭丘胤序的描述，他「樺皮為冠，布裘破弊，木屐履地」，「狀如貧子，行貌枯瘁」，成天瘋瘋癲癲的，這與今存寒山詩中「時人見寒山，各謂是瘋顛，貌不起人目，身唯布裘纏」的形象是相切合的。而這樣不拘形跡的癲狂放誕風格，顯然大類於中唐之後的禪宗祖師們，而與初唐時淵默靜坐山林間的禪師們不侔。

大致了解了所謂「寒山」其人的事跡，再來看所謂「寒山詩」。種種跡象透露出，這三百餘首詩作，恐怕是群體的創作而不是一個叫「寒山」的人的個人創作。有學者試圖從寒山詩歌作品中尋覓有關他生平的材料、勾勒寒山其人的生活道路：他是長安貴少，曾經參加科舉而不第，於是與家人分別，漫遊天下，或許還曾經從軍出塞；後來於世亂中避居天臺，一度過着田園隱居生活，後來入山修道，由一個儒家信徒變為道教求仙者；最後又歸依佛門，大約活了一百多歲，等等；而在這過程中他連續寫下了一系列的詩作，留下了個人世俗生活乃至道、佛宗教經驗的紀錄，形成今天所見的所謂寒山詩。

但是，這些讀解的基本預設，是中國傳統的「知人論世」觀念，它固然有效，不過詮釋詩歌時，它能發揮最大的效力，往往在確切知曉詩人與其詩作關聯性的情形下。在寒山這樣時代、身世極不清晰的對象面前，不經反思地依然堅持這一觀念，或許就會顯得有些不合宜，而且往往容易對詩作做過度引申和過度的編織。比如首先，作為當初在民間流傳而後收集綴錄起來的作品，寒山詩中的年歲如七十、八十乃至百年，大約都不能像對待杜甫、白居易之類詩人的詩作那樣，作為準確的數字來看待。其次，難以想像寒山經歷了如此複雜多樣而漫長的生活，在時間和空間上有如此之大的跨度；其實，詩中所涵括的生活越是豐富，越是説明這只可能是集體經驗的薈萃，寒山詩中涉及的漫遊、科舉、避亂、對道教求仙的實踐乃至懷疑、對佛教的歸依，大抵都不妨做類型性的理解。

更重要的，以寒山的詩作作為個人的創作，實際上有許多難以解釋的矛盾和混亂。寒山詩中一方面説自己「偃息深林下，從生是農夫」，「少小帶經鋤，本將兄共居」，「我住在鄉村，無爺亦無娘」，似乎是農家出生或者是耕讀傳家的；另一方面又以垂垂暮年「腸斷憶咸京」：

尋思少年日，遊獵向平陵。
國使職非願，神仙未足稱。
聯翩騎白馬，喝兔放蒼鷹。
不覺大流落，皤皤誰見矜。

這又儼然是「五陵年少」的作派了。這之間的不一致，該如何解説呢？如果認為這確實都是寒山這個人所寫的實話，那麼大概只能肯定其中一方面的生活是他頭腦中的幻想了。

再就寒山詩的風格來説，實際存在兩個世界。其一，是與王梵志詩一致的質樸通俗的路數。其二，則透露出相當高的文化素養，所用典故除了眾多的佛教典故之外，還廣泛涉及《詩經》、《莊子》、《戰國策》、《古詩十九首》、《世説新語》、《列子》及陶淵明、謝靈運的詩等；有的詩採取了《楚辭》體，比如「有人兮山陘」一首，後世評論者甚至誇大其辭地説「雖使屈、宋復生，不能過也」(《彥周詩話》)。

基於以上的諸種情形，或許將寒山詩視為是一批人的創作，比較而言，有更大的解釋力。由此，我們似乎要充分注意到「寒山詩」作為民間流傳的群體性寫作成果的特性，它們所呈現的文學質素和宗教思想，也都宜於從這一特性出發去理解、把握。

寒山詩，有豐富多樣的內涵。杜光庭《仙傳拾遺》裏提到有一部分「或譏諷時態，能警勵流俗」。作為一個群體性詩歌創作的成果，寒山詩的作者，生活於民間社會之中，故而對日常生活的種種世態、尤其是其負面的種種情狀如下層之生活窮困、世態炎涼等，便多有表現。這些諷勸之作，除了依據民間的世俗倫理來諷勸的一類，有流露宗教立場的一類，主要以佛教義理針對人世行為和心理展開批判。比如有多首勸人信持佛戒不殺生食肉：

寄語食肉漢，食時無逗遛。
今生過去種，未來今日修。
只取今日美，不畏來生憂。
老鼠入飯甕，雖飽難出頭。

殺生食肉是佛教的大戒，而與一般生活習俗大相違反，寒山詩一再苦口婆心是可以理解的。寒山詩精神世界的一個中心是有關死亡的，它一再寫到人生的有限和輪迴之苦：

我見世間人，生而還復死。
昨朝猶二八，壯氣胸襟士。
如今七十過，力困形憔悴。
恰似春日花，朝開夜落爾。

人生一世是非常短暫的，轉眼昔日的壯氣少年已成憔悴老翁。同樣，美貌也終將凋殘：

玉堂掛珠簾，中有嬋娟子。
其貌勝神仙，榮華若桃李。
東家春霧台，西舍秋風起。
更過三十年，還成甘蔗滓。

以漂亮的文詞描摹了美女的容貌之後，陡然轉向乾淨俐落的俗語白話：那不過是一時的假相，再過三十年，美女也就是如同甘蔗滓一般的白髮老太婆了。「甘蔗滓」之喻老醜，源自佛典，《大般涅槃經》卷十二有「譬如甘蔗，既被壓已，滓無復味。善男子，壯年盛色亦復如此，既被老壓，無三種味」云云。寒山詩中俗白而爽利的語言乃至尖銳奇特的比喻多與佛教因素相關，這僅是一例。

杜光庭《仙傳拾遺》還提到寒山詩中「述山林幽隱之興」的一大宗。劉大杰先生《中國文學發展史》特別強調寒山詩「時時加以自然意境的表現」。這是很切當的觀察。《仙傳拾遺》述及寒山詩原是「題於樹間石上」的，「有好事者，隨而錄之」，姑不論作為特定個人的寒山的生活，但可以想見這些詩作產生的山林背景，而「自然意境」在詩中的呈現，正與寒山詩多出天臺隱居者的背景相關。

寒山詩中對於山水景色、尤其對於幽居隱逸生活的環境有細緻的刻畫。詩中寫到隱居所在清幽而罕有人跡或者說人跡難至，乃至隔絕人世。這樣的詩句比比皆是：「可笑寒山道，而無車馬蹤。⋯⋯此時迷徑處，形問影何從。」「人問寒山道，寒山路不通。夏天冰未釋，日出霧朦朧。」「有路不通世，無心孰可攀。」「重岩我卜居，鳥道絕人跡。庭際何所有，白雲抱幽石。」「時人尋雲路，雲路杳無蹤。⋯⋯欲知雲路處，雲路在虛空。」「余家本住在天臺，雲路煙深絕客來。」因而這裏的風光往往有幽淒的氛圍：

以我棲遲處，幽深難可論。
無風蘿自動，不霧竹長昏。
澗水緣誰咽，山雲忽自屯。
午時庵內坐，始覺日頭暾。

這樣的清冷的境界，孤寂的隱居心情，沉迷其中，能有怎樣的收穫呢？隱居真的能求道得道嗎？

從此類表現隱居的詩作中，可以窺見一系列盛、中唐之際始流行的禪學新觀念，比如強調心性的明淨，主張自見本性，過一種無心閒適、任運隨緣的生活。

《寒山詩》中多處寫到心性的明淨，將心性比喻為蓮花，「蓮花」是佛典中極為常見的比喻物，它是清淨的象徵：

隱士遁人間，多向山中眠。……
免有染世事，心靜如白蓮。

寒山詩中還多以明月為象喻：

吾心似秋月，碧潭清皎潔。
無物堪比倫，教我如何說。

心如秋月、碧潭，皎潔清淨；即以皎潔的秋月來形容心性潔淨。類似的象喻，禪宗大師早已在用，《壇經》記慧能言曰：「自性常清淨，日月常明，只為雲覆蓋，上明下暗，不能了見日月星辰，忽遇惠風吹散卷盡雲霧，萬像森羅，一時皆現。世人性淨，猶如青天，慧如日，智如月，智慧常明。」

在禪宗看來，此明淨的心性是個體通向佛道的關鍵。禪宗強調，正是因為本心、本性是本來清淨的，所以識得自性自心，以自心為主人，為自家無盡寶藏，即得了悟：

說食終不飽，說衣不免寒。
飽吃須是飯，着衣方免寒。

不解審思量，只道求佛難。
回心即是佛，莫向外頭看。

衣食生計須是踏實，不煩虛說，這才是正途；向佛也是一樣，當不假外求，回向本心，因此本心本性即佛。寒山詩中屢屢強調對自性的體認，而不是外在的修行作為。比如表示多學無益於得道，也正是同樣的禪宗宗旨：

世有多事人，廣學諸知見。
不識本真性，與道轉懸遠。

保持了自心的明淨，不起心、不使之受污染，便能了絕世事。寒山有詩曰：「水清澄澄瑩，徹底自然見。心中無一事，説清眾獸現。心若不妄起，永劫無改變。」心境澄澈而不染一事便能脱略平常人的種種煩惱，且可由無事無為達致逍遙快樂的境地：

我見出家人，不入出家學。
欲知真出家，心淨無繩索。……
三界任縱橫，四生不可泊。
無為無事人，逍遙實快活。

這詩開篇就批評有些出家者未必得出家修行之實，而強調真正的出家是擺脱種種煩惱的束縛而心靈澄靜，從而可以在世間任意來往而無礙，無為無事而快活。詩中所表露的自在快樂，與無事無為的隱居修道者的生活結合在一起，正是由於心靜無事，自然山間的種種才得到體會和欣賞：

寒山棲隱處，絕得雜人過。
時逢林內鳥，相共唱山歌。
瑞草聯谿谷，老松枕嵯峨。
可觀無事客，憩歇在岩阿。

無事，於是與山鳥同聲歌吟；悠閒，於是眼觀松草而休憩。寒山詩中屢屢形容如此生活風度，實是對於禪宗隨緣任運理念之具體、形象的表現：

平生何所憂，此世隨緣過。
任運遁林泉，棲遲觀自在。
一住寒山萬事休，更無雜念掛心頭。
閑書石壁題詩句，任運還同不繫舟。

「隨緣」、「任運」在詩中一再出現，大抵是篇中點睛之處。

山林隱居生活，原來追求的就是在日常形式上一種遠離塵雜的清閒韻味；而悠然自在、無事常閒的生活，在禪學新潮的背景下，則可以視為一種自覺的任運隨緣的悠閒生活姿態。值得特別提出，寒山詩中所傳達的新禪學觀念，不是直接的言理或者簡捷的比喻，而是往往構成了特定的詩學境界，詩的觀念寄寓在詩所表現的隱居生活之中，與詩作者的隱居生活、心態融為一體：

世間何事最堪嗟，儘是三途造罪楂。
不學白雲岩下客，一條寒衲是生涯。
秋到任他林葉落，春來從你樹開花。
三界橫眠閑無事，明月清風是我家。

這是隱士日常生活的寫照，然而又不能簡單地說就止於此而已，顯然這是一種自覺的生活抉擇。自覺選擇的生活中，才會有快樂。寒山詩中有不少自然流露出隱居生活的超塵脱俗，以及在如此環境中快樂的心境。

今日岩前坐，坐久煙雲收。
一道清谿冷，千尋碧嶂頭。
白雲朝靜影，明月夜光浮。
身上無塵垢，心中那更憂。

隱居修道者靜坐在月下岩上，身無塵垢，處在一個遠離塵垢的世界中。寒山抒寫「山林幽隱之興」的詩篇，往往刻畫了花草、松林、岩泉、清風、白雲、夜月，這並非僅是對隱居生活和山林風景作描繪，其內在的精神是當時的禪學新潮。可以說，寒山詩中隨緣任運的姿態，既是新禪學思潮的體現，又與隱居的具體生活圓融地結合，從而使禪學新觀念在詩歌中得到藝術的呈現。

西遊故事與佛教*

主持人：各位同學、各位朋友，今天是陳引馳教授的最後一講，我想今天這講的整個背景大家會比較熟悉，我們從小就聽《西遊記》、讀《西遊記》的小說，看戲都看《西遊記》。謝謝陳教授，給我們做這麼精彩的系列講座。那我就不耽誤時間，有請陳引馳教授。謝謝！

陳引馳：謝謝鄭教授的介紹，然後也謝謝各位再次光臨，很多朋友是第三次光臨了。今天題目是講《西遊記》。《西遊記》當然是關於唐僧的故事，唐僧玄奘在中國佛教史上，乃至在整個中國文化的歷史上，都是非常著名的一位，那麼《西遊記》當然是一個從佛教歷史裏面發展出來的故事。但作為小說的《西遊記》和歷史的史實，是有所不同的。其中涉及佛教的方面，我待會兒要提到，是比

---

* 2013年11月7日下午講於香港城市大學中國文化中心，為所擔任的「佛教文學」三場系列的第三講。主持人為鄭培凱教授。

較複雜的，就是這裏面是不是完全是佛教的，其實是有爭議的。那麼怎樣來理解？所以我想就作為小說的《西遊記》，其中的佛教影蹤，還是可以給大家疏理、報告一下。

一、《西遊》旨意

(一)《西遊記》定位

說到《西遊記》的佛教意蘊，首先得講一下《西遊記》的旨意。好像大家覺得《西遊記》和佛教關係是天然的，是不需要討論的，但事實上是有一些不同的看法。我們現在看到的《西遊記》是明代小說。明清之際有所謂的「四大奇書」，而大概 20 世紀以後的 100 年，另有一些說法叫「四大名著」，或者叫「四大小說」。我覺得這兩個稱呼，都有點不太好。「四大名著」我特別不贊成，因為既然講中國傳統的「名著」，那有很多，為什麼只有長篇白話章回體小說是名著？《論語》、《孟子》怎麼算？《詩經》、《楚辭》怎麼算？實際上「四大小說」是受到這 100 年來的影響。原來明末清初的人講的「四大奇書」包括了《西遊記》、《水滸傳》、《三國演義》和《金瓶梅》。大概 20 世紀特別是中期以後講的「四大小說」把《金瓶梅》拿掉了，可能覺得這部書不太好，補上了《紅樓夢》，這其實是某一個時代的思想的影響。所以要回到當初叫的「四大奇書」，這是明末清初的時候大家就公認的。然而，不管是當時的「四大奇書」，還是後代的「四大小說」，《西遊記》都是非常重要的一部。

這部書其實有一個特點，我想各位也都熟悉，它那麼多的回目，寫唐僧師徒到西天去取經，非常精彩。剛才鄭教授也講了，可能有些故事，我們從小都記得非常熟。其實不光是鄭教授了，很多學者，包括20世紀可以說非常博學的，也可能是最博學的、讀書讀得最多的錢鍾書先生，據說他最喜歡的小說，就是《西遊記》，他經常會翻來覆去地看。所以很多學者受《西遊記》的影響真的很大。不光是那些非常有學問的、所謂精英的文人、士人、學者對《西遊記》很有興趣，普通人更會。

《西遊記》可能是在這些小說裏跨越程度最大的，因為它不斷的轉化，在古代的時候，《西遊記》包括《三國》的很多故事不僅在中國，而且傳到國外，比如到日本，都有很多轉寫的作品。而且現在也還有，比如《大話西遊》的電影，還有《悟空傳》那本小說，這些故事都在不斷發展，所以這部小說和它的流傳、影響是非常大、非常有趣的。

（二）見木不見林

這部小說一個很大的特點就是，有多達所謂的九九八十一難，說實話，你整部書這麼讀的時候，我感覺，從九九八十一難的每一難都可以開始讀，它相對來說是自成段落的。所以它和一些作品不太一樣，比如《三國演義》。《三國演義》如果不從頭讀，不知道劉、關、張、不知道桃園結義，你就不知道後邊的整個發展。《西遊記》你大概知道這麼主要的幾個人物：唐僧師徒四人、白龍馬，他們是要到西天取經，那麼從任何一回目去讀都沒有問題。任何一個回目進去讀，都讀得下去，都覺得好玩，那真可以講是「開卷有益」。

正面是這麼講，但也有不好的，就是可能會很容易「見木不見林」。任何一個回目都可以看，但是整體有時感覺是模糊的。這是我們的一個閱讀感受，這與中國小說的特點非常有關係。因為中國的傳統小說，如果就整個作品系統來說，要做一個最基本的分別，是什麼呢？在西方，最大的分別是很清楚，就是長篇和短篇，所謂 novel 和 short story 是非常不一樣的。雖然對 short story 有各種定義，可能就是人生當中、或者生活當中的一個片段，基本是這樣；而所謂 novel，比如近代的長篇小說，它必須是一個連續的展開的過程。在西方，講近代以後的第一部長篇小說就是塞萬提斯的《唐吉訶德》，寫唐吉訶德這一個人，它也是散漫的一個一個故事，但是它有唐吉訶德這一個人，有騎士的理想（當然不切實際），到現實世界當中去冒險，去認識這個世界，當然他自己也有反省。基本上是這樣的，它是一個連續的故事。但是短篇就是非常不一樣。但回過頭來看，中國的小說很大程度上，它最主要的分別不在這個地方。如果你要對整個的中國小說做最基本的劃分，它實際上是在文言和白話之間，文言和白話是一個大的分別。文言小說是我們第一講提到的那些志怪、包括唐代的傳奇這樣發展下來的，它實際上是書面的文學，就是讓你看的。白話小說的傳統則是口頭的，是講說的，延續的是說書的傳統，或者像敦煌變文是講唱結合的，一邊打開一張圖然後邊講邊唱。所以白話小說和文言小說的傳統是不一樣的，這是一個非常大的差別。

《西遊記》當然屬於中國白話小說的傳統。這部白話小說雖然是一個長篇，但實際上它是可以拆成一個個片段來讀的，這特別清楚。那麼，也正是這個原因，你可能讀的每一個故事都很有趣，但是整個讀完之後，或許你會有一點兒疑惑，其實從《西遊記》一出現，人們就在問：這個小説到底在説什麼？它有沒有一個中心？它有沒有主旨呢？實際上，對這些問題是有不同的看法的。

「心猿意馬」「求放心」

《西遊記》這部小説，我們現在看到的是明代最後成型的文本。其中第一篇序的作者叫陳元之。陳元之的序裏邊説，他自己看到過在他之前的一篇舊序，舊序裏面就已經提到了，姓孫，悟空的孫，就是猴子了，「猻，猻也，以為心之神。馬，馬也，以為意之馳」。是説心猿意馬，因此要收住、收攝。最早的《西遊記》的序裏面就已經提到這樣一個看法，所以明代對這部小説有很多意見基本上都是從這個角度來談的。我這裏舉《五雜俎》，也是非常有名的筆記，這裏面就講得非常清楚，它講《西遊記》非常的豐富，「曼衍虛誕、縱橫變化」，然後説「以猿為心之神，以豬為意之馳」，這裏面沒有講馬了；他一開始是非常放縱的，「其始之放縱，上天下地，莫能禁制」，那麼怎麼辦呢，就靠緊箍咒：「而歸於緊箍一咒，能使心猿馴伏，至死靡他」，就是關住他，一直到最後就能收住他。「蓋亦求放心之諭，非浪作也。」就是説，不是為了好玩、寫了大家看看，而還是有這樣一個收攝放心的主旨的。由此可見，最初明人就已經有這樣的説法了。

修心煉性與全真道

那麼後來，隨着發生不少變化，明末清初和清代前期，特別是清代初期，對於《西遊記》跟道教的關係強調得非常之多。就説是全真道，煉心、修心、煉性。確實，如果大家看《西遊記》，它裏面有很多諸如金公、木母、黃婆等這些名目，都是全真道裏面特定的內丹修煉的術語，看回目上就有，內裏的敍述也非常多。所以就有了這麼一個《西遊記》與道教關係甚深的看法，清代就有不少人這樣講，而且直到當代，大概 1980 年代，大陸還有人寫了大本的專著，討論整個《西遊記》的過程，說它是一個與所謂煉丹的內丹吻合的過程。

「遊戲」與「混同之教」

再之後，大概到 20 世紀之後、「五四」之後，當然對中國小說有一個重新估量的過程，對《西遊記》的主旨就不是傳統的一些看法了。人們覺得《西遊記》的主題是一個比較難處理的問題吧，我這裏舉魯迅先生的例子。大家知道，魯迅先生的《中國小說史略》是第一部用現代的學術方式來處理中國小說歷史的學術專著，有很高的價值，他在裏面就提出了「遊戲說」。他說「此書則實出於遊戲，亦非語道」。就跟以前的各種意見不一樣，過去古人當然有分歧，但都認為是言道的，至於收心、放心也好，還是還丹大法也好，當然也有說是佛教的（肯定它本身就是佛教歷史發展過來的）。但是魯迅說《西遊記》不一定是講什麼道理的，就是一個遊戲。魯迅先生講，裏邊是「五行生尅之常談，尤未學佛」，現在看到的《西遊記》的作者根本對佛教不通。為什麼呢？他舉了一個例子，「故末回至有荒唐無稽之經目」，唐僧最後取經成功了，魯迅對此關注得非常仔細，指出他們取經回去的那個目錄，開列出來確實有很多差錯：經典的名目有錯，卷數有錯，原來可能是很小的一部經，小說裏講有幾十卷、乃至上百卷。因此魯迅覺得作者應該對佛教非常的不了解。提出「遊戲説」之後，魯迅先生最後説這部小説「特緣混同之教，流行釆久，故其著作，乃亦釋迦與老君同流，真性與元神雜出」，就是道教的這些東西和佛教混在一起講，「使三教之徒，皆得隨宜附會而已」，小説裏面儒、道、釋都可以看到，都有符合各家的東西在裏面。魯迅先生是一個很了不起的文學家，也是一個很重要的學者，比如認定《西遊記》這部小説是吳承恩作的，就是他力主的，當然現在實際上也沒有很確鑿的證據證明吳承恩的著作權。但魯迅先生作為一個非常重要的研究《西遊記》的學者，他講書的主旨是「遊戲」，而且他説是混同儒、道、佛的。當然，你可以認為魯迅所講的是一個比較周全的説法，也可以説他什麼都沒有説，基本上是一種調和之論。關於《西遊記》的主旨，簡單這樣回顧一下各種看法的變化過程。

二、神魔之間

（一）從玄奘到悟空

有以上的回顧，我們可以了解，《西遊記》這部小説，要想很清楚界定它到底是部什麼性質的作品確是一個難題。魯迅先生的講法有他的道理，確實是儒、道、佛各家混雜的。那麼這裏想比較客觀地把小説先做一個簡單的分析，然後我們再談它跟佛教的一些關係。

魯迅先生在《中國小説史略》裏有一個「神魔小説」的提法。神魔是什麼？我想，對《西遊記》而言，最主要的就是，以今天的「西遊」小説和實際的歷史做比較，最大的差別是其中出現了孫悟空，出現了這麼一個非同尋常的猴子，猴子的出現是整個後來小說《西遊記》和原初真實歷史間最大的區別。我們以前的講座提到玄奘到印度取經，回來後口述了《大唐西域記》；他的兩個弟子曾經為他寫了《大慈恩寺三藏法師傳》，這部書篇幅挺大的，有好幾萬字，是中國傳統傳記文學非常重要的一部作品。以這些可謂可靠的史傳性著作與《西遊記》小說比較起來，最大的一個改變，就是孫悟空這一猴子形象的加入。

回顧西遊故事的演變，它有一個演變的過程，其中有最重要的幾個關節點。早期它當然是個歷史事實：玄奘到印度去，回來以後奉唐玄宗之命口述了《大唐西域記》，別人給他記下來；然後他的弟子為他做了《大慈恩寺三藏法師傳》；還有其他零星的材料，包括《釋迦方志》等。《大慈恩寺三藏法師傳》是非常重要的，從歷史事實來講，整部傳記的主角毫無疑問是玄奘、是唐僧，而且他的經歷已很有傳奇性。比如，大家都知道，他當初出國境的時候，實際上是偷渡出國的，當時有禁令，不讓走，是唐僧他自己私自跑出去的。所以，他當時非常危險，偷渡的時候幾乎被射死：他躲在沙溝裏邊，因為要過沙漠、戈壁、荒地，所以要用水袋來盛水，結果一箭射過來，幾乎射中他的膝蓋，又連續射箭，所以他最後沒辦法，只能大叫「我是京師來的和尚，你們不要射我」。所以，你如果讀《大慈恩寺三藏法師傳》，就會發現他經歷了很多這樣的危險、風險。這部傳記裏還說在沙漠裏面，只能看到動物的骨骸，還有馬糞，這些東西是標示着曾經有人在這裏走過，但既是骨骸，就表明那些人沒有走出去，最後死在這裏了。但是不管怎麼樣，這是一條道路，玄奘只能沿着往前走，什麼都看不到，突然看到有幾百個軍隊出來，張着各種各樣的旗幟，還有大象、駱駝這些動物出沒，「遙瞻極著，漸近而微」。我們今天對這些情形，完全有知識能了解了，這就是沙漠裏面的海市蜃樓，對吧？當時它是非常特別的東西，於是玄奘特別記下來了，「遙瞻極著，漸近而微」這八個字實際上就是說當時海市蜃樓的情境。玄奘還寫到曾遇到幻象，身邊纏繞很多惡賊，非常恐怖，然後他聽到空中的聲音「別怕，別怕」，心才稍微安定下來。所以你可以想像，這些故事連綴在一起的時候，是很有傳奇性的。後來還有很多故事，包括玄奘遇到過強盜，幾乎要被殺掉，那已是到了印度之後，有一次乘船，被水賊抓住，看玄奘相貌很好，便要殺了他去祭天、祭他們的天神，真是性命垂危。所以，我們可以想像，在當時那樣的情況之下，玄奘走那麼遠，到西域、印度去取經十多年，往返經歷那麼多的艱苦，對一般人來講是一個非常奇異的經驗，因此它非常容易被大家關注。如果加上適當的興趣、發揮和想像力的話，它有一個很大的空間可以讓故事去發展。

到了宋代的時候就出現了一個相關的文本，這是在整個西遊故事發展當中非常重要的文本，《大唐三藏取經詩話》。這部書在中國本土已經失傳了，但是在日本，1910 年代被發現。當時兩位非常有名的學者羅振玉和王國維，看到了這部書，有兩個不盡相同的文本，將它們都印出來了。王國維先生還寫過一篇〈跋〉，考證說這是南宋時代的作品。後來又有很多的爭論，像魯迅先生就認為是元代的。但現在從目錄學、文獻學的角度考察，基本上確定《大唐三藏取經詩話》應該確是南宋的文本。

《大唐三藏取經詩話》為什麼叫「詩話」呢？這個用法現在也是很少的。我們今天講的「詩話」是指評論詩歌的詩文評著作的一個種類。而這部《詩話》是這樣的：它講一個故事，講完了之後，往往最後就有一篇「猴行者詩曰」之類的韻文，一段故事最後用詩來總結。它一共有十幾節，每一節的最後都是這樣用詩的方式來結束，所以大概因為這樣的形式特點被稱為「詩話」吧。這部《大唐三藏取經詩話》沿着歷史上所提供的那個奇幻的方向，在神秘的經驗基礎之上開始發展。這個發展裏面，有一些故事，就是我們後來在《西遊記》裏面所看到的。比如，女兒國的故事，它在《大唐三藏取經詩話》裏面已經有了。當時女王讓法師（就是玄奘）進宮，宮中盡是美女，「美貌輕盈、杏眼柳眉」，衣服也都非常光鮮，看到法師以後都非常高興，說我們這兒是女兒國，沒有丈夫，沒有男子，所以你們來了非常好，我們在這裏起一個廟，「請師七人」（當時隨行的人一共有七個人），就住在這兒，「早起晚來」我們都會「入寺燒香」，聽你們說法、種植善根。這不是很好嗎？然後我們國家也就有你們七位男子了。法師當然說不行，我怎麼能留住在這裏呢？我從東土來，是要去西天取經的。最後女主就跟他講，「和尚師兄豈不聞古人說：『人過一生，不過兩世』。便只住此中，為我作個國王，也甚好一段風流事。」這一情節，《西遊記》裏面自然大大鋪展了，描寫女主想通過誘惑把唐僧留下來，而《詩話》早已留下了「一段風流事」的影子。既然和尚再三不肯，辭行，女兒國的諸位都流淚了，說你們去了以後不知道我們什麼時候再能見面。由此可見，《大唐三藏取經詩話》出來以後，西遊故事的一些情節，雖然非常簡單，但這些故事情節後來確實都被《西遊記》吸收了。

這就要回到前邊説到的那個特別重要的問題，就是猴行者的出現——《大唐三藏取經詩話》裏還不叫孫悟空，孫悟空是《西遊記》裏面的名字。《大唐三藏取經詩話》出現猴行者，是整個故事發展過程中最重要的一個轉變的關頭。根據現在看到的情況，基本上可以確定，猴子進入西遊故事的時間，是在宋代。有兩個證據，一個剛才就説了，是《大唐三藏取經詩話》，作為基本可以認定是南宋的文本，裏面已經有猴行者的形象了。還有一個差不多同時代的證據，南宋晚期有位非常著名的文人叫劉克莊，他寫過一組六言詩，其中有一句「取經煩猴行者」。什麼叫「煩猴行者」？當然就是煩勞、借重，要偏勞「猴行者」的意思。由這兩個例子（《大唐三藏取經詩話》和劉克莊的《釋老》六言詩）就可以確定，至遲到南宋末年，猴行者肯定已經進入西遊故事了。還有一個年代更早的證據，出自敦煌石窟壁畫，但不是在今天最知名的莫高窟，而是在附近的西夏時代的榆林窟，壁畫裏出現的形象，一位有項光的是唐僧，還出現了一匹馬和一位仰着的猴頭的形象。研究者也把這個壁畫作為猴子進入西遊故事的重要證據，而如果石窟是西夏時代的，那猴子現身西遊故事的年代可能更早。

回到《大唐三藏取經詩話》，隨着猴行者的出現，西遊故事最重要的轉變，就是猴行者基本上取代了唐僧，變成整個故事的主角。降妖伏魔，遇到各種的障礙困難，都是猴行者挺身在前。如果我們讀《大唐西域記》，特別是《大慈恩寺三藏法師傳》，裏邊的中心角色、主角毫無疑問是唐僧，他是一個非常有勇氣、有信仰、艱苦卓絕、了不起的僧人。他到印度去取經，克服了千難萬險。而《大唐三藏取經詩話》大概有十幾節，第一節已是殘本看不見了，

第二節還保存着，這時猴行者已經出現了，從此整個故事的主角就是他了。遇到什麼困難，經常是猴行者向大家提示說，前面我們要經過哪裏、那個地方有什麼妖魔鬼怪或者困難險阻，然後他就往前走，碰到各種各樣比如白虎精之類的妖魔鬼怪，他來殺滅解決。法師就變成了一個旁觀者，變成了一個和《西遊記》裏面的唐僧差不多的形象，不再是一位主要人物。這樣一個主角的轉換，是非常明顯的，相信是在宋代就已經完成了。

關於猴行者有一個非常大的爭論，就是猴行者到底是從哪裏來的？《大唐三藏取經詩話》中他一出來，就已經說「我是花果山紫雲洞，八萬四千銅頭鐵額獼猴王。我今來助和尚取經。此去百萬程途，經過三十六國，多有禍難之處」。往西域去有「三十六國」是一個習慣的說法，是漢代以來就有的。「八萬四千銅頭鐵額獼猴王」，後來《西遊記》中大家耳熟能詳的「銅頭鐵臂」已經出現，「花果山」已經出現；而「八萬四千」這個數字有鮮明的印度色彩，佛經中常常見到：因為中國人好像沒有那麼厲害的——數字上面印度人比中國人厲害得多，中國人的講法，你看白居易的詩「後宮佳麗三千人，三千寵愛在一身」，後宮有三千美女就已經不得了。佛經裏更甚，經常就是八萬四千如何如何，數量很大，像記錄釋迦牟尼最早還是王子的時候，他的父親因為要阻止他出家，給他娶了美麗的太太，擁有各種榮華富貴——當然他最後還是離家出走了——那個時候就講他宮裏有八萬四千綵女。所以一看「八萬四千」，如果足夠敏感，就知道不是中國人的想法，是印度來的。一些學者就認定猴行者有印度的血統。比如胡適先生專門寫過《〈西遊記〉考證》，他跟魯迅先生一樣，對現代的《西遊記》研究很有貢獻。在這篇《考證》裏，胡適就說，中國和印度有一千多年的文化的交往，印度人來中國很多，所以他認為猴子就是印度來的，而且就是從印度史詩《羅摩衍那》轉移過來的，他說：我假定《羅摩衍那》中的主要形象猴王哈奴曼就是猴行者的來源。再後來，中國非常重要的一位印度學家、梵文學者季羨林先生，在 1950 年代寫了一篇《印度文學在中國》的文章，也特別講《西遊記》裏面有很多印度的成分。當然你要把孫悟空的來歷搞得非常清楚是不可能的，但他身上肯定有一些是印度神話的因素，季先生說「它同《羅摩衍那》裏的那一位猴王哈奴曼太相似了，不可能想像他們之間沒有淵源的關係」。為什麼哈奴曼是猴行者的來源？具體的理由，胡適就提到，孫悟空神通廣大，能夠有各種各樣的變化，這就跟哈奴曼很像；而且原來哈奴曼是學問非常淵博、精通文法的一個人物，而《大唐三藏取經詩話》裏面猴行者最早出現的時候，是一位白衣秀才，所以胡適說，白衣秀才的猴行者和哈奴曼作為一個文法大家，這之間可能是有關係的。包括後來在台灣的學者糜文開，他也是研究印度文學的，同時研究《詩經》，他曾經就寫過文章說孫悟空的本領有些與哈奴曼很像。他比較了孫悟空一個特別的本領，就是翻筋斗雲，一個筋斗雲十萬八千里，而中國的神仙，都是端端正正的坐在雲上騰雲駕霧，比如《莊子・逍遙遊》講列子「禦風而行」，而孫悟空不是，他是捏着一個拳頭，然後往前，就像前滾翻一樣，一翻翻出了十萬八千里，中國以前的神仙沒有這樣的，《楚辭》裏面有「乘雲車」、「載雲旗」，不是這樣的，所以孫悟空十萬八千里筋斗雲的本領和哈奴曼是一樣的。他還提到了哈奴曼曾經變成了一個小蟲鑽到對手龍的肚子裏去，而大家都熟悉，孫悟空借芭蕉扇的時候鑽到鐵扇公主的肚子裏，兩者很相像。所以他舉了很多蛛絲馬跡的情況來論證，猴行者孫悟空形象和哈奴曼有關係。

這些當然都對，但是這裏面其實有一個很大的問題。講起來很有趣，孫悟空與哈奴曼也真的是蠻像，可能是有關係，但是要把事情完全落實，也有困難。另有一些學者，比如魯迅先生就不同意。最主要的是曾經有一位學者吳曉鈴先生，是研究中國小說戲曲的專家，對印度文學、佛經也有很好的了解，他專門寫過一篇文章，說整個《羅摩衍那》是一部印度長篇的詩史，很多卷，它是什麼時候譯出來的呢？中國人完整了解《羅摩衍那》是在什麼時候？是季羨林先生翻譯的，季羨林先生在「文化大革命」的時候被打倒了，白天的時候去看門，根本不能做事，晚上回去翻譯這部印度文學的巨著，到了「文革」結束以後，才全部譯完並出版。所以《羅摩衍那》的全貌被大家了解實際上是非常之晚的。那麼從歷史上印度傳過來的材料來看，吳曉鈴先生做了一些研究，認為最主要就是《六度集經》和《雜寶藏經》兩部佛經裏邊有兩段故事，可以算是《羅摩衍那》的兩大片段。但那真的太有限了，即使這兩段拼合起來，也根本沒有辦法了解印度史詩原本那麼多的細節。所以他認為，我們如果要講兩者之間存在一種影響、接受的關係的話，沒有完整的了解，怎麼會有那麼多類似的細節？

（二）神與魔的分層

我們還是回過頭來，說說孫悟空。不管怎麼樣，猴行者或者後來《西遊記》的孫悟空進入了西遊故事之後，最大的轉變就是他取玄奘而代之，成了整個故事的主角。這造成了一個非常重要的分別，就是前面提到的，有了神和魔的不同，形成了兩個層次。孫悟空其實是代表魔的方面，你看他大鬧天宮，一出世就特別重要。大鬧天宮是新的，是玄奘西行求法的故事裏沒有的。這個新出現的故事裏面很重要的點在於，這是一個下界的妖猴，對上界的神、玉皇大帝的天宮系統的反抗，所以造成了神、魔兩個世界的分隔。所以《西遊記》很大程度上都可以從這個角度去理解，它是神、魔兩層的世界。

大概在 1950 年代的時候，有一位中國的小説家張天翼——夏志清先生寫《中國現代小説史》的時候，除了魯迅這樣早就奠定文學史地位的重要作家之外，他為幾位作家單獨列了章節，認為這些作家的成就、貢獻很大，比如錢鍾書、張愛玲，這幾位後來都鼎鼎大名，張天翼也是專列章節的一位，不過他現在沒有像張愛玲、像錢鍾書那樣大熱起來——寫了一篇文章，適應當時的形勢，説孫悟空的反抗天宮就是階級鬥爭，代表着下層階級對上層的反抗。當時也還蠻有迴響。不過，《西遊記》這部小説，我覺得並沒有那麼高的覺悟，基本上跟中國過去的傳統小説是差不多的。你看，孫悟空之所以要反天宮，其實他根本沒有所謂的階級意識。我覺得很簡單，他其實並不從根本上反對那樣一種凡間和天宮的秩序。他就是石頭裏蹦出來的猴子，他什麼都不知道，就想求得長生不老，於是到處漂流，學到了長生不老之訣，然後覺得回去做猴王很得意。結果後來還是被地獄勾魂把他勾去，突然發現自己仍歸地獄管，就惱火了，把生死簿一筆勾銷，然後到東海龍王那裏去把定海神針拿來，導致海龍王跟地獄裏面的閻羅王一起告到玉皇大帝跟前，然後玉皇大帝派天兵天將來收拾他，對不對？天宮的兵將去打，打不過他，就去招安，讓他做弼馬温。孫悟空做弼馬温很高興，而且盡心盡責，做得很好，對不對？結果是跟他下屬喝酒，得意地問：我弼馬温做得怎麼樣，是真做得很好的自我感覺；但他想起來我這個官到底是什麼呀？下屬跟他講這個不好說、不好說，他認為「不好說，那想是極大的了」。等到最後搞清楚什麼都不是，竟是那麼芝麻綠豆的一個小官，就發火了，就反下天宮去，撐起旗子叫「齊天大聖」。玉皇大帝聽了太白金星的話，就給他一個齊天大聖的名號，重新招納回天上。住在天上，他就很高興了，讓他管蟠桃園，結果後來偷桃子吃，終於覺悟了，蟠桃會請了那麼多人，什麼赤腳大仙都請了，我齊天大聖卻沒被邀請，於是把蟠桃宴給砸了。對不對？所以它是一步一步的，發現自己在系統當中地位很低下，他主要是對這個情況不滿。我覺得，這個大鬧天宮的故事，可能和《水滸》差不多，就是說孫悟空當年是只反貪官不反皇帝，他是不能接受自己在秩序中的低下位置，但是不反整個的秩序。所以《西遊記》中孫悟空加入以後，構成了下界的妖猴，玉皇大帝也是稱他「妖猴」的。在小說裏，上界的天宮這樣一個系統，是穩定的，小說也並不是要把這樣一個下層對天宮的反抗作為中心來寫。而且你看，神、魔之間是有溝通、有升降的，孫悟空整個過程就是從下界的妖猴慢慢變成神，當然到達西天之後終於成佛，所以對於孫悟空的成長而言，這是一個上升的歷程。如果把早期的大鬧天宮和後來的西天取經很多情節糅合在一起來看的話，裏面的一些妖魔實際上就是在神、魔兩界之間升降：有一些是上天原來的神靈，或者是某一神靈的坐騎，下凡來做妖魔，最後被收服了以後，回到上面的天界去了。天與地、神與魔之間升降的通道，也表示整個小說中的世界是有這樣一種溝通的。所以，我覺得它整個是一種肯定秩序之下的反抗。

但神、魔二元的建立有什麼意義呢？在很大的程度上，因為有了神與魔的二元建立，你可以說《西遊記》就具有了宗教性。從現代宗教學角度講，很簡單，宗教一個很重要的要素是，它必須有凡和聖這兩個層面，構成了這兩個層面後這兩個世界就是不一樣的，有了一個超凡入聖的方向。所以《西遊記》有神和魔的兩面之後，其實它就是一部有宗教性的作品了，這也是孫悟空加入西遊故事的重要意義吧。

三、師徒關係

（一）主角的轉換

進一步來談孫悟空加入《西遊記》以後，他和唐僧的關係，這也是非常值得玩味的。如果一個小孩子來讀《西遊記》，他會覺得孫悟空是最主要的，他不要看到唐僧，一路降妖除魔，老是礙手礙腳的，對不對？小孩子就要看怎麼降妖除魔。所以孫悟空是真正的英雄，他代替了玄奘，成為勇氣和力量的象徵。

（二）相互的依持

但是在整個故事當中，有一點是始終沒有改變的，就是從整個小說的人物結構關係來講，唐僧的地位始終是高於孫悟空的，唐僧永遠是師傅，孫悟空永遠是徒弟。而且你還可以看到，孫悟空始終是誠心誠意地輔佐着唐僧。為什麼會這樣？如果要理解的話，恐怕還是要從宗教角度去理解。因為《西遊記》裏邊人物的關係，和歷史當中的有一個很大的不同，前面也提到，在歷史當中，當時玄奘是私自出境的，沒有任何的保障，是他個人的追求；但在《西遊記》裏面，你們可以看到，一路碰到的妖魔鬼怪，他們都講唐僧是「大唐御弟」，因為他是唐太宗的結拜兄弟。在歷史當中，是玄奘回來之後唐太宗對他非常尊重，他們之間構成了一種比較密切的關係，在他出境之前根本不存在這樣的關係；但在《西遊記》裏面，兩位之間的緊密聯繫早就存在了。而且大家知道他到西天去取經，一路上觀世音菩薩都會護佑他，包括如來佛也知道這件事情。所以實際上，在小說當中，唐僧是得到了神界的如來佛和世俗的皇帝唐太宗的雙重認可的，他的合法性就是在這個地方。孫悟空的合法性，無論在宗教上講也好，還是從世俗的政治來講也好，都不具備合法性，所以孫悟空始終是不能夠超越唐僧的，而且是因為唐僧西行求法途中收他成為弟子，才獲得了救贖的機會，可以從當初大鬧天宮所受的鎮壓之下解脱出來。

還有一點很重要。如果要追究的話，人們經常看到唐僧很煩，因為一直説「這不是妖怪，你千萬別打，這真是好人」，比如大家最熟悉的「三打白骨精」。白骨精的事情完全是可疑的，她第一次變成一個村姑，挎着籃子裏面有饅頭，來引唐僧、豬八戒和沙僧走出了孫悟空用金箍棒畫的那個圈；這時候正好孫悟空回來了，火眼金睛一看這是個妖怪，拿出金箍棒一棍打死；打死白骨精之後籃子裏面香噴噴的饅頭變成爬蟲啊這些，肯定不是饅頭了。但是唐僧還是認為你不對，你怎麼能把小姑娘打死了，可謂「可疑處不疑」，因為就算是一個常人的話，看到這種情況應該也覺得可疑，但唐僧還是說你不能這樣，你下次再這樣的話，我就把你趕走。結果後來孫悟空又把白骨精化身的老太太打死了，又把她化身的老爺爺打死了，唐僧就跟孫悟空說「你回去吧」，把他趕回花果山了。

那麼這裏面包涵着什麼意義呢？如果從宗教的立場上來講，是比較好理解的：對唐僧來講他對一切持善的觀念，不管你是好人、壞人，都應該儘量用善意來對待，他是無往而不善，這是他的基本態度，所有的殺生、傷害都有問題。孫悟空在這一點上是不一樣的，當然我們用今天的價值觀來看，孫悟空很好，他除惡務淨、愛恨分明。不過，有的事情其實跟他沒有關係，如果人家來吃唐僧肉，你把妖魔給降伏了，你保護師傅，是對的；但有的時候不是這樣，有的時候就是路見不平，拔刀相助，他看到壞人就要如此。比如為什麼會收服豬八戒呢？就是唐僧與孫悟空借宿在高家莊，結果莊主說有一個妖怪一定要娶他的女兒，其實孫悟空他們睡一晚上，第二天走路就完了，他卻偏說不行，我要把妖怪抓住，然後就去假扮成高家的女兒，跟豬八戒一番爭鬥，最後為師傅收了一位新徒弟。所以他很多地方就是這種路見不平、拔刀相助、除惡務淨的態度。這在我們今天的觀念上是好的，從世俗的觀點看它是有道理的，但是他是要用一種殺生的、毀滅的手段把壞的全部摧毀掉。而在唐僧的立場來講，即使是惡的也要用善心來對待。所以我覺得如果從比較嚴格的佛教立場來講，唐僧確實比孫悟空更包容、有善心。所以或許小說當中唐僧比孫悟空更高，自有它一定的道理。

四、情節佛源

我們首先交代了歷史上對《西遊記》的主旨，有不同的看法；接着提到孫悟空加入之後，有神與魔的兩個世界的分別，從而小説具有了宗教性；從唐僧與孫悟空的師徒關係來看，從一般的閱讀的感受來講，孫悟空應該是為主的，但在小説當中則是唐僧始終佔據主導地位，這是為什麼？我覺得如果從宗教的角度去理解的話，或許是可以解釋的。那麼，順理成章，我們就要進入《西遊記》與宗教、與佛教的關係這一部分。

無論過去有怎樣的各種觀察和意見，《西遊記》毫無疑問有相當多佛教的成分。我不是説它最初產生就來源於佛教歷史的事實，或者它原來所具有的佛教的成分，而是説在小説裏面後來加入的那些：它發展成一個小説以後增加的很多情節、故事裏面所呈現出來的跟佛教的相關性。

過去有學者對此做過研究，最重要的可能就是陳寅恪先生，他是中國20世紀非常了不起的歷史學家，他寫過一篇文章《〈西遊記〉玄奘弟子故事之演變》，在文章裏面做了一些考察，引用豐富的材料，比如《六度集經》、《中阿含經》、《賢愚經》等佛經文獻，論證大鬧天宮的情節實際上是從不同的佛教典籍裏面糅合在一起而最後形成的。這確是比較重要的一個問題，因為如前邊談到的，整個《西遊記》故事中到西天取經是真實歷史中固有的，而大鬧天宮完全是新的呈現，是「西遊」故事展開前非常重要的環節。這一部分如果是與佛教有關的話，當然就説明「西遊」故事發展過程中吸取了很多佛教的因素。各位有興趣，可以去看陳先生的這篇文章，收在《金明館叢稿二編》。

（一）食小兒心肝

此處舉另外一些相關的例子，可能比較細碎，但是從這些故事情節當中，可以看到有很多都有佛教的因緣。比如說，第七十八回裏面的一個故事，反映了佛教和道教的衝突，是我很關心的多元宗教背景下的文學表現。

第七十八回說，唐僧師徒來到一個國家，叫比丘國，比丘就是和尚。但這一個比丘國很奇怪，滿街上放的都是籠子，籠子裏面裝的都是小孩。原來是有個道士與國王關係很好，向國王進言；道士一開始給國王進獻美女，那國王當然很高興，結果身體吃不消，於是道士就建議他要吃小孩，吃 111 個小孩。反正這些壞事都是這個道士做的：先是推薦美女，國王承受不了了，然後他就推薦吃小孩，要吃 111 個小孩的心肝，這樣吃下去國王的身體才會好。

這個故事情節發生在《西遊記》七十八回的比丘國，但在佛經《賢愚經》中也有。之前的講演中，我們提到過，《賢愚經》其實不是印度本土的佛經，而是在于闐，也就是今天新疆和田一帶，當時五年一次的佛教大聚會的時候，很多西域高僧在那裏說法，有八個和尚隨緣聽講，把它記錄下來，匯合而成的，是一部會議講演集。這裏面記錄了一個故事，說有個國王要吃小孩的心肝，每天讓他的庖人收小孩，當然是偷偷進行的，結果後來吃的小孩多了，小孩越來越少了，然後大家就找，一查找就知道了事情的原委，於是大家包圍王宮，要殺掉國王，國王於是變成飛行羅剎跑到山林當中去。後面羅剎國裏的故事仍在發展，不過，我們只要知道吃小孩的這樣一種情節在佛經裏面也是有的。

（二）變化與鬥法

比較有趣的是變化與鬥法。這可能是大家讀《西遊記》感到最有趣的部分，讓人覺得真精彩、出人意料。但是我下面講了以後，大家就可以了解，其實如果我們從佛教的傳統來理解的話，這並不那麼令人驚心動魄。

比如第四十六回的故事，孫悟空在車遲國，與虎力大仙、鹿力大仙、羊力大仙鬥法。他們開始比各種各樣的本事，什麼坐禪，什麼呼風喚雨等，比到後來，不分勝負，就要一點點提升，到最後賭注越來越大，到了賭命的地步。道士要與孫悟空比什麼呢？把頭砍下來再裝上，刨腹剜心，把心挖出來，然後再讓它長起來。孫悟空說這沒什麼，嗖的一聲他的頭被砍下來，然後劊子手一腳把他的頭踢得很遠，滾西瓜一般滾了三四十步遠近，他的腔子裏並不出血，他就叫「頭來頭來」，是要叫頭回來，斷了以後重新再接上。但是虎力大仙等施了咒法，將頭定住了，孫悟空叫了幾次頭都回不來，最後沒辦法，叫聲「長」，於是腔子裏又長出一個頭來。就這麼一個故事。我們看了驚心動魄，頭怎麼砍了又能夠接上，喚不回來又可以再長一個出來？這個情節完了以後，下面雙方再賭。賭什麼呢？剖腹挖心。孫悟空也二話不說，他說我前幾天吃得不舒服，正好給我洗洗肚子，於是被刨開肚皮、拿出腑臟、洗淨腸胃：他搖搖擺擺走到沙場上，「將身靠着大樁，解開衣帶，露出肚腩」，「劊子手將一條繩套在他膊項上，一條繩劄住他腿足」，寫得非常細緻，然後用一把「牛耳短刀，幌一幌着肚皮下一割」就出了一個窟窿，然後行者自己把肚子扒開，拿出腸臟來「一條一條理夠多時」，腸子得理清楚，然後「依然安在裏面，照舊盤曲」，重新排好，「拈着肚皮，吹口仙氣，叫『長』，依然長合」。

這樣的故事情節，奇異驚人，不過如果你了解佛教的傳統，回到我們之前的講座講到過的中古傳奇，與佛教的或者西域胡人的法術相關，所謂肢體斷開又能接上，這樣的故事非常之多。比如干寶的《搜神記》很有名，裏面記錄了一個故事，講「天竺胡人」——「天竺胡人」應該是位印度人，如果光是說「胡人」則不一定——「來渡江南」，這個人是有數術的，他能夠「斷舌復續」，還能吐火；大家四面圍觀，天竺胡人割斷舌頭之前，先把舌頭吐出來給大家看，然後用刀一下子把它割斷，「血流覆地」，他將舌頭能放在一個托盤裏，有點像《水滸》裏寫的那樣，「傳以示人」，待這半截舌頭傳完了，他把舌頭「取含續之」，取過來重新放到嘴裏接上，「坐有頃」，還要坐一會兒，然後再將舌頭伸出來讓大家看，舌頭還跟原來一樣，「不知其實斷否」，不知道舌頭到底真的斷過沒有。今天去理解，或許認為這是魔術表演，但我們不適合將它僅僅當作魔術來理解，來看下面這個例子。

晉朝的時候，有一個「衣冠族姓」某「甲」，突然生病死掉了，魂靈到了司命（司命在中國過去傳統中是管人壽命的）那裏，司命一推算，說他陽壽未盡，不該死，搞錯了，也就是說他們鬧了一場工作失誤，勾人魂靈勾錯了，得讓他回去。結果不巧，甲突然感到腳疼，不能走路，回不去了。管人壽命的這幾位也很着急，因為他們工作失誤就必須糾正錯誤，現在腳疼回不去，問題就大了，「我等坐枉人之罪」，我們犯了錯了！怎麼辦？他們想起來，剛勾魂勾來一個人，這位是胡人「康乙」——所謂「康乙」，通過姓「康」，我們可以知道大概是中亞康居國的人，肯定是位胡人——這位中亞的康居國人死了，正在門外，這個人的壽命沒算錯，是該死的，但他的腿腳沒問題，是很矯健的，所以司命想讓他們把腳換一換。正待換腳，甲覺得胡人的腳很醜，「殊可惡」，這個「惡」不是善惡的惡，是醜，所以「甲終不肯」，然後司命說如果你不換的話就要一直留在這裏了，就回不去陽間了。甲沒辦法，只好換：兩人把眼睛都閉上——閉眼是很重要的，中國過去各種法術、巫術裏面閉眼很重要，有時候眼睛一閉就已經走出多少里地去了——眼睛一閉，一下子兩個人的腳就換了，然後就讓甲回去。甲回去之後，醒過來了，和家裏人講了這個事情，看一看自己的腳，果然是胡腳，「叢毛連結」，胡人毛比較多，和漢人不太一樣，「且胡臭」，是說胡人有味道，狐臭。「甲本士，愛玩手足」，你們知道貴族是非常精細的，拿出手來一看，手是什麼樣的，就知道你是幹粗活的還是養尊處優的老爺，因此甲非常珍視自己的手足，突然有了這麼一雙醜陋的腳，「了不欲見，雖獲更活，每惆悵，殆欲如死」，甚至覺得生不如死。旁人知道了這件事，就告訴他最近是有一位胡人死了，但還沒有下葬，連具體的地址都有：「家在茄子浦。」甲知道後就趕快跑去看，一看胡人的遺體真的還停在那裏，果然自己的腳長在胡人的身上。那一刻正當要下斂，甲於是「對之泣」。最妙的是，胡人的孩子也是性情中人，每到節日的時候就非常想念自己的父親，然後就跑到甲這裏，抱着他的腳哭，因為腳是他父親康乙的。這個故事，表明當時確實有一種觀念，認為人的肢體是可以調換的。這一故事出自《幽明錄》這部志怪書，這是很重要的一部書，是《世說新語》的主編者劉義慶編的，講人間和鬼的事情，「幽」指鬼界，「明」是人世，講的就是陰陽兩世的故事。至於人的肢體何以調換，《幽明錄》沒有明講理由，要了解其意涵，不妨再看下邊這個出自佛經的故事。

這個故事見諸《大智度論》，這是一部非常重要的屬於佛教論部的經典。這個故事的重要，就在於它講清楚了為什麼肢體是可以轉換、接續的，這背後有佛教的道理。《大智度論》講，過去有一個人走遠路，到了晚上他就住到了一間空房裏，恰好碰到有鬼來，一共兩個鬼一前一後，前面的鬼抬着死人跑，後面的鬼追過來，說死人該歸我，前鬼、後鬼就互相爭這個死人。爭來爭去，最後發現了房間裏有這位走夜路的人，就說我們問他，讓他來判斷死人到底該歸誰。這人想，完了！這兩個都是鬼，我該怎麼辦？他想無論怎麼說恐怕都很危險。最後他想還是講實話，便說我看到的是前面的鬼把死人拖來的。後鬼大怒，就抓住他的手，一下子把他手臂拔下來了，前鬼一看，就把死屍的手臂拔下來給他接上，然後一個拔一個接，一個拔一個接，一下子他的四肢五體都換掉了，「兩臂、兩腳、頭脅，舉身皆易於是」。這時候，兩個鬼倒不爭了，「二鬼共食所易人身，拭口而去」，將此人被換下來的原初的肢體都吃了！這人此刻就愣了，他想父母把我生下來，眼見着我的身體被鬼吃掉了，那我這個身體到底是怎麼回事？現在我的身體都是那個死鬼的肉了，我如今這個身體到底算誰的？他就很困惑，然後就往前走，走到一個佛塔，遇到和尚，就請教他們，於是那些和尚解釋說：「從本已來，恆自無我，但以四大和合故，計為我身，如汝本身，與本無異。」四大就是地、水、火、風這四大要素——這不僅是佛教而是印度傳統裏早就這樣講——這四大要素「和合」就是因緣聚合在一起，才有了你身體，所以你這個身體，都是因緣聚合的，當初你的四肢五體是因緣聚合而成的，現在你被換掉了，這也是一種因緣聚合，所以你現在的身體跟你原來一樣的，都是因緣聚合的，沒什麼差別。他一聽，一下子就覺悟了，「諸比丘度之為道，得阿羅漢果」。佛經裏經常講了一個故事之後，最終會把道理揭示出來。《大智度論》的這個故事説明，身體、肢體之所以能轉換，是因為它後邊有佛教的道理：人身是因緣聚合的，因緣聚合在不同的條件之下可以散也可以聚，所以肢體的重新組合是可以的。

所以從《大智度論》一路回過頭去看的話，我們可以知道《幽明錄》、《搜神記》裏面的故事情節之出現，其實是一種佛教觀念的體現。這樣的一種佛教觀念，其影響的過程是開始很早的，《搜神記》是東晉的，《幽明錄》是南朝宋代的，到《西遊記》的時代，差不多一千年前的事情了。所以如果你在佛教裏面了解這樣一種觀念的脈絡，再來看《西遊記》孫悟空斷頭再長的故事，就沒有那麼驚奇了吧——我們看着還是覺得很生動，但是其實並沒有那麼驚心動魄——知道了後面有這樣的一種觀念或者故事的傳承的話，我們就可以比較好的理解孫悟空的鬥法了。

至於説到孫悟空的剖腹洗腸胃，這在佛教傳統裏也淵源久長。我們來看《高僧傳・佛圖澄傳》，這佛教內部非常正式的一篇傳記。佛圖澄很了不起，是中古佛教史上非常重要的人物，佛圖澄傳下來的弟子是道安，道安再往下傳就到慧遠，慧遠後來在廬山成為中國淨土的初祖，建立了東林寺。佛圖澄應該是一個胡人，《高僧傳》裏記載了佛圖澄左乳旁有一個小孔，周長有四五寸，一直可以通到肚子裏面，有時腸子會從肚子裏面出來的，然後他就把腸子塞回去，用棉絮把它塞住，晚上要讀書了就把棉絮拔出來，肚子裏會放出光，「一室洞明」，就能看書了；等到齋日的時候呢，他就到水邊「引腸洗之」。我們難以知道這究竟是真是假，但《高僧傳》是正式的佛教傳記，不是那種神神怪怪的傳說而已。所以孫悟空在車遲國將腸子拿出來，洗洗乾淨，一條一條理理清楚，重新裝進去，然後再重新盤好，其實在佛教的傳統裏面也是很早就有了。

還有一個情節，我想大家一定也有印象，就是第六回孫悟空和二郎神鬥法。玉皇大帝派出來的人中，能夠和孫悟空抗衡的也就是二郎神，二郎神把孫悟空抓住了，抓到天宮，刀砍雷劈，最後把他放到太上老君的煉丹爐裏燒，結果卻沒燒死他，反而讓他練出火眼金睛，大鬧天宮。但不管怎樣，當初二郎神是抓住了孫悟空的。二郎神跟孫悟空鬥法的時候，如果大家記得的話，就是不斷地變化，孫悟空一開始先變成一個什麼形象，然後二郎神就變一個更厲害的，後發制人，如孫悟空變成了麻雀，二郎神看到了以後就變成了雀鷹，撲上去；反正就是一物降一物，孫悟空變成了魚，然後二郎神就變成了魚鷹去吃牠，等等等等。一直到最後，如果大家還記得，孫悟空滾下山坡，變成一座廟，但是尾巴沒辦法收拾，就變做旗杆，但立在廟的後面，結果被二郎神一眼看穿。孫悟空有一種變化，二郎神便變一次將他征服，後發制人，一共變了六次。

這個情節我們覺得也是很驚奇，對不對？實際這在佛教傳統裏是很經典的。《賢愚經》裏，記敘了佛的弟子與外道鬥法，敦煌出土的卷子有一份講《賢愚經》故事的變文卷子——變文(transformation text)，現在的研究揭示出，它是從印度傳到中國影響很大的一種説唱文學方式，最重要的特徵就是它是有圖的：一張圖展開在那裏，然後説唱人配合着圖相，説説唱唱，韻文、散文交錯展開，演説故事——背面有一幅圖，所展現的圖景，就是《賢愚經・須達起精舍品》裏面的這個故事，在敦煌變文裏一般叫《降魔變》。故事是説有人將一片土地捐給釋迦牟尼，讓他做道場，佛教的對手即那些外道們不滿，於是雙方開始鬥法，上場對陣的雙方是釋迦牟尼的弟子舍利弗和外道的勞度差：勞度差變成某一形象，然後舍利弗就變成一物降一物的形象將他收服，比如勞度差先後變出樹、池、山、龍、牛、夜叉六種形象，然後舍利弗都逐一變化，將他征服。那份敦煌卷子圖相裏畫的是第五變，勞度差變成水牛，舍利弗變做獅子，獅子一口將水牛咬住。所以了解了這些佛經的淵源之後，很多我們覺得在《西遊記》裏非常精彩的情節，都可以與佛教做比對，由佛教背景來看它們的話，你會覺得這些故事情節是「淵源有自」的，而不是好像突然跳出來的。

（三）真正的師傅

由故事情節説到了人物形象，小説中孫悟空的師傅當然是唐僧，但實際上唐僧就是帶着孫悟空一路到西天去取經，當然最後取到了真經，孫悟空也得了正果，成為鬥戰勝佛；但實際上，孫悟空所有的本領，能夠長生不老、能夠有七十二變化、能夠一下子筋斗雲翻十萬八千里，所有的本領都不是唐僧教他的，唐僧一點兒也沒有這些本領，這一切都是須菩提教給悟空的。

須菩提，原是釋迦牟尼的十大弟子之一，解空第一，但是在《西遊記》裏他顯然不是一位佛教徒的形象。你們可以看，孫悟空跑到須菩提那裏學法，他學些什麼呢？「言語禮貌，講經論道，習字焚香」，閒的時候「掃地鋤園，養花修樹，尋柴燃火，挑水運漿」。其實這就是一個在廟裏面幹雜活的人。難怪會讓人感到，孫悟空在須菩提那裏的很多表現，非常像《壇經》中的惠能在五祖弘忍那裏的作為。惠能在五祖弘忍那裏，其實不是一個僧人，那時他根本沒有出家，他就是個雜役，從佛教的系統來講根本什麼都不是。每天做的事情也就是挑水運漿，而且根據《壇經》裏面記載，恐怕當初他連字都不認識，因為他見到神秀「身是菩提樹」的詩偈感到不滿意，另作了一首，但不是自己寫到牆上，而是找人幫他寫的，所以那時候慧能只是一個普通不能再普通的雜役。孫悟空當時在須菩提門下做的這些事情也是如此。過了一段時間，他要學本領了，便來聽須菩提說法講道。須菩提看他也待了一段時間了，就問他你要學什麼，他為悟空開列了一系列能夠教授的技藝。孫悟空實際是要求長生不老之術，聽了師傅的這些本領，卻這也不學那也不學，最後須菩提就火了，「咄的一聲，跳下高臺，手持戒尺，指定悟空道：『你這猢猻，這般不學，那般不學，卻待怎麼？』走上前，將悟空頭上打了三下，倒背着手，走入裏面，將中門關了，撇下大眾而去」。其他的徒眾都嚇壞了，說你怎麼把師傅給惹惱了？沒想到孫悟空臉上一點也不惱，滿臉賠笑，他已經知道師傅是什麼意思：打了三下是叫他三更時分來，「倒背着手，走入裏面，將中門關了」，是叫他從後門進步，到時候會傳他秘訣的。後來《西遊記》的故事大家都知道，悟空就是半夜三更跑去的，須菩提在休息，他就在邊上等着，須菩提醒過來說你跑來幹什麼？他解釋了自己所理解的師傅之意，正中師傅下懷，於是須菩提讓他附耳過來，傳他長生不老訣。這樣的故事情節，大家如果熟悉《壇經》裏面所記載的惠能故事，也恰是如此。不一樣的只是：當時弘忍看到惠能寫的詩偈之後，拿禪杖在地上敲了三下，而不是在他頭上打了三下；最後弘忍對慧能說你是真的悟了，但是神秀勢力已經很大，所以我把衣缽傳給你，你趕快往南邊去——這是禪宗史上真實的半夜傳法。真實的禪史與《西遊記》小說的情節對照起來，確實非常之類似，孫悟空在須菩提那裏的作為和最後得道，與惠能在弘忍處相差無幾。

（四）女色的誘惑

《西遊記》中有比較集中表現所謂女色誘惑的部分，包括第二十三回、第五十四回、第五十五回、第七十二回等多處可見。雖然多，但大家看的話，其基本模式是不變的。最初是在第二十三回裏，觀音、文殊和普賢化身來試探唐三藏和他的徒弟，師徒各位的反應基本上以後每一次遇到此一情境時都一樣：唐僧是「合掌低頭」；孫大聖是「佯佯不睬」，用他自己的話講，是「我從小兒不曉得幹那般事」，畢竟是石頭裏面蹦出來的；沙僧「轉背回身」；只有八戒是「心癢難撓」，「眼不轉睛，淫心紊亂，色膽縱橫，扭捏出悄語」，忍不住了。當然唐僧其實不像他外表那麼鎮定，雖然是「合掌低頭」，但是心裏其實已有點控制不住，如「雷驚的孩子、雨淋的蛤蟆，只是呆呆掙掙，翻白眼兒打仰」。師徒幾位基本上每一次各自都是這麼一個態度。

至於有關的文學表現，說起來，也有佛教的痕跡在。第五十四回、五十五回比較集中，通過對話的方式來表現女兒國女子對於唐僧的誘惑，以及唐僧的抗拒、八戒的表情。第五十四回，女兒國國王想要嫁給唐僧，看他長得非常好，於是「展綻放櫻桃小口，呼道：『大唐御弟還不來佔鳳乘鸞也？』」唐僧聽了以後「耳紅面赤，羞答答不敢抬頭」，豬八戒也「心頭撞鹿，一時間骨軟筋麻，好便似雪獅子向火，不覺的都化去也」。特別是第五十五回，唐僧與蠍子精的對話，特別有意思。如果你平時讀到這裏，會覺得比較奇怪，那不是一般敘述的散文，而全是韻文，押韻且句式非常整齊：「目不視惡色，耳不聽淫聲，他把這錦繡嬌容如糞土，金珠美貌若灰塵。一生只愛參禪，半步不離佛地。哪裏會惜玉憐香，只曉得修真養性」——這是形容唐僧；然後寫道：「那女怪活潑潑，春意無邊；這長老死丁丁，禪機有在。一個似軟玉溫香，一個如死灰槁木。那一個展鴛衾，淫興濃濃；這一個束褊衫，丹心耿耿。那個要貼胸交股和鸞鳳，這個要面壁歸山訪達摩。女怪解衣，賣弄他肌香膚膩；唐僧斂衽，緊藏了糙肉粗皮。」以韻文的形式，對兩邊做分別的形容。下面開始對話，「女怪道：我枕剩衾閑何不睡？唐僧道：我頭光服異怎相陪！」就像唱戲一樣展開，「那個說：我願作前朝柳翠翠」（柳翠翠是度月明和尚破戒的故事），「這個道：貧僧不是月闍黎。女怪道：我美若西施還嬝娜。唐僧道：我越王因此久埋屍。女怪道：御弟，你記得寧教花下死，做鬼也風流？唐僧道：我的真陽為至寶，怎肯輕與你這粉骷髏」。這一段句式非常特別，因為上下文都是散文的敘述，這裏怎麼突然以韻文鋪陳，而且很有戲劇性？這是怎樣的一個傳統？

其實，這是佛經裏面的慣技，無論形式還是內容，都可以找到類似的表現。隋代譯入中國的一部經典《佛本行集經》，是現在知道的漢譯佛傳裏面最完整的、篇幅最大的一部經典。《佛本行集經》第二十七卷、第二十八卷寫到王子喬達摩・悉達多坐在樹下證道，經歷了各種各樣的恐嚇、打擊，當然也包括誘惑，比如魔王就帶着那些魔女來誘惑他。裏面寫到，魔女用種種身姿形態施展誘惑，一下列了三四十種姿態的描寫，就像前邊舉到的《西遊記》裏的姿態描寫一樣，只是佛經中更為繁複而鋪陳。特別是佛經中也有長篇的對話，因為佛經的韻文原來是可以吟唱的，對話的詩體時時可見，只看下面這段：「魔女復説偈言：仁者面色猶初月，觀我顏貌似蓮花。」——仁者就是王子，你長得很好，面色如月，我也當然非常美，像蓮花一樣——「口齒潔白清淨牙，如此妙女天中少」——天上像我這樣的美女也是很少的——「況復世間仁已得，身心柔順不相違」，總之是説我非常之美好，你真的要珍惜我。然後，菩薩就以偈回報，大家知道，他是用白骨觀所見來回應的，「我觀汝體不淨流，諸蟲周匝千萬孔。不牢諸惡遍身滿，生老病死恒相隨」——你不要以為你是美的，在我看來你的身軀就是骷髏，非常醜陋，有生老病死，滿是爬蟲——所以「我求世間最上難，真正不退智人道」，我要求的東西是是宇宙的真理，因此我拒絕你。這種往返多次的對話在佛經裏常見。如果你了解佛經的傳統，回過來看《西遊記》裏面這些段落的話，對其文學的淵源便可以有更好的認識和理解。

五、靈山在心

最後想談一下《西遊記》裏《心經》的問題。前面講到的是情節、形象之類，對整部小説而言，它所表達的佛教觀念是很重要的。如果要觀察《西遊記》裏面的佛教觀念，《心經》很重要，因為《心經》在玄奘弟子作的《大慈恩寺三藏法師傳》裏就已經寫到了，玄奘取經的過程當中，他一直念誦《心經》，這是對他很有幫助的一部經典。

《西遊記》裏，《心經》不斷出現，一向也頗受到關注。《心經》我想各位都非常熟悉了：「色不異空，空不異色，色即是空，空即是色」，等等，是講世間諸法的色空觀，了解色空之後可以心無掛礙，因為世間的萬法諸相實際都是心所幻造出來的，打破迷執之後就可以無掛礙，進而可以無有恐怖。這是讀《心經》需要了解的重要的觀念。《大慈恩寺三藏法師傳》記載歷史上的玄奘過戈壁灘的時候，有八百里的沙河，「上無飛鳥，下無走獸，復無水草，是時顧影唯一，但念觀音菩薩及《般若心經》」。路途上他當然會碰到各種惡鬼、恐怖的場景或者幻象。「至沙河間，逢諸惡鬼，奇狀異類，繞人前後」，於是他開始念觀音，「雖念觀音不能令去」，那怎麼辦呢？「及誦此經，發聲皆散，在危獲濟，實所憑焉。」「發聲皆散」，就是一念誦之後那些幻象都沒有了。從《大慈恩寺三藏法師傳》的記載來看，以玄奘的實際經驗，對付這些幻象、群鬼，念《心經》比念觀音菩薩的作用更大。《西遊記》小說裏，《心經》也不斷出現，最重要的一個觀點就是要了解心和外界、諸法的關係。

第二十回，唐僧有一偈說：「法本從心生，還是從心滅。」這偈概括了《心經》最重要的主旨。所以他說，這些妖魔鬼怪首先是你心裏面的那些迷惘、迷惑，妖魔鬼怪都是被這些迷惑勾引出來的，所以你要把持住你的本性，驅除心中的迷惑，這是最要緊的。有學者說，一路到西天取經，實際的路途和內心的修煉，是一個雙重的過程。原來在美國普林斯頓大學教書的浦安迪（Andrew H. Plaks），他寫的《明代四大奇書》（*The Four Masterworks of the*

Ming Novel）裏就提到，取經路上的一個一個障礙，為什麼要有九九八十一難，它好像沒有一個層層推進的感覺，只是數量的積累，「西天之行的表面進程，它使人產生了這樣的想法，即這一虛幻進程本身也許就是修行成佛的最大障礙物」。我們或許真的得認識到，西天取經這個物理的、空間上的艱難險阻，和內心裏對妖魔鬼怪的認識、驅逐和去惑，實際上是一個雙重的過程，而後者可能是更重要的。所以《西遊記》有很多話都是這樣講的，比如：「菩薩妖精，總是一念，若論本來，皆屬烏有。」這個話講得很厲害，有一點禪宗的意思，中唐以後的禪宗講造惡是不好的，但向善也不必，這裏講菩薩、妖精都是一樣的，都不過是心中一念而已。所以要強調的，就是要修心：「佛在靈山莫遠求，靈山只在汝心頭」，靈山就是靈鷲山，是唐僧師徒求法的目標，是他們最後要去求取真經的如來佛所在的靈鷲山，「人人有個靈山塔，好向靈山塔下修」，但其實真正的靈山塔就在你的內心，不如反求諸己——這是一個非常重要的觀念。

最後，談了這麼多，還是回到一開始，《西遊記》的故事，是根據佛教歷史的真實事跡發展出來的，但是有人認為它與理學有關，有人認為它與道教有關，有人認為它與佛教有關，有的認為就是三教混同。到底怎樣看這個問題？

《西遊記》是一部敍事作品，和很多詩歌作品一樣，和很多文人內心想法一樣，從唐代開始以下都是諸種精神思想取向相混合的，而不是一種單獨的、排他性的信仰，説我對佛教有信仰，那我對道教就要完全排斥，如果我是道教的，我對所有的佛教都是排斥。不是這樣的。這部小説確實是融合了多種多樣的因素，所以我想它是佛、道混同的。前面舉了這麼多例子，並不是要説《西遊記》這部小説就是一部佛教小説，我只是説：如果要講這是一部道教作品的話，不能否認有很多佛教的因素在裏面；如果你認為它是佛教的話，你也不能僅僅看到，因為它當初是一個佛教歷史故事，所以就是佛教性的。實際上它在後來發展、豐富的情節中加入了很多，有道教的元素，也有可以在佛教的傳統、經典當中找到原初影子的內容。所以説，《西遊記》是佛、道混同的。這有很多例子，比如太上老君煉丹，是在兜率天，三十三天兜率天是佛教彌勒佛待的地方，所以《西遊記》小説的這個情節設置，相當於説一個道教人物在佛教的地界煉丹。剛才講到須菩提，本來在《西遊記》裏面，完全感覺不到他是一個佛教祖師，但名字卻真的是佛教中釋迦牟尼的十大弟子之一；前邊提到，他告訴孫悟空説我可以教你各種學問而孫悟空都拒絕了的情節，從須菩提向孫悟空開列的那些他自己的專長，可以看出他的能事所在，須菩提説自己講一會道、講一會禪，能教悟空的諸如「參禪打坐」，這可以講是佛教的，「請仙扶鸞」，這是道教的，「休糧守穀」，也是道教的——所以，須菩提的名字雖然是佛教來的，但他開列出來的是佛、道都有，但看來大部分是道教的。再比如，前面提到的孫悟空和虎力大仙、鹿力大仙、羊力大仙等在車遲國鬥法，鬥到最後賭注下得很大，是搏命的：砍頭、刨腹、挖心。然而，當孫悟空最後將三位大仙降服了，在即將離開車遲國、繼續去西天取經路程的時候，孫悟空對車遲國國王有一番叮囑，特別有意思，他剛剛與道教的幾位仙人進行了殊死鬥爭，最後卻對國王説：「望你把三教歸一，也敬僧，也敬道，也養育人才，我保你江山永固。」這是勸告國王，你執行政策還是要佛、道兼容的，原來你的政策不好在於只推崇道教而迫害佛教，那我現在把這幾個妖道給你收拾了，你也不要只有佛教沒有道教，你要佛、道都有——這個態度其實是蠻值得玩味的。

但是講了佛、道和交錯、混合之後，還是要回過頭來想一想：雖然佛、道兼容，但就整個小説來看，它到底有沒有偏重、偏向？不同的人可能看法就不一樣，有的人一定會説是傾向道教的，有的人一定説還是傾向佛教的。我其實不想簡單、直接地回答這個問題，只是提請大家注意這個問題。

但有一點是可以明確的，就是「西遊」故事從歷史演進來看，非常清楚，它原初是一個佛教的歷史事實，因為它具有奇幻性，於是慢慢發展，增加了很多內容，一點一點發展成一部長篇巨製。它含有道教的因素，是歷史地形成的，是後來慢慢加上去的，可能是在南宋後期、元代，特別是到了明代，慢慢加上的。為什麼這麼説呢？我剛才也提到了，就是《大唐西域記》和《大慈恩寺三藏法師傳》是比較早期的關於西行求法的文獻材料，之後書面文本方面的材料就是出現於南宋末期的《大唐三藏取經詩話》，當然還有一些關於《西遊記》的劇本，最後到明代的小説《西遊記》。以現在的研究，可以非常清楚地看出來，《大唐三藏取經詩話》絕大部分都是佛教性的，即使裏面有道教的術語和神，大概也只有兩三處。所以，起碼到南宋晚期為止，西行求法的故事裏道教的因素是很少的。如果我們不是只從最後形成的《西遊記》這部小説來爭論它屬於佛教還是屬於道教，而是從歷史的長程來看，那就很清楚，西遊故事是一個佛教的故事慢慢發展，被道教的因素不斷添加進去、不斷重新刷寫以後的結果。也正是因為這個原因，所以我個人覺得，就它的底色而言，「西遊故事」的佛教性是非常重要的，我們不能忽視。而從整部小說的故事發展來看，因為它是關於西天求法取經的，佛教實際上是更重要的基調和取向。比如我們可以看到，唐僧的三位徒弟實際上都是由仙道向佛轉變的。如孫悟空，最開始他鬧出的所有麻煩，就是因為他想求長生不老，而長生不老絕不是佛教的問題，佛教是講輪迴的，因此不存在長生不老的問題；孫悟空一開始就想長生，地獄閻羅王要收他的命，他就很不滿，大鬧地府，這樣一個最早的更近道教的追求，一直到孫悟空最後成為鬥戰勝佛，實際上是從企求長生的仙道追求向佛的轉變。八戒和沙僧也是如此：天蓬元帥和捲簾大將，都是道教凌霄殿裏面的人物，最後雖然沒有成佛，但是也在佛教裏得到他們各自的最後歸宿。《西遊記》的整個故事情節發展，不就是這樣的嗎？無論如何，「西遊」求法是一個佛教的故事，向西天取經，它最後的歸宿是佛教，其基調是佛教性的。小說中的人物，他們自己也是這麼認為的，比如孫悟空經常會跟人講，我現在學好了，學佛了：孫悟空要收拾蜈蚣精，去請毗藍婆幫忙，毗藍婆說：「你當年大鬧天宮時，普地裏傳了你的形象，誰人不知，誰人不識？」這是悟空當年身為妖魔時的作為，他本人如今自然不願認同，於是他回她說：「正是好事不出門，惡事傳千里。像我如今皈正佛門，你就不曉的了！」皈正佛門是悟空的最終價值取向。所以，我想不管是有意還是無意，這部小說的趨向是佛教的，西天的如來世界是唐僧師徒最後的歸宿，佛教是《西遊記》最重要的底色和基調。

跋

學人在如今，自己讀書、研究、教學之餘，難免受邀擔任各種講演；或者是學院中純粹學術性的專門報告，或者是面向更多聽眾對象的文化類講座。多年來，個人的此類經驗難以盡數。這次承蒙鄭培凱教授的盛意，匯集在此的十篇文稿，大致屬於前述的兩類之間，因應機緣的發言不敢獻芹，太過高頭講章的或令人有詰屈聱牙之感。簡而言之，這些文字雖然傳達的是一時的空口騰説，不過大致都以既有的研究及文字為基礎，多少體現了個人對於相關論題的學理性了解。

受邀的各種講演，其講題、層次和面向，説實話，主導權往往在人不在己。能得到講談個人感興趣的學術文化話題的機會，可謂幸運。因此，要特別感謝各位邀請人和邀請單位，包括這次命我集錄成冊的鄭培凱教授，其中一場便在他所主持的香港城市大學中國文化中心。

既然説這些講演多少體現了個人感興趣的學術文化論題及對這些論題的學理性了解，那似乎有責任最簡要地交代本書中文字的關注所在。既然是以古典文學為主的中國傳統文化的研究者，對於傳統文學的整體取向和縱橫展開，自然有考慮的興趣；而在悠長的歷史時段中，雖然感到好奇的多至漫無邊際，但有一些了解和把握的大概還是在「中古」；尤其是「中古」時代的文學、文人及其精神世界——特別是他們的道、玄、佛的多元思想與信仰——這既是個人教研的本行，也是我真心喜歡的。

本書中所收錄各篇，作為講演，其主旨多曾在各種不同場合發表，有的甚至可以追溯至20年前。此處所收錄者，為近年特定場合的紀錄，謹列敍如下，以示不忘與誠謝：

〈中國文學的精神特質〉：2019年9月25日晚講於復旦大學，受復旦大學核心課程委員會之邀，與何俊、王振忠兩位教授組合構成的「回望傳統中國：日常生活與精神世界」講演的一部分。

〈中國文學的軸心時代〉：2016年3月20日晚講於江蘇淮陰師院，受邀擔任「翔宇論壇」的講演。

〈中國文學的空間展開〉：2015年11月10日晚，復旦大學「惠風鍾文」人文學術節講演。

〈中古文士精神之演進〉：2019年9月26日上午講於蘇州大學「仲聯學術講壇」，與劉躍進、吳承學兩位教授共同擔任開講式的講演。

〈道家老莊的智慧〉：2018年春「一條課堂」網絡課程「復旦人文經典」系列講座之一。

〈從塵網走向田園〉：2019年12月14日下午講於海南海口復旦大學海南校友會讀書會。

〈中古文學之佛影〉：2014年12月1日上午擔任台灣政治大學「王夢鷗教授學術講座」該年度系列的第三講。

〈唐代詩人與禪宗〉：2016 年 9 月 24 日上午講於紹興第二屆會稽山論壇。

〈王維寒山與禪悟〉：2012 年 9 月 9 日下午講於上海靜安書友匯，為所擔任的「佛教文化交流與中國文學」三場系列講演的第二講。

〈西遊故事與佛教〉：2013 年 11 月 7 日下午講於香港城市大學中國文化中心，為所擔任的「佛教文學」三場系列的第三講。

因所收錄者，既多講演的實際筆錄，亦有事先準備之講稿，文字體貌容有差異，敢祈諒解。

2020 年 3 月 22 日